考試不失分

破解

最常用錯 的

英文單字

User's 使用說明 guide

一次破解易混淆單字，這一次英單學習不再模稜兩可，不會再用錯！

→ 1 「關鍵字義」設計，加強單字記憶

每一組的單字，將主要字義以活潑、有趣的方式呈現，強化進入眼球的深刻印象，還能帶動學習興趣，記單字更生動有效。

到底誰「缺席」？ 誰比較「大膽」？

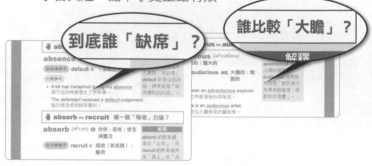

absence

易混淆單字 default n （法律上的）

〔比較例句〕

· A lot has transpired during my absence.
我不在的時候發生了許多事。

The defendant received a default judgement.
這位被告受到缺席審判。

...ous vs au...

...的；龐大的
audacious adj 大膽的；無
畏的

was an adventurous explorer.
...位勇敢的探險家。

...a is an audacious artist.
...位大膽無畏的藝術家。

解釋

adventurous
人偏向冒
audacious 通常用
來形容「敢於採行
為帶來的後果」，帶
到無所畏懼，...

absorb vs recruit 哪一個「吸收」力強？

absorb [əb'sɔrb] v 合併；吸收；使全
神貫注

易混淆單字 recruit v 吸收（新成員）；
雇用

解釋

absorb 的對象通
常是「公司」，而
recruit 的對象通常
是「員工」或「成
...

→ 2 收錄一字多義，無縫學習讓中譯更接近真義

每一組單字的常用詞性與重要字義全收錄，更能精準理解單字出現在每一個段落的不同意義，學習方能最扎實完整。

aggressive vs hostile

aggressive [ə'grɛ...
adj 具侵略性的；好鬥的

粗體字單字 hostile adj

〔比較例句〕

· The government plans to launch ...
aggressive program to stimulate ...
economic growth.
政府計畫採取一個進取的手段來刺激經濟
成長。

She left a hostile comment before leaving.
她離開前給了一句不友善的評語。

aggressive [ə'grɛsɪv]
adj 具侵略性的；好鬥的；有幹勁的

易混淆單字 hostile adj 有敵意的；不友善的

3 精簡也精闢的重點解析，一目了然單字差異性

不論是字義接近或是拼字相似，都以清楚易懂的重點解釋呈現，學一次就知道什麼狀況用哪一個單字，使用時不會再犯錯，考試亦不會再失分。

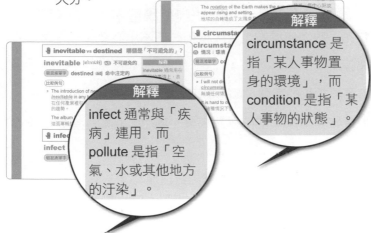

解釋

circumstance 是指「某人事物置身的環境」，而 condition 是指「某人事物的狀態」。

解釋

infect 通常與「疾病」連用，而 pollute 是指「空氣、水或其他地方的汙染」。

4 生活化的例句，加強點出單字的相異處

藉以單字例句並列的方式，強化用例句印證解析的說明，同時更能從中清晰地比較出單字的不同使用情境，學習更精準，一定能正確使用不混淆。

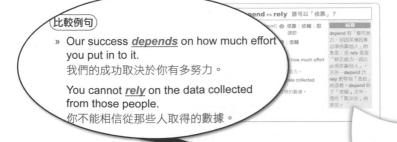

(比較例句)

» Our success *depends* on how much effort you put in to it.
我們的成功取決於你有多努力。

You cannot *rely* on the data collected from those people.
你不能相信從那些人取得的數據。

Preface 前言

你是不是也曾經有過以下的切身之痛：

1. 花了很多時間記單字，但仍一個不小心發生一字之差的拼字錯誤；

2. 意思相近的字彙，真的要使用時，卻搞不清正確用法……

這些種種情況造成的考試失分、誤用，真的都會讓人捶心肝呀！

別再讓「混淆字」使你的努力白白浪費了。

這本書將讓你澈底把單字記清楚，搞懂正確用法，下次再也不會錯！

大家都知道，學好英語的第一步就是「背單字」，不論是課本或教科書，甚至坊間大部分的英文單字書都會教大家用很多方法來學單字，然後我們又花很多時間和力氣來努力背誦，常常覺得自己明明很認真了，但每次遇到考試或生活中要使用的時候，很容易因為不常用或緊張，就忘光光或記憶模糊不清；加上有時只以字面上的解釋去記憶，或是許多單字長得像、意思相近，在沒有搞清楚正確用法的狀況下，考試就不會有好成績，溝通時也鬧笑話……這樣的挫折，更加深學習的排斥與恐懼。

無論是為了準備考試，或只是單純的想要提升自己的英文實力，掌握「易混淆單字」是關鍵！

　　因此，在當初構思這本單字書時，除了以易混淆的單字為重心之外，舉凡考試最易出現、讓人最易搞混的英文單字，也都是我要特別挑出來提醒大家的，不論多益考試、全民英檢、學測皆適用，絕對是你考試拿高分、不失分的重要基礎。

　　在每一組單字裡，我盡量備齊常用的詞性及解釋，用最淺顯易懂的精準解析，清楚讓學習者了解每一組單字之間的差異性與正確使用時機；同時每一組單字我也都準備了例句，讓你能藉由例句更理解其差異性，學習到怎麼把單字運用在句型中，單字也更好記。

　　單字背再多，用錯情境或拼字錯誤還是沒分數。希望藉由這一次的清晰比較，別再讓單字變成分數小偷，一定要徹底弄清楚相似字詞的異同之處及正確使用時機，掌握得分關鍵。

Contents 目錄

Aa

✋ **abrupt** vs **sudden** 哪一個更「突然」？

abrupt [əˈbrʌpt] **adj** 突然的；粗暴的；
陡峭的

(易混淆單字) **sudden** adj 突然的

(比較例句)

» The train came to an ***abrupt*** halt because of an unknown reason.
這輛火車因為不明原因突然停止了。

He received all the ***sudden*** attention.
他突然受到所有人的關注。

解釋

abrupt 與 sudden 的意思基本上是相通的。但 abrupt 特別用來形容「因人為因素而突發的事情」，而 sudden 是用來形容「因人為或自然因素的突發事件」。

✋ **absence** vs **default** 到底誰「缺席」？

absence [ˈæbsn̩s] **n** 缺席；缺乏

(易混淆單字) **default** n （法庭上）缺席

(比較例句)

» A lot has transpired during my ***absence***.
我不在的時候發生了許多事。

The defendant received a ***default*** judgement.
這位被告受到缺席審判。

解釋

absence 通常指某人離開、不在場；default 則是法庭用語，通常是指「缺席應到的出庭」。

✋ **absorb** vs **recruit** 哪一個「吸收」力強？

absorb [əbˈsɔrb] **v** 合併；吸收；使全神貫注

(易混淆單字) **recruit** v 吸收（新成員）；雇用

解釋

absorb 的對象通常是「公司」，而 recruit 的對象通常是「員工」或「成員」。

» The company announced that it will ***absorb*** Jet App next year.
這間公司宣布明年將買下 Jet App 公司。

Most Mandarin teachers in this school were ***recruited*** from Taiwan.
這所學校大部分的華語老師都是從台灣雇來的。

🖐 absurd vs ridiculous 誰比較「荒謬」?

absurd [əbˋsɝd] **adj** 荒謬的;不合理的

解釋
absurd 可用於人及其言行;ridiculous 通常是指「極度愚蠢的可笑事物」。

(易混淆單字) **ridiculous** adj 可笑的;荒謬的

(比較例句)

» This is the most ***absurd*** request I have ever heard of.

這是我聽過最荒謬的請求。

It is ***ridiculous*** that we had to work so hard for the traitor.
我們必須為了那個叛徒那麼努力地工作,真是可笑。

🖐 academic vs educational 哪一個比較「學術性」?

academic [ˌækəˋdɛmɪk]
adj 學術的;學院的;純理論的

解釋
academic 是指「學術研究的」或「學業上的」,而 educational 通常是用來形容「(廣義的)有關教育的事物」。

(易混淆單字) **educational** adj 教育的

(比較例句)

» The school is well known for its ***academic*** freedom.
這所學校以它的學術自由聞名。

It was quite an ***educational*** experience to host a conference.
主持一場會議真是一次教育性十足的經驗。

✋ access vs approach 哪比較「靠近」?

access [ˈæksɛs] n 門路;通道

易混淆單字 approach n 接近;靠近

比較例句

» Only the administrative specialists have *access* to the storage room.
只有行政專員可以進入儲藏室。

With the *approach* of spring, we can sense the vitality in the air.
隨著春天的到來,我們能感受到空氣中的活力。

解釋

access 是指「使用或接近某事物的機會」,而 approach 是指「某事物靠近的動作」。

✋ accessory vs appendage 到底是哪一個「配件」?

accessory [ækˈsɛsərɪ] n 配件;附件

易混淆單字 appendage n 附屬物

比較例句

» This store sells an assortment of *accessories*.
這間店賣各式各樣的配件。

The department is considered merely a worthless *appendage* to the company.

對於公司來說,這個部門只不過是個沒有價值的附屬物。

解釋

accessory 通常是指「用來點綴或裝飾的小配件」,而 appendage 則是指「從屬於某個更大或更重要事物的附屬物」。

✋ accidental vs unexpected 哪一個更「意外」?

accidental [ˌæksəˈdɛntl̩] adj 意外的;偶然的

易混淆單字 unexpected adj 想不到的;突如其來的

解釋

accidental 形容「非人為操縱、出乎預料的事情」,而 unexpected 通常是指「沒有預料到,或沒有設想到的」。

比較例句

» Potato chips are actually an **_accidental_** invention by George Crum.
洋芋片其實是喬治・克魯姆意外的發明。

The **_unexpected_** rain totally spoiled my plan.
突如其來的雨完全毀了我的計畫。

✋ **accommodate** vs **supply** 誰「提供」的？

accommodate [əˋkɑməˌdet]
Ⓥ 提供；使適應；容納

易混淆單字 **supply** Ⓥ 提供；供給

比較例句

解釋
accommodate 是指「提供對方所需」或「提供住宿」，而 supply 通常用在「提供生意上或技術上所需的東西」，通常是大量的。

» These facilities can **_accommodate_** the visually impaired.
這些設施能提供視障朋友方便。

We **_supply_** the employees with board and lodging.
我們提供員工的食宿。

✋ **accompany** vs **escort** 哪一個來「陪伴」？

accompany [əˋkʌmpənɪ] Ⓥ 陪伴；伴隨

易混淆單字 **escort** Ⓥ 護送

比較例句

解釋
accompany 單純表示「陪伴、陪同」，而 escort 是指「陪同並保護某人到某處」。

» Would you like me to **_accompany_** you to the principal's office?
你要我陪你到校長室嗎？

Your parents asked me to **_escort_** you home.
你父母要我護送你回家。

✋ accomplished vs completed　誰能「完成」?

accomplished [əˋkɑmplɪʃt]
adj 達成的；實現的；熟練的

易混淆單字 completed **adj** 完整的

比較例句

» Mr. Ma is an **_accomplished_** table tennis player.
馬先生是位技術純熟的乒乓球選手。

Your modules of this term are all **_completed_**.
你這學期的課程都完成了。

解釋

accomplished 是形容「某人非常擅長做某事」或「某件事被巧妙地完成」；而 completed 單純是指「一項具體的事情是完整的或完成了的」。

✋ accountable vs chargeable　誰該「負責任」?

accountable [əˋkauntəbl̩]
adj 應該負責任的；可說明理由的

易混淆單字 chargeable **adj** 應該支付的；應該加罪的

比較例句

» The president should be **_accountable_** to his employees.
總裁需要對他的員工負責。

Chauffeuring is a **_chargeable_** service.
私人專車接送是一個須付費的服務。

解釋

accountable 主要用於對自己的決定與責任；chargeable 特別是指「在財務上有責任支付的或有法律責任的」。

✋ accountant vs auditor　誰才是「會計員」?

accountant [əˋkauntənt] **n** 會計員

易混淆單字 auditor **n** 審計員

解釋

不同於 accountant 為固定公司雇用，auditor 是站在第三方角度，獨立對企業的財務狀況進行審查的人員。

» The **_accountant_** was accused of having peculated the public money.
這位會計被控盜用公款。

Unlike accountants, **_auditors_** often move around from company to company.
不同於會計員，審計員通常奔波於各個公司之間。

✋ **accurate** vs **precise**　哪一個「精準」？

accurate [ˋækjərɪt] **adj** 準確的；精確的

（易混淆單字）**precise** adj　精確的；確切的

（比較例句）

» **_Accurate_** use of language is essential for a salesperson.
對於一名銷售員來說，準確使用語言是非常重要的。

The painter is extremely **_precise_** in choice of colors.
這位畫家用色極度準確。

解釋
accurate 是指「某事物非常接近某個標準」，而 precise 是指「兩者之間毫無誤差，嚴格且細緻地準確」。

✋ **accuse** vs **charge**　誰「指控」？

accuse [əˋkjuz] **v** 指控；控告；譴責

（易混淆單字）**charge** v　控告；指控

（比較例句）

» The woman **_accused_** the guy of sexual harassment.
這名女士指控這名男子性騷擾。

She was **_charged_** with a felony.
她被控犯有重罪。

解釋
不同於 accuse 可以是任何人提出的指控，charge 代表「證據確鑿，有法律根據的指控」，通常由檢察官提出。

✋ achieve vs accomplish 誰能「實現」？

achieve [əˈtʃiv] Ⓥ 達成；實現

易混淆單字 accomplish Ⓥ 完成；實現

比較例句

» He keeps dreaming about *achieving* an overnight fame.
他不停幻想著一夕成名。

Our team *accomplished* the mission successfully.
我們團隊成功完成了這項任務。

> **解釋**
>
> 不同於 achieve 強調「善用技巧或能力達成某事」，accomplish 則強調「成功完成某事」。

✋ acknowledge vs concede 誰要「承認」？

acknowledge [əkˈnɑlɪdʒ] Ⓥ 承認

易混淆單字 concede Ⓥ 承認

比較例句

» The thief finally *acknowledged* stealing the lady's cell phone.
這個小偷終於承認偷了這名女士的手機。

The official *conceded* that he took 1 million in bribes.
這位官員承認他收賄一百萬元。

> **解釋**
>
> acknowledge 承認某事屬實；concede 通常表示「一開始否認而之後被迫、勉強承認」。

✋ acquire vs earn 哪一個「獲得」？

acquire [əˈkwaɪr] Ⓥ 取得；獲得；習得

易混淆單字 earn Ⓥ 賺得；贏得

比較例句

» The team *acquired* a new talented player this season.
這支隊伍這季獲得了一名優秀的球員。

Honesty *earns* you admiration and respect.
誠實使你獲得景仰及尊重。

> **解釋**
>
> acquire 的語意較為中性，而 earn 特別是指「通過努力或付出，而賺取回饋」。

✋ activate vs start 誰來「啟動」?

activate [`æktə‚vet] **Ⓥ** 使活躍;激活;啟動

(易混淆單字) **start** Ⓥ 開啟;開始

(比較例句)

» His words _activated_ a chain reaction.
他的話引起了連鎖效應。

We will _start_ the year-end project soon.
我們很快就要開始進行年終專案了。

解釋

activate 是指「使某事物開始運作」,而 start 通常是指「開始一項任務或工作」。

✋ actual vs real 哪一個是「真實的」?

actual [`æktʃʊəl] **adj** 真正的;真實的

(易混淆單字) **real** adj 真實的

(比較例句)

» I am looking for an _actual_ corn, instead of a canned corn.
我在找的是真正的玉米,而不是罐頭玉米。

What I just said was a _real_ story.
我剛剛說的是真實故事。

解釋

actual 是指「確實存在的」、「非憑空想像的」,而 real 通常表示「非仿冒的」、「不是假的」的意思。

✋ acute vs astute 誰比較「敏銳」?

acute [ə`kjut] **adj** 急性的;尖銳的;敏銳的

(易混淆單字) **astute** adj 精明的;敏銳的

(比較例句)

» We are experiencing an _acute_ water shortage.
我們正經歷急迫的缺水問題。

They are _astute_ businessmen. Don't fall for it.
他們可是精明的商人。別受騙了。

解釋

acute 是指有高度感受力及反應力;astute 通常用來形容某人「精明且詭計多端」。

👆 adapt vs adjust 誰能「適應」？

adapt [əˈdæpt] **v** 使適應；改編

(易混淆單字) adjust **v** 調整；調節；改變
以適應

(比較例句)

> It usually takes a longer time for kids to _**adapt**_ to a new environment.
> 小孩子通常需要花更長的時間來適應新環境。

> We can change the reality by _**adjusting**_ our mentality.
> 改變心態，我們就能改變狀態。

解釋
不同於 adapt 通常是指「較為永久性的調整」，adjust 表示「暫時性的，小規模的調整」。

👆 addict vs devotee 誰會「上癮」？

addict [əˈdɪkt] **v** **n** 使上癮；上癮的人

(易混淆單字) devotee **n** 熱愛某事物的人

(比較例句)

> You will be _**addicted**_ to the band once you listen to their music.
> 這個樂團的音樂你一聽就會愛上。

> Cathy is a _**devotee**_ of Jazz music.
> 凱西是爵士音樂的愛好者。

解釋
addict 是指「對某種藥物或事物成癮的人」，而 devotee 是指「對某事有極大興趣和熱忱的人」。

👆 adequate vs capable 誰「能勝任」？

adequate [ˈædəkwɪt] **adj** 能勝任的；足夠的；適當的

(易混淆單字) capable **adj** 有能力的；能幹的

(比較例句)

> She is concerned about if she is _**adequate**_ to the task.
> 她擔心是否她能勝任這份工作。

> I am confident that I am _**capable**_ of doing this.
> 我有信心我能做到。

解釋
不同於 adequate 表示「具備某種條件」，capable 通常是指「有能力達成某事」。

✋ **adhere** vs **cling** 哪一個比較「黏」？

adhere [əd'hɪr] **v** 黏附；遵守；堅持

易混淆單字 **cling** **v** 黏著；纏著；依附

比較例句

» They should strictly **_adhere_** to the code of conduct.
他們應該嚴格遵守行為準則。

The little boy **_clings_** to his father.
這位小男孩依附在他爸爸身旁。

解釋

adhere 可以指「黏附於物體表面」或「遵守某個準則」，而 cling 只有「依附著某個實體的東西」的意思。

✋ **adjust** vs **regulate** 誰來「調整」？

adjust [ə'dʒʌst] **v** 調整；調節；改變以適應

易混淆單字 **regulate** **v** 調整；調節；控制

比較例句

» It took me three months to **_adjust_** myself to the weather here.
當初我花了三個月的時間才適應這裡的天氣。

A law has been passed to **_regulate_** posts on social media.
一條管制社群網站貼文的法案已通過。

解釋

adjust 是指「調整某事物以達到理想的狀態」，而 regulate 通常是指「長時間的調整和控管」。

✋ **administration** vs **management** 誰「管理」？

administration
[əd,mɪnə'streʃən] **n** 行政；管理；經營

易混淆單字 **management** **n** 管理；經營

解釋

不同於 administration 指的是「訂定管理方針，設立目標」，management 通常是指「實質上或行動上的管理」。

Aa

» Ciaran will take on the role of the head of ***administration*** as of next month.
西倫下個月起會開始擔任行政主管一職。

Most of the teachers have been overworked due to the poor ***management*** of the school.
大部分的老師都因為學校管理不善而超時工作。

✋ admission vs access　誰有「入場許可」？

admission [ədˋmɪʃən] **ⓝ** 入場許可；入場費

易混淆單字　**access ⓝ** 進入權；入口

比較例句

> **解釋**
>
> admission 比喻准許某人取得權力；access 通常是指「進入的方法或管道」。

» All applicants at time of ***admission*** are considered for these scholarships.
所有入學期間的申請者都有資格申請這些獎學金。

The fair offers you ***access*** to all the information you could possibly need.
本次博覽會提供你所有你可能會需要的資訊。

✋ admit vs confess　誰要「承認」？

admit [ədˋmɪt] **ⓥ** 承認；准許進入

易混淆單字　**confess ⓥ** 坦承；供認

比較例句

> **解釋**
>
> admit 指由於外界壓力，被人說服坦承；confess 通常是指「於他人面前坦承」，或「帶有宗教意味的坦承」。

» We have to ***admit*** that they did a better job this time.
我們必須承認這次他們做得比較好。

She ***confessed*** that she stole the idea from my book.
她坦承她從我的書中竊取了我的點子。

✋ **adventurous** vs **audacious**　誰比較「大膽」？

adventurous [əd`vɛntʃərəs]

adj 熱愛冒險的；膽大的

(易混淆單字)　**audacious**　**adj** 大膽的；無畏的

(比較例句)

» Magellan was an *adventurous* explorer.
麥哲倫是位熱愛冒險的探險家。

Lady Gaga is an *audacious* artist.
女神卡卡是位大膽無畏的藝術家。

解釋
adventurous 指人傾向冒險的；audacious 通常用來形容「對於某行為帶來的後果，感到無所畏懼」。

✋ **advertise** vs **promote**　哪一個「宣傳」搶眼？

advertise [`ædvɚˌtaɪz] **v** 廣告；宣傳

(易混淆單字)　**promote** **v** 宣傳；推銷

(比較例句)

» The room looks exactly the same as *advertised* on the website.
這間房間看起來和網站上廣告的一模一樣。

A campaign is being run to *promote* the product.
我們正舉辦一個促銷產品的活動。

解釋
相較於 advertise 的廣告宣傳，promote 通常是指「短時間內達到成效的促銷」。

✋ **advocate** vs **support**　誰「支持」你？

advocate [`ædvəˌket] **v** 提倡；主張

(易混淆單字)　**support** **v** 支持；支撐

(比較例句)

» Michael *advocates* abolishing the death penalty completely.
麥克主張完全廢除死刑。

The government spends 2.5 million dollars a year to *support* this project.
政府每年花兩百五十萬元來支持這項專案。

解釋
advocate 表示「公開地支持」，而 support 通常是指「更廣泛的、有形或無形的支持」。

Aa

✋ agenda vs schedule 誰制定「議程」?

agenda [ə`dʒɛndə] ⓝ 議程

(易混淆單字) schedule ⓝ 時刻表；計畫表

(比較例句)

» Let's go through all the items on the _agenda_.
我們先把議程上的項目看過一遍。

Director Jennifer has a tight _schedule_ today.
珍妮佛主任今天的行程很滿。

解釋

agenda 是指「會議上需要討論的項目清單」，而 schedule 是指「在特定時間內要完成的計畫表」。

✋ aggressive vs hostile 誰比較有「敵意」?

aggressive [ə`grɛsɪv]
adj 具侵略性的；好鬥的；有幹勁的

(易混淆單字) hostile adj 有敵意的；不友善的

(比較例句)

» The government plans to launch an _aggressive_ program to stimulate economic growth.
政府計畫採取一個激烈的手段來刺激經濟成長。

She left a _hostile_ comment before leaving.
她離開前給了一句不友善的評語。

解釋

不同於 aggressive 指的是「行動上展現的侵略性」，hostile 通常表示「內心表現出的不友善或敵意」。

✋ agreement vs contract 達成哪個「協議」?

agreement [ə`grimənt]
ⓝ 協議；一致；同意

(易混淆單字) contract n. 契約；合約

解釋

contract 通常是指「具有法律效力的書面或口頭合約」，而 agreement 並無法律效力。

» The two parties finally reached *agreement*.
雙方終於達成協議。

If you pass the next interview, you will have to sign an employment *contract*.
如果你通過下輪面試，你會需要簽一份雇用合約。

✋ aisle vs path　走哪個「走道」？

aisle [aɪl] ⓝ 走道

易混淆單字 path ⓝ 途徑；小徑

比較例句

» Would you like a window seat or an *aisle* seat?
請問您要坐靠窗或靠走道的位子？

The *path* led down the hill.
這條小徑直通山腳。

解釋
aisle 指的是「交通工具、戲院或教堂內的走道」，而 path 指的是「戶外或抽象意義上的路徑」。

✋ alarm vs alert　哪個「警報」響了？

alarm [əˈlɑrm] ⓝ 警報；警報器

易混淆單字 alert ⓝ 警戒；警報

比較例句

» People rushed out of the building as the *alarm* went off.
當警報響起時，人們衝出大樓。

He is always on the *alert* for suspected activities.
他一直對可疑的活動保持警戒。

解釋
alarm 指的是「短時間內告知某種危險的警告」，alert 是指「對於任何事物的警告」。

✋ alien vs extraneous 對哪個「不熟悉」?

alien [ˋelɪən] **adj** 外國的;怪異的;不熟悉的

易混淆單字 **extraneous** adj 外來的;無關的

比較例句

» Their ideas sound completely *alien* to us.
他們的想法對我們而言非常陌生。

I kept being distracted by all this *extraneous* information.
我一直被這些不相干的訊息所干擾。

> **解釋**
>
> alien 是形容「某事物屬於某種外來的群體」,而 extraneous 則是指「不屬於某特定群體的外來事物」。

✋ alienate vs transfer 誰「轉」給你?

alienate [ˋeljən͵et] **v** 轉讓;讓渡

易混淆單字 **transfer** v 轉讓;遷移;轉帳

比較例句

» You are not allowed to *alienate* the property without the consent of the court.
沒有法院的允許,你不能擅自轉讓這份財產。

Mr. Morris will be *transferred* to Shanghai next year.
摩利斯先生明年會被調派到上海。

> **解釋**
>
> alienate 是指「法律上的財產轉讓」,而 transfer 是指「任何事物的轉移」。

✋ allegation vs testimony 誰能「指證」?

allegation [͵æləˋgeʃən] **n** 斷言;指控

易混淆單字 **testimony** n 證詞;證明

> **解釋**
>
> 不同於 allegation 指的是「沒有證據的指控」,testimony 指的是「證據確鑿的指控」。

» The singer's reputation was badly hurt by the sexual assault *allegation*.

這位歌手的名譽被這則性侵指控嚴重地損害。

The accuracy of eyewitness *testimony* can be influenced by several factors.

目擊者證詞的準確性會被許多因素所影響。

✋ allowance vs subsidy 誰給你「津貼」？

allowance [əˈlaʊəns] **n** 津貼；零用錢；定額

易混淆單字 **subsidy** n 津貼；補助款

比較例句

» The speaker shared some tips for managing children's *allowances*.
這位演講者分享了一些管理孩子零用錢的方法。

Last year, the company received a substantial *subsidy* from the state government.
去年這家公司從州政府得到了一筆巨額補助。

解釋

allowance 指的是「父母給小孩的零用錢」，subsidy 是指「政府機關或公司針對某項專案所發放的津貼」。

✋ alone vs lonely 誰能「獨自」做？

alone [əˈlon] **adj/adv** 單獨；獨自

易混淆單字 **lonely** adj 孤單的；寂寞的

比較例句

» Kimberley enjoys traveling *alone*.
凱伯琳喜歡獨自旅行。

Being alone is different from being *lonely*.
獨處不等於孤單。

解釋

alone 是指「沒有他人陪伴的」，而 lonely 通常是指「心理的主觀感受」。

🖐 alongside vs beside 誰在你「旁邊」?

alongside [ə'lɒŋ͵saɪd] **adv** 沿著;在旁邊

易混淆單字 **beside** prep 在旁邊

比較例句

» The cars were pulled over **_alongside_**.
車子在旁邊停了下來。

The president sat down **_beside_** Sharon.
總裁在雪倫旁邊坐了下來。

alongside 表示「在非常靠近,相鄰著的距離」,而 beside 則表示「兩者仍隔著一定的距離」。alongside 可以是副詞或介系詞,而 beside 只能是介系詞。

🖐 alter vs adjust 誰做出「改變」?

alter ['ɔltɚ] **v** 改變;修改

易混淆單字 **adjust** v 調整;調節

比較例句

» I took my jeans to the tailor to get them **_altered_**.
我把我的牛仔褲拿給裁縫修改。

She tried to **_adjust_** herself to the African lifestyle.
她試著調整自己,以適應非洲的生活。

解釋

alter 通常是指「改良某事物的形式或結構」,而 adjust 更強調「調整某事物的細節以適應某種標準或情況」。

🖐 alteration vs renovation 誰發生「更動」?

alteration [͵ɔltə'reʃən] **n** 改變;變更

易混淆單字 **renovation** n 更新;翻修

比較例句

» The timetables are still subject to **_alteration_** due to high winds and heavy snow.
由於強風大雪,時刻表仍有可能變更。

The train station will be closed while the **_renovation_** is underway.
車站會在翻修期間關閉。

解釋

alteration 是指「改良某事物的形式」,而 renovation 是指「對於某事物的翻新或翻修」。

✋ alternate vs substitute 誰可以「輪流」？

alternate [ˈɔltənɪt] adj 交替的；輪流的

易混淆單字 substitute adj 替代的；替補的

比較例句

» The meetings will be scheduled on *alternate* Fridays.
會議會在隔周五舉行。

The schools are struggling to tackle the *substitute* teacher shortage.
這些學校正想辦法解決代課老師短缺的問題。

解釋

alternate 指兩個或兩個以上的人或物交替；substitute 通常是指「某人事物的代替者或代替品」。

✋ alternation vs rotation 什麼的「交替」？

alternation [ˌɔltəˈneʃən] n 交替；輪流

易混淆單字 rotation n 旋轉；循環；交替

比較例句

» The regular *alternation* of consonants and vowels can be seen in these words.
在這些單字中，我們可以發現子音和母音規律地交替。

We use job *rotation* to assign jobs to the employees.
我們使用職位輪換法幫員工分配工作。

解釋

不同於 alternation 指的是「兩者間的輪替」，rotation 是指「多者間的輪替」。

✋ altitude vs stature 「高度」是多少？

altitude [ˈæltətjud] n 海拔；高度

易混淆單字 stature n 身高；物體的高度

比較例句

» We are now flying at an *altitude* of 10,000 feet.
我們目前正以海拔一萬英呎的高度飛行。

She is quite small in *stature*.
她身高滿矮小的。

解釋

altitude 是指某物相對於海平面而言的垂直高度，而 stature 通常是指「某個東西本身的高度」。

Aa

✋ amateur vs layman 誰才是「業餘」？

amateur [ˈæmətʃur]
adj n 業餘的；業餘愛好者

易混淆單字 layman n 門外漢

比較例句

» It is unbelievable that these amazing pictures were taken by a group of *amateur* photographers.
這些精采的照片竟是由一群業餘攝影師所拍攝，真令人難以置信。

Please try to cut out all the jargons for the *layman*.
請不要說那些門外漢聽不懂的專業術語。

解釋
amateur 是指「非專職於某個領域的人員」，但可能也擁有很高的技術水平；而 layman 是指「對某個領域不是很懂的門外漢」。

✋ amaze vs surprise 什麼讓你「感到驚奇」？

amaze [əˈmez] v 使感到驚奇

易混淆單字 surprise v 使驚訝

比較例句

» I was *amazed* at how organized everything was.
我感到驚奇的是所有的事情都井然有序。

The results *surprised* us all.
結果令我們都感到很驚訝。

解釋
amaze 語氣較為強烈，並帶有「驚奇和欣喜」的情緒；surprise 則表示「因為某事出乎預料而驚訝」。

✋ **ambassador** vs **representative** 誰是「代表」?

ambassador [æmˋbæsədɚ]
n 大使;使節

（易混淆單字） **representative** **n** 代表

（比較例句）

» The US *ambassador* to South Korea was attacked by a gunman.
美國駐南韓大使被一位持槍男子攻擊。

She was appointed as the *representative* of District 11.
她被指派為第十一區的代表。

解釋

不同於 ambassador 指的是「一個國家派駐於另一國的最高級外交代表」,representative 指的是「某個機構或群體的代表或代理人」,也可以指「美國的眾議院議員」。

✋ **ambitious** vs **enterprising** 誰有「野心」?

ambitious [æmˋbɪʃəs]
adj 有雄心的;野心勃勃的

（易混淆單字） **enterprising** **adj** 有事業心的

（比較例句）

» We are looking for a communicative, *ambitious* sales representative.
我們正在找一位善於溝通,有野心抱負的銷售代表。

Our team is in need of *enterprising* young people.
我們的團隊正需要有事業心的年輕人。

解釋

ambitious 形容某人「對於某項事業或宏大的目標具有野心」,而 enterprising 則強調某人「對於財富或事業的野心」。

✋ **amenable** vs **accountable** 由誰來「負責」?

amenable [əˋminəbl]
adj 有義務的;有責任的

易混淆單字　**accountable** adj 應負責的;
應出面說
明的

比較例句

» The entire department is *amenable* for the loss.
全部門的人都需要對這次的損失負責。

It is unclear who is *accountable* for the abrupt end of the event.
不清楚誰需要對本次活動突然的終止負責任。

解釋

amenable 是指
「對上級單位或
官方負責」,而
accountable 是指
「事後對該事務負
責,並能夠提出解
釋」。

✋ **amends** vs **compensation** 誰負責「賠償」?

amends [əˋmɛndz] **n** 賠償;賠罪

易混淆單字　**compensation** n 賠償;
補償

比較例句

» The company made *amends* to the customers.
這間公司賠償了這些顧客。

I am calling to check if I am eligible for an unemployment *compensation*.
我打來想確認我是否有資格申請失業給付。

解釋

amends 表示「向
某人賠償」,
compensation 通常
特別指「金錢或物
質層面的賠償」。

✋ **amount** vs **quantity** 「數量」是多少?

amount [əˋmaʊnt] **n** 數量;總額

易混淆單字　**quantity** n 數量

解釋

amount 是用來當
「無法被測量的東
西」的單位;而
quantity 是用來當
「可被測量的東西」
的單位。

» A large *amount* of plastic was found in the fish's stomach.
在魚的肚子裡發現了大量的塑膠。

The man was caught smuggling a huge *quantity* of heroin to India.
這名男子被抓到走私大量的海洛因到印度。

🖐 **ample** vs **extensive** 哪個比較「大量」?

ample [ˈæmpl̩] adj 大量的;充裕的

易混淆單字 **extensive** adj 大量的

比較例句

» The room gets *ample* sunshine from the west.
這間房間西曬採光非常好。

The blizzard caused *extensive* damage to the crops.
暴雪對農作物造成了巨大的傷害。

解釋
ample 指滿足充份的需求量; extensive 通常用來表示「大量散佈於一片廣大的區域」。

🖐 **amuse** vs **entertain** 誰讓你「快樂」?

amuse [əˈmjuz] v 使感到歡樂;娛樂

易混淆單字 **entertain** v 使歡樂

比較例句

» He felt tired of having to *amuse* his boss.
他對於必須取悅老闆感到厭煩。

He is an expert at *entertaining* the audience with a speech.
在用演講娛樂觀眾方面,他是一位專家。

解釋
amuse 指以逗人捧腹大笑;entertain 通常是指「提供或呈現專業的娛樂活動或表演」。

✋ analogy vs comparison 做哪個「比較」？

amuse [ə`mjuz] Ⓥ 使感到歡樂；娛樂

解釋

(易混淆單字) **comparison** Ⓝ 比較；對照

(比較例句)

> He well explained the situation with a good **_analogy_**.
> 他用了一個很好的類比，成功解釋了這個處境。

> By **_comparison_**, this village seems old and shabby.
> 對比起來，這個村子就顯得又舊又破。

analogy 是指「兩事物同質性的比較」，特別會用於需要解釋某觀點的時候；而 comparison 是指「比較兩事物的動作或過程」。

✋ anchor vs host 誰來「主持」？

anchor [`æŋkɚ] Ⓥ 主持新聞或廣播節目

解釋

(易混淆單字) **host** Ⓥ 主持；主辦

(比較例句)

> She **_anchors_** an evening news show at seven.
> 她主持一檔七點的晚間新聞節目。

> The city to **_host_** the 55th table tennis tournament will be announced on Monday.
> 主辦第五十五屆乒乓球錦標賽的城市，將會在星期一宣布。

anchor 是指「主持新聞或廣播節目」，而 host 是指「主持或主辦某節目、活動或運動賽事」。

✋ antibiotic vs antiseptic 哪個較「抗菌」？

antibiotic [ˌæntɪbaɪˋɑtɪk]

(adj) 抗生素的 (n) 抗生素

(易混淆單字) antiseptic (adj) 抗菌的；防腐的
(n) 抗菌劑；防腐劑

(比較例句)

» Most sore throats are caused by viral infection, which cannot be treated by *antibiotics*.
大部分的喉嚨痛都是由病毒感染引起的，不能用抗生素來治療。

The nurse dabbed a little *antiseptic* cream on my cut.
那位護士在我的傷口上擦了一點抗菌膏。

解釋

antibiotic 是指「可以消滅或抑制細菌生長的藥物」，可口服或外用；而 antiseptic 是指「清除人體以外或物體表面細菌的清潔物質」，不可口服，如：酒精、肥皂等。

✋ anticipate vs foresee 誰能「預料」到？

anticipate [ænˋtɪsəpet] (v) 期望；預期

(易混淆單字) foresee (v) 預見；預知

(比較例句)

» The organizers did not *anticipate* such a large crowd.
主辦單位沒有預料到會來那麼多人。

Nobody in the department could *foresee* her betraying them.
部門裡沒有人能預料到她會背叛他們。

解釋

anticipate 除了表示「期望」、「預期」之外，還有「提早或先於某人採取行動」的意思；而 foresee 是單純指「預料」、「預知」的意思。

✋ anticipation vs expectation 有什麼「期望」?

anticipation [æn͵tɪsə`peʃən]
n 預期；預料

(易混淆單字) **expectation** **n** 期待；期望

(比較例句)

» I always bring an umbrella with me in ___anticipation___ of rain.
我總是隨身帶把雨傘，以防下雨。

There is widespread ___expectation___ that the new leader can bring prosperity to the country.
大家對於新的領導人能為國家帶來繁榮，充滿期待。

解釋
anticipation 是指「對於某事預先的想法或預測」，而 expectation 是指「對於未來的期待」。

✋ antique vs ancient 誰比較「古老」?

antique [æn`tik] **v** 古董 **adj** 古董的

(易混淆單字) **ancient** **adj** 古代的；年代久遠的

(比較例句)

» David's biggest habit is to collect ___antiques___.
大衛最大的興趣就是蒐集古董。

Even Chinese people cannot fully understand ___ancient___ Chinese language.
就連中國人都無法完全明白中國文言文。

解釋
antique 是指「因古老，而有價值的精美器物」，而 ancient 是形容某事物「年代久遠」或「屬於古老時代的」。

✋ apparent vs superficial 誰比較「表面」?

apparent [ə`pærənt] **adj** 表面的；明顯的

(易混淆單字) **superficial** **adj** 表面的；膚淺的；面積的

解釋
apparent 是指「顯而易見或容易察覺的」，而 superficial 是形容某事物「缺乏內涵與深度」，通常帶有貶義。

» The ***apparent*** truth is a lie.
   這表面的真相其實是個謊言。

   We cannot base our reasoning on these ***superficial*** arguments.
   我們不能將我們的推理建立在這些膚淺的言論上。

✋ **appendix** vs **attachment**　哪個是「附錄」？

appendix [ə'pɛndɪks] **n** 附錄；附件

（易混淆單字）**attachment** **n** 附件

解釋
appendix 是指「出版物後的附件」，而 attachment 是指「郵件中夾帶的附件」。

（比較例句）

» Please refer to the ***appendix*** for more relevant resources.
   更多相關資源，請查閱附錄。

   The pictures of last week's event are included in the ***attachment***.
   上週活動的照片已夾帶於附件中。

✋ **appetite** vs **hunger**　你有「胃口」嗎？

appetite ['æpə,taɪt] **n** 胃口；食慾

（易混淆單字）**hunger** **n** 饑餓；饑荒；渴望

解釋
appetite 是指「心理對食物的渴望」，而 hunger 是指「身體對食物的需求」。

（比較例句）

» The side effects of the medicine can decrease your ***appetite***.
   這個藥的副作用可能會降低你的食慾。

   The students have gone on a ***hunger*** strike to protest against their arrest.
   這些學生因為被捕，而絕食抗議。

✋ **applaud** vs **cheer** 誰「喝采」？

applaud [əˋplɔd] ⓥ 鼓掌；拍手喝采；贊同

(易混淆單字) **cheer** ⓥ 歡呼；喝采

applaud 是指「鼓掌喝采」，而 cheer 是指「歡呼喝采」。

(比較例句)

» The spectators stood and **_applauded_** for ten minutes.
觀眾起立鼓掌了十分鐘。

Everybody rose to **_cheer_** the players.
大家起立為那些選手歡呼。

✋ **apply** vs **file** 怎麼「申請」？

apply [əˋplaɪ] ⓥ 申請；應用

(易混淆單字) **file** ⓥ 申請；提起訴訟

apply 是只希望獲得的事物；file 特別是指「透過法律程序申請或提起訴訟」。

(比較例句)

» Over a thousand people **_applied_** for the position.
超過一千人申請這份工作。

May 15^(th) is the deadline to **_file_** an extension on taxes.
申請延遲繳稅的截止日期為五月十五日。

✋ **appreciate** vs **owe** 誰會「感激」？

appreciate [əˋpriʃɪͅet] ⓥ 感謝；感激；欣賞

(易混淆單字) **owe** ⓥ 感激

appreciate 有看見價值、有認同的涵義；owe 特別是指「對某人應該表訴的感激，虧欠某人恩惠」的意思。

(比較例句)

» I really **_appreciate_** your bending over backward to help me.
對於您的鼎力相助，我真的很感激。

We **_owe_** a great deal to you.
我們深受你的恩惠。

✋ apprentice vs intern　哪一位是「實習生」?

apprentice [ə`prɛntɪs] n 實習生;學徒

易混淆單字　intern n 實習生

比較例句

» Before I became a professional blacksmith, I worked as an *apprentice* in his factory.
在我成為一名職業鐵匠之前,我在他的工廠當過實習生。

We are recruiting highly-paid *interns* to join our sales team.
我們正高薪尋找實習生加入我們的銷售團隊。

解釋
不同於 apprentice 指的是「帶薪,長期,並由政府督導的正式職業培訓」,intern 則是指「不一定帶薪,短期,非由政府督導的實習」。

✋ approach vs method　哪個「方法」好?

approach [ə`protʃ] n 方法;途徑

易混淆單字　method n 方法

比較例句

» Everybody has different *approach* to expressing themselves.
每個人表達自己的方式不同。

The chapter explicates the *method* adopted in the research.
本章節針對研究方法進行詳細的說明。

解釋
approach 指的是「處理某事的理念、立場和觀點」,而 method 是指「一套具體有系統的流程或步驟」。

✋ **appropriate** vs **divert** 誰「挪用款項」？

appropriate [ə`proprɪˌet]

adj 適當的；相稱的
v 撥出款項；挪用；盜用

(易混淆單字) **divert v** 挪用資金

(比較例句)

» Both companies have problems in **_appropriating_** funds for the construction project.
兩間公司都出現建案款項挪用的問題。

I think more funds should be **_diverted_** from the south campus to the north.
我認為更多的款項應從南校區挪用至北校區。

解釋
appropriate 是指「為某計畫撥出專款」，另外還有「占用或盜用」的意思；而 divert 是指「將原有的款項轉移至別的用途」。

✋ **approval** vs **validation** 誰能「批准」？

approval [ə`pruvl] **n** 批准；認可；同意

(易混淆單字) **validation n** 批准；確認

(比較例句)

» Jerry took a three-day personal leave with the director's **_approval_**.
傑利經過了主管的同意，請了三天的事假。

The **_validation_** number is printed on the back of the credit card.
認證碼印在信用卡的背面。

解釋
validation 是指「批准或確認的動作」，而 approval 是指「對某事認同的表達」。

✋ **approve** vs **authorize** 誰會「同意」?

approve [ə`pruv] **v** 同意;認可

易混淆單字 **authorize** v 授權;批准

比較例句

» Please note that you do not have access to the website before your application is **_approved_**.

請注意,在您的申請通過認可之前,您無權造訪該網站。

The local government is hesitant to **_authorize_** the construction of the gym.
當地政府遲遲不批准這座體育館的興建。

解釋
approve 有「同意而讚許某事」的意味,而 authorize 則有「由權力擁有人給予權限」的意思,對其授權的事務有較高的參與度。

✋ **aptitude** vs **capability** 哪個有「才能」?

aptitude [`æptə͵tjud] **n** 天資;才能

易混淆單字 **capability** n 能力;才能

比較例句

» She had a remarkable **_aptitude_** for numbers.
她在數字方面天賦異稟。

I don't doubt his **_capability_** of carrying out a research independently.
我毫不質疑他獨力進行研究的能力。

解釋
aptitude 是指「與生俱來的才華或潛能」,而 capability 是指「後天學習或訓練而得的能力或技能」。

✋ **archive** vs **database** 是哪個「資料庫」?

archive [`ɑrkaɪv] **n** 資料庫;檔案館

易混淆單字 **database** n 數據庫;資料庫

解釋
archive 指把不常用的資料集中一個地方歸檔;database 特別是指「電腦上的資料庫」。

Aa

» More than 300 authors have submitted materials to the digital *archive*.
超過三百位作者已將材料傳送至數位資料庫。

The interactive online *database* takes information management to the next level.
這套互動式線上資料庫將資訊管理提升到另一個層次。

✋ **arise** vs **appear** 在哪裡「出現」？

arise [əˋraɪz] **v** 產生;出現

易混淆單字 **appear** **v** 出現;顯露

比較例句

| | 解釋 |

arise 通常是用在「抽象的事物」上,例如:問題、困難等;而 appear 可用於「具體或抽象的事物」。

» A lot of unforeseen problems *arose* at the planning stage.
在策畫階段出現了許多意外的問題。

A special guest will *appear* on our show celebrating my birthday together.
一位特別來賓會出現在我們節目上,跟我們一起慶祝我的生日。

✋ **array** vs **display** 如何「排列」？

array [əˋre] **v** 排列;部署;裝扮
n 列陣;一系列

易混淆單字 **display** **v** 陳列;顯示

比較例句

array 強調「以特定的、有規律的模式排列」,而 display 是指「陳列並展示於他人」。

» The dishes were *arrayed* across the table.
菜餚滿滿地排列在桌上。

Clothes from different cultures and traditions were *displayed* in the gallery.
館內陳列著來自不同文化與傳統的服飾。

✋ arrogant vs conceited　誰比較「自負」？

arrogant [ˋærəgənt] adj 傲慢的；自負的

(易混淆單字) **conceited** adj 自負的；自滿的

(比較例句)

» He has been this *__arrogant__* since he was in school.
他從學生時代就如此傲慢。

He may have sounded *__conceited__* but he is actually quite humble if you get to know him.
他可能聽起來有點自負，但如果你更認識他之後，你會發現他其實滿謙虛的。

解釋
arrogant 是形容某人「散發出高人一等且目空一切」的態度，而 conceited 是指「過度的自賞或自大」。

✋ articulate vs enunciate　誰「善於表達」？

articulate [ɑrˋtɪkjəlɪt]
adj 善於表達的；發音清晰的

(易混淆單字) **enunciate** v 清晰地讀；宣布

(比較例句)

» He is an intelligent and *__articulate__* teacher.
他是一位聰明且善於表達的老師。

The host slowly *__enunciated__* the name of the best actor of the year.
主持人緩緩地讀出今年最佳男演員的名字。

解釋
articulate 是指「清楚地表達或清晰地讀出」，而 enunciate 更偏向「清晰地發音」，此外還有「篤定地宣布」的意思。

✋ artificial vs contrived　哪個是「人為的」？

artificial [ˌɑrtəˋfɪʃəl] adj 人造的；人為的

(易混淆單字) **contrived** adj 人為的；不自然的

解釋
artificial 通常是形容「物」，而 contrived 通常是形容「事」。

Aa

» The *artificial* hand can open and close in response to muscle contractions in the stump.
這隻人工手掌可以透過殘肢上肌肉的收縮來進行開閉。

The ending of the story is apparently *contrived*.
故事的結局很明顯是捏造的。

✋ ascent vs acclivity 要走哪個「上坡」？

ascent [əˋsɛnt] **v** 升高；登高；上坡路；身份地位的提升

解釋

易混淆單字 **acclivity** **n** 上坡路

比較例句

» The sacrifice of his wife contributed to his *ascent* to power.
他妻子的犧牲造就了他奪權的成功。

The upper part of the *acclivity* is very steep.
這段斜坡的上半部非常陡。

ascent 可以指「地勢的上升」、「地位的上升」或「上升的這個動作」，而 acclivity 專指「地理上的上坡地形」或「建築中的上坡路面」。

✋ ashamed vs shameful 誰該感到「可恥」？

ashamed [əˋʃemd] **adj** 感到羞愧的

解釋

易混淆單字 **shameful** **adj** 可恥的；令人丟臉的

比較例句

» He felt *ashamed* of not being able to close the deal.
他對於無法做成這筆交易感到羞愧。

The celebrity apologized for his *shameful* conduct.
這位名人為他可恥的行徑道歉。

ashamed 是指「某人感到羞愧」，而 shameful 是形容「某事是可恥的」。

✋ aside vs beside 誰「在旁邊」？

aside [əˈsaɪd] adv 在旁邊；到一旁

(易混淆單字) beside prep 在旁邊；在附近

(比較例句)

» They pushed me *aside* when they spoke ill of my girlfriend.
他們說我女朋友壞話的時候，把我推到一旁。

The hut was built *beside* the lake.
小屋建於湖畔。

解釋

aside 為副詞，表示「到一旁」或「從原處遠離」；beside 為介系詞，用來指示某人或某物之間的相對位置。

✋ aspect vs respect 哪一個「方面」？

aspect [ˈæspɛkt] n 方面；觀點

(易混淆單字) respect n 方面；側重點

(比較例句)

» Policy makers need to take into account all the *aspects* of language learning before implementing renovation.
制定政策的人在引進改革之前，需要考慮語言學習中的各個面向。

In this *respect*, I still cannot agree with you.
在這點上我仍然無法同意你的觀點。

解釋

aspect 是指某事或某議題的「某個角度或面向」，而 respect 是指某事或某議題的「某個思考方向或立場」。

✋ assemble vs gather 怎麼「集合」在一起？

assemble [əˈsɛmbl] v 集合；組裝

(易混淆單字) gather v 收集；採集

解釋

assemble 是指「將許多人或物集合或組裝在一起」，而 gather 是指「由各處收集某物」。

Aa

» All the technicians were **_assembled_** in the meeting room to discuss how to deal with the sudden power cut.
所有的技術人員都到會議室集合，討論如何處理突如其來的停電。

I use the Internet mainly to **_gather_** information.
我上網主要都是為了收集資訊。

✋ assess vs estimate　怎麼「評估」這件事？

assess [əˋsɛs] **ⓥ** 評估；評量；估稅

解釋

assess 是指「評價或評定某人事物」，另外還有「評估稅收」的意思；而 estimate 是指「預估事物的數值或價值」，通常與金錢相關。

（易混淆單字） **estimate** ⓥ 估算；預估

（比較例句）

» It was not clearly framed how to **_assess_** students' in-class attitude.
針對學生的課堂態度表現如何評量並沒有很明確的設定。

The cost of the damage is **_estimated_** at approximately 10,000 pounds.
損壞的金額預估在一萬英鎊左右。

✋ asset vs property　誰的「財產」？

asset [ˋæsɛt] **ⓝ** 財產；資產；人才

解釋

asset 是指「有價值的資產」，而凡是「個人的所有物」都可以是 property。另外 property 通常是指「房地產」。

（易混淆單字） **property** ⓝ 財產；房產；所有物

（比較例句）

» She inherited her father's only **_asset_**, 300 acres of farmland.
她繼承了她父親的財產，三百英畝的田地。

It is no secret that the price of **_property_** in London is high.
倫敦的房價很高早已不是新鮮事了。

✋ **assign** vs **distribute**　誰被「指派」了？

assign [əˈsaɪn] ⓥ 指派；指定

(易混淆單字) **distribute** ⓥ 分配；散佈

(比較例句)

» Claire will be _**assigned**_ to assist you with the job.
克萊兒會被指派去協助你這個任務。

The police officer expelled the students who were _**distributing**_ the leaflets.
警察驅走了那些被指派發宣傳手冊的學生們。

解釋
assign 是「根據某種原則或規定指派某事物」，而 distribute 是「在特定的範圍內分派或分佈」。

✋ **assignment** vs **task**　哪一個完成「任務」？

assignment [əˈsaɪnmənt]
ⓥ 功課；任務；指派

(易混淆單字) **task** ⓝ 任務；工作

(比較例句)

» She is ready to take on the _**assignment**_.
她準備好接受這項任務了。

I was given the _**task**_ of preparing the agenda for the meeting.
我被指派的任務是準備會議議程。

解釋
assignment 是指「他人指派的工作項目」，而 task 單純是指「需要完成的工作」。

✋ **assist** vs **aid**　誰需要「幫助」？

assist [əˈsɪst] ⓥ 幫助；協助

(易混淆單字) **aid** ⓥ 幫助；支援

(比較例句)

» Each team member should work together and _**assist**_ each other.
每個組員應該要合作並互相幫助。

Our school has abundant online resources that can _**aid**_ students' learning.
我們學校擁有豐富的線上資源，對於學生的學習帶來很大的幫助。

解釋
assist 是指「在他人力量的基礎上提供其協助或支援，以提高效率」，而 aid 是指「物質上的協助」。

Aa

✋ associate vs connect 哪一種「連結」？

associate [əˈsoʃɪˌet] Ⓥ 聯想；結交

(易混淆單字) connect Ⓥ 連結；聯想

(比較例句)

» People often **_associate_** spring with vitality.

人們通常將春天與生命力聯想在一起。

The curriculum is not well **_connected_** to students' daily life.

這個課綱並沒有很好地與學生的日常生活連結。

解釋
associate 是指「將兩件事聯想在一起」，同時也有「與某人聯繫或交往」的意思；而 connect 是指「將兩件事連結、連接或聯想在一起」。

✋ association vs alliance 誰組「聯盟」？

association [əˌsosɪˈeʃən] Ⓝ 協會；聯盟

(易混淆單字) alliance Ⓝ 結盟；同盟

(比較例句)

» The speech competition is organized by the **_Association_** of Filipino-Chinese Schools.

本次演講比賽是由菲律賓華人學校聯合會主辦。

The king had formed an **_alliance_** with Henry VII.

國王已和亨利七世組織了同盟。

解釋
association 是指「為了達到共同目標而組成的協會或團體」，而 alliance 是指「由多個國家或機構為了共同利益而結盟組織的集團」。

✋ **assorted** vs **miscellaneous** 哪一個「不同樣式」的？

assorted [ə`sɔrtɪd] **adj** 各式各樣的

易混淆單字 **miscellaneous**
adj 五花八門的；雜項的；多才多藝的

比較例句

» On the shelf was ***assorted*** imported stationery.
架上擺著各式各樣的進口文具。

He kept a ***miscellaneous*** selection of CDs in his study.
他在他的書房擺放了一系列五花八門的唱片。

解釋

assorted 是指「不同種類、樣式的」，而 miscellaneous 是指「不同種類、樣式，且雜亂的」。

✋ **assortment** vs **hotchpotch** 誰的「雜物」？

assortment [ə`sɔrtmənt]
n 各式各樣的物品

易混淆單字 **hotchpotch** n 雜燴；雜物的集合

比較例句

» He likes to keep a strange ***assortment*** of action figures on his desk.
他喜歡在辦公桌上擺放各式各樣奇怪的公仔。

The company is literally a ***hotchpotch*** of uncoordinated things and people.
整間公司充滿了雜亂無章的人與事。

解釋

assortment 指包含各種事物的集合，hotchpotch 特別是指「雜亂無章的事物的集合」。

✋ **assume** vs **presume** 什麼「假設」？

assume [ə`sum] **v** 以為；假設為

易混淆單字 **presume** v 設想；推測；假設

解釋

assume 通常是指「毫無根據的設想、推測」，而 presume 是指「根據機率來推斷或預判」。

Aa

（比較例句）

» It is **_assumed_** that every student in this school comes from money.
大家都以為這間學校的學生家裡都很有錢。

I **_presume_** that the storm will hit Iceland this afternoon.
我推斷颱風會在今天下午觸及冰島。

✋ **assumption** vs **hypothesis** 誰下的「假設」?

assumption [əˋsʌmpʃən] ⓝ 假設；推斷

解釋

（易混淆單字）**hypothesis** ⓝ 假說

（比較例句）

» At this moment, I don't want to make any **_assumptions_**.
目前我不想下任何推斷。

assumption 是指「任何無憑據的設想或推斷」，而 hypothesis 是指「未經實驗確證，用來解釋某種現象的假設或說明」。

Many attempts have been made to overthrow Chomsky's **_hypothesis_**.
許多人試圖推翻杭士基的假說。

✋ **assurance** vs **insurance** 誰能給「保證」?

assurance [əˋʃurəns] ⓝ 保證；人壽保險

解釋

（易混淆單字）**insurance** ⓝ 保險；保險業

（比較例句）

» He cannot give an **_assurance_** that the draft can be completed by the end of the month.
他無法保證稿子可以在月底之前完成。

assurance 是指「為確定會發生的事所投的保險」，如：壽險；而 insurance 是指「為不確定會發生的事所投的保險」，如：意外險。

Her father has been working in **_insurance_** for over twenty years.
他爸爸從事保險業超過二十年了。

✋ assure vs convince 哪一個能「相信」？

assure [əˈʃʊr] Ⓥ 使確信；使放心；確保

易混淆單字 convince Ⓥ 說服；使相信

比較例句

» I can **_assure_** you that all your hard work will pay off some day.
我能保證你的努力某天一定會得到回報。

Convincing him to undertake the job is difficult.
要說服他做這份工作很困難。

解釋

assure 是指「向某人保證某事，使他們放心」，而 convince 是指「以充分的理由或立論讓某人相信某事」。

✋ attend vs present 誰能「參加」？

attend [əˈtɛnd] Ⓥ 參加；出席

易混淆單字 present Ⓥ 出席；出面

比較例句

» I was so gutted that I was not able to **_attend_** the graduation ceremony.
我覺得很可惜沒辦法參加畢業典禮。

He promised to **_present_** himself at the conference.
他承諾要出席這場會議。

解釋

attend 是指「出席或參加某項活動或場合」，而 present 的意思是「露面」、「現身」，通常後面會接反身代名詞 oneself。

✋ attendance vs presence 誰「出席」？

attendance [əˈtɛndəns]
Ⓝ 出席；到場人數

易混淆單字 presence Ⓝ 到場；出席

解釋

attendance 通常是指「義務性的參加」，而 presence 是指「在某個場合現身露面」，用法較中性，沒有強制的意味。

Aa

» **_Attendance_** is mandatory for all members.
所有成員都必須出席。

Your **_presence_** is requested at the club meeting this Saturday.
邀請您參加本周六的社團會議。

✋ **attitude** vs **manner** 誰的「看法」?

attitude [ˋætəˌtjud] ⓝ 態度；看法

（易混淆單字）**manner** ⓝ 舉止；方法

（比較例句）

解釋
attitude 是指「某人內心對某事的想法或態度」，較偏內隱性的；而 manner 是指「某人顯露於外的態度或舉止」，較偏外顯性的。

» Tom always holds a positive **_attitude_**
towards everything.
湯姆對於每件事總是抱持著正面的態度。

Did you forget your **_manners_**?
你忘了你的禮節了嗎?

✋ **attorney** vs **advocate** 誰要請「律師」?

attorney [əˋtɝnɪ] ⓝ 律師

（易混淆單字）**advocate** ⓝ 辯護律師

（比較例句）

解釋
attorney 指有資格代表當事人出庭的律師；advocate 特別是指「專門為某客戶爭訟的辯護律師」。

» We have to confer with our **_attorney_** on
this matter.
我們必須跟我們的律師商談這件事。

The **_advocate_** is negotiating with the insurance company.
辯護律師正在與保險公司協商。

✋ auction vs sale　要「拍賣」哪一個？

auction [ˋɔkʃən] ⓝ 拍賣

易混淆單字　sale ⓝ 出售；拍賣；銷售額

比較例句

» I sold my house by *auction*.
　我將我的房子拍賣掉。

This item will not be on *sale* until next month.
本件商品下個月才開始販售。

解釋

auction 是指「公開出售，出價最高者得標的買賣方式」；而 sale 是泛指任何「銀貨兩訖的買賣行為」。

✋ audience vs spectator　哪一個「觀眾」？

audience [ˋɔdɪəns] ⓝ 觀眾；聽眾

易混淆單字　spectator ⓝ 觀眾

比較例句

» The well-known writer will come to address the *audience*.

這位名作家會來向觀眾們演講。

The game drew thousands of *spectators*.
這場比賽吸引了數千名觀眾。

解釋

audience 一般是指「任何活動或展演的聽眾或觀眾」，尤其是指包含「聽覺感官」的活動，如：演唱會、演講、電視轉播等。另外，「讀者」也叫 audience，由於古時候閱讀通常藉由朗誦，因此也跟聽覺有關。而 spectator 是指「運動賽事」的觀眾，更多地與「視覺」有關。

✋ auditorium vs hall　約在哪一個「大廳」?

auditorium [ˌɔdəˈtorɪəm] **n** 禮堂；
觀眾席

（易混淆單字）**hall** **n** 大廳

（比較例句）

» Ten sprinklers are to be installed on the ceiling of the *auditorium*.
十個灑水裝置會被安裝到禮堂的天花板。

The toilet is at the end of the *hall*.
洗手間位於大廳盡頭。

解釋
auditorium 是專指「前方有舞臺或講臺，並設有觀眾席的禮堂」，而 hall 是泛指「建築物內用於人們集合的寬敞的空間」。

✋ authentic vs genuine　哪個才是「真的」?

authentic [ɔˈθɛntɪk] **adj** 真實的；真
正的

（易混淆單字）**genuine** **adj** 真的；衷心的

（比較例句）

» The textbook is majorly based on *authentic* materials.
這本課本主要是採用真實的素材。

All the shoes were made out of *genuine* leather.
所有的鞋子都是由真皮製成的。

解釋
authentic 是指「遵循傳統或原始的真實」，而 genuine 是指「相對於假冒的真實」，另外也有「由衷」的意思。

✋ authorize vs validate　誰能「認可」?

authorize [ˈɔθəˌraɪz] **v** 批准；認可；
授權

（易混淆單字）**validate** **v** 使生效；證實；
認可

解釋
authorize 一般是指「給予某人權限去做某事」，而 validate 是指「使某事物產生法律效力或官方認可」或「由官方證明某事物是有效的」。

» We need to get our superintendent to *__authorize__* your refund.
我們需要請我們的主管授權您的退款。

You need an official signature to *__validate__* the order.
你需要長官簽字才能讓這份訂單生效。

✋ **automatic** vs **spontaneous** 哪一個是「自動的」？

automatic [͵ɔtə'mætɪk] adj 自動的；必然的

（易混淆單字） **spontaneous** adj 自發的；自然的

（比較例句）

» Every worker enjoys an *__automatic__* pay raise every year.
每位員工每年都享有自動調薪的福利。

After the earthquake, people made a *__spontaneous__* offer of help.
地震過後，人們自發地提供援助。

解釋
automatic 是指「能夠不受外力控制或介入而自體運作的」，而 spontaneous 是指「自發性的，不受外人強制或外界因素影響的」。

✋ **automobile** vs **vehicle** 誰的「車」？

automobile ['ɔtəmə͵bil] n 汽車

（易混淆單字） **vehicle** n 交通工具

（比較例句）

» We exported a lot of *__automobiles__* to the USA.
我們出口很多汽車到美國。

The police officer asked me to step out of my *__vehicle__*.
警察叫我下車。

解釋
automobile 是專指「汽車」，而 vehicle 是泛指「所有的交通工具」，包括：飛機、船、汽車等。

✋ **avenue** vs **street** 哪一條「街道」?

avenue [ˈævəˌnju] **n** 大道;大街

易混淆單字 **street** n 街道

比較例句

» Our hotel faces Fifth ***Avenue***.
我們飯店正對著第五大道。

As you walk up the ***street***, you will come to a big Gothic church.
當你沿著街道往上走,你會看到一座很大的哥德式教堂。

解釋
avenue 是指「大條的街道」,通常兩旁會種植固定間隔距離的樹;而 street 是指「行人走的小條街道」。

✋ **aware** vs **conscious** 誰「知道」呢?

aware [əˈwɛr] **adj** 知道的

易混淆單字 **conscious** adj 有意識的;清醒的

比較例句

» I am well ***aware*** that I am not a sociable kind of man.
我非常知道我自己不是一個善於交際的人。

He is ***conscious*** of the predicament he is in.
他很清楚他自己身陷的困境。

解釋
aware 是指「知道某樣人事物的存在」,而 conscious 是指「知道某樣人事物的存在,並且對該人事物有更深一層的理解」。換句話說,要達到 conscious 之前,必須先達到 aware。另外,conscious 還有「意識清醒」的意思。

✋ awkward vs embarrassed 誰「尷尬」？

awkward [ˈɔkwəd]

adj 笨拙的；尷尬的；難對付的

(易混淆單字) **embarrassed** adj 尷尬的；
難為情的

(比較例句)

» I would never forget my most *awkward* moment.
我永遠都忘不了我那最尷尬的時刻。

Jeremy felt extremely *embarrassed* with the subject.
傑瑞米對這個話題感到非常難為情。

解釋

awkward 是指「行為或行動笨拙的」或「尷尬的」，而 embarrassed 是指「某人心裡感到尷尬或難為情」。

Bb

✋ bachelor vs single　誰「單身」?

bachelor [ˋbætʃələ] n 單身漢;學士

（易混淆單字）single n 單身的人

（比較例句）

» Mark does not bother remaining a ___bachelor___ even though he is in his forties.
馬克即使四十多歲了還樂於當個單身漢。

This bar is full of ___singles___ ready to mingle.
這個酒吧充滿了想與人交際的單身男女。

解釋
不同於 bachelor 專指「單身男性」, single 可以是「單身男性或女性」。

✋ badge vs insignia　哪一個「徽章」?

badge [bædʒ] n 徽章;標記;象徵

（易混淆單字）insignia n 佩章;徽章

（比較例句）

» The officer was asked to show his ___badge___.
那位警官被要求出示徽章。

The soldier stood at attention staring at the ___insignia___ on the wall.
士兵立正站著注視著牆上的徽章。

解釋
badge 是指「一般性的,象徵某群體的徽章」,而 insignia 是指「象徵階級、地位的徽章」。

✋ bake vs grill　誰來「烤」呢?

bake [bek] v 烘焙;烤

（易混淆單字）grill v 燒烤

（比較例句）

» ___Bake___ the pie crust in an oven for 20 minutes.
將派皮放入烤箱烘烤二十分鐘。

Here are five ways to perfectly ___grill___ fish.
這裡有五種烤魚的方法。

解釋
bake 是指「用烤箱烤」,而 grill 是指「在烤架上烤」。

✋ balcony vs porch 誰在「陽台」？

balcony [`bælkənɪ] ⓝ 陽台；樓座

易混淆單字 porch ⓝ 門廊

比較例句

» Someone is singing on the _balcony_.
有人在陽台上唱歌。

I hid the key under the door mat on the porch.
我把鑰匙藏在門廊的地墊下。

解釋

balcony 是指「二樓以上的室外小平台」，而 porch 是指「於樓房入口處前的平台」。

✋ banish vs dispel 要如何「驅除」？

banish [`bænɪʃ] ⓥ 放逐；排除

易混淆單字 dispel ⓥ 驅散；消除

比較例句

» He was _banished_ from the country for treason.
他因為叛國罪被驅逐出境。

Your words _dispelled_ my fears.
你的話語驅散了我的恐懼。

解釋

banish 意思為「驅逐出境並不得使其歸返」，而 dispel 是指「以驅散的方式趕走」。

✋ banner vs sign 用哪一個「旗幟」？

banner [`bænɚ] ⓝ 旗幟；橫幅

易混淆單字 sign ⓝ 招牌；標誌；象徵

比較例句

» The demonstrators lifted up the _banners_ and shouted out with anger.
遊行群眾高舉旗幟，憤怒高喊。

A _sign_ has been put up to indicate the platform is not in use.
告示已張貼，告知這個月台目前不使用。

解釋

banner 通常是指「布質的橫旗幟或橫幅」，而 sign 是指「商業招牌或一般的告示」。

✋ bargain vs negotiation 誰來「協議」？

bargain [ˋbɑrgɪn] **n** 協議；交易；特價商品

(易混淆單字) **negotiation** **n** 協商；談判

(比較例句)

» I held up my end of the *bargain*.
我達成了我約定的義務。

We are not likely to succeed in the *negotiation*.
我們不可能談判成功的。

解釋

bargain 單指「針對價錢的協商」，而 negotiation 是泛指「針對任何事務的協商」。

✋ barren vs desolate 哪一個地方「貧瘠」？

barren [ˋbærən] **adj** 貧脊的；不能生育的；沉悶的

(易混淆單字) **desolate** **adj** 荒蕪的；杳無人煙的

(比較例句)

» Right below us is a stretch of *barren* desert.
在我們下方是一片貧脊的沙漠。

Looking out the window, I could see nothing but *desolate* land.
往窗戶看出去，我只能看到一片荒蕪的大地。

解釋

barren 是指「無法孕育出生命而貧脊的」，而 desolate 是指「無人居住或無生命棲息而荒蕪的」。

✋ barter vs exchange 誰和我做「交易」？

barter [ˋbɑrtɚ] **v** 以物易物 **n** 易貨貿易

(易混淆單字) **exchange** **v** 交換；交流

(比較例句)

» I will never *barter* with the devil for reputation.
我永遠不會跟魔鬼交易名譽。

I would like to *exchange* this shirt for a larger size.
我想把這件襯衫換大件一點的。

解釋

barter 是特別指「以物易物的交易行為」，而 exchange 是泛指任何「交換或交流的行為」。

✋ basement vs cellar 哪一間「地下室」？

basement [`besmənt] ⑩ 地下室

(易混淆單字) cellar ⑩ 地窖；酒窖

(比較例句)

» I keep my unused bikes in the *__basement__*.
我把沒在用的腳踏車存放在地下室。

During the war, they hid in the *__cellar__*.
戰爭期間，他們躲在地窖裡。

解釋

basement 是指「屬於建築物主體低於地面的樓層」，而 cellar 是指「不一定附屬於建築物主體的地下密閉空間」，比 basement 更為封閉、狹小，通常用來存放酒類。

✋ bear vs withstand 誰有辦法「忍受」？

bear [bɛr] ⓥ 承受；忍受；經得起

(易混淆單字) withstand ⓥ 抵擋；承受

(比較例句)

» I can't *__bear__* the constant noise emanating from the neighbor.
我受不了鄰居經常傳來的噪音。

The boxer could barely *__withstand__* his opponent's fierce attack.
這個拳擊手幾乎抵擋不了對手猛烈的攻擊。

解釋

bear 是指「努力承受或忍受」，而 withstand 則表示「成功地抵擋」或「禁得起」。

✋ behave vs perform 哪一個「表現」的好？

behave [bɪ`hev] ⓥ 表現；聽話

(易混淆單字) perform ⓥ 表現；表演；執行

(比較例句)

» Those naughty boys can never be trained to *__behave__*.
那些頑皮的男孩永遠不可能乖乖聽話的。

All of you *__performed__* really well in the game.
比賽中大家表現得真的很好。

解釋

behave 一般是指「行為舉止的表現」，而 perform 通常是指「在某事情上的表現」。

✋ belly vs stomach 誰的「肚子」比較大？

belly [ˈbɛlɪ] ⓝ 腹部；肚子

(易混淆單字) **stomach** ⓝ 腸胃；肚子

(比較例句)

» My father has a beer _belly_.
我爸爸有啤酒肚。

Your eyes are bigger than your _stomach_.
你拿的比吃的多。

解釋
相較於偏口語的 belly，stomach 可以指「肚子」或「腸、胃等消化器官」，可用在醫學指稱上。

✋ bend vs bow 哪一個比較「彎」？

bend [bɛnd] ⓥ 彎曲

(易混淆單字) **bow** ⓥ 鞠躬；使⋯⋯彎曲

(比較例句)

» I _bent_ down to get close to the weeping girl.
我彎下身靠近這個哭泣的女孩。

Everyone rose and _bowed_ to the king.
所有人起立向國王鞠躬。

解釋
bend 是指「任何程度、方向的彎曲」，而 bow 則是指「向下彎伸」。

✋ benefit vs profit 誰能獲得「利益」？

benefit [ˈbɛnəfɪt] ⓝ 利益；好處；優勢

(易混淆單字) **profit** ⓝ 利潤；利益

(比較例句)

» Obtaining the certificate will be of _benefit_ to your future job seeking.
拿到這張證書對你未來找工作會有好處。

She made a _profit_ by selling homemade vegetarian dishes.
她賣素菜賺了不少錢。

解釋
benefit 是指「一般性的好處或利益」，而 profit 一般則是偏向「金錢方面的利益」。

✋ besiege vs surround 誰「包圍」了我們？

besiege [brˋsidʒ] **v** 圍攻；包圍；困擾

易混淆單字 surround **v** 環繞；圍困

比較例句

» The speaker was *besieged* by the newsmen after the speech.
這位演講者在演講結束後被記者們團團包圍。

The castle is *surrounded* by water.
這座城堡被水環繞著。

解釋

besiege 是指「包圍並困住」，而 surround 單純是指「環繞」或「包圍」。

✋ betray vs rebel vs reveal 被誰「背叛」？

betray [brˋtre] **v** 背叛；洩漏

易混淆單字 rebel **v** 反叛；造反；嫌惡

比較例句

» Not until Tony was fired did he know that he had been *betrayed*.
通尼直到被解雇時才知道他已被背叛了。

The people *rebelled* against the obtuse government.
人民群起反叛這個駑鈍的政府。

解釋

betray 是指「對某人不忠而背叛某人」，而 rebel 是指「因不滿或意見不同而反叛」。

易混淆單字 reveal **v** 揭露；洩露

比較例句

It was *revealed* to me that the two directors had an altercation at the meeting.
我聽到消息説開會時兩個主任吵了一架。

解釋

betray 有「違反約定而洩露」的意思，而 reveal 單純是指「揭露某事」的意思，意思偏中性。

✋ beverage vs drink 哪一種「飲料」？

beverage [`bɛvərɪdʒ] n 飲料

(易混淆單字) drink n 飲料；飲品

(比較例句)

» I don't have time for lunch, but we can have a ***beverage*** and talk a little.
我可能沒有時間吃午餐，但我們可以喝點飲料聊一會兒。

We only sell soft ***drinks*** here.
我們這裡只賣不含酒精的飲料。

解釋
beverage 通常是指商業用語中的飲品，用法較為正式；而 drink 則是泛指任何飲料，包含水、酒等，用法較為口語。

✋ bias vs partiality 誰有「偏見」？

bias [`baɪəs] n 偏見；成見；偏愛

(易混淆單字) partiality n 偏袒

(比較例句)

» Her father insisted that there was a ***bias*** in the classroom.
她爸爸堅持老師上課時帶有成見。

As a teacher, you should avoid ***partiality*** in class.
身為一個老師，你應該在課堂上不偏袒任何學生。

解釋
bias 是指「缺乏認知而產生的偏見」，而 partiality 是指「刻意對一方特別地偏愛」。

✋ bilateral vs mutual 哪一個該「雙向」？

bilateral [baɪˋlætərəl] adj 雙邊的

(易混淆單字) mutual adj 相互的；共同的

(比較例句)

» Both countries expressed their willingness to further strengthen the ***bilateral*** ties.
兩國都表示願意進一步強化雙邊連結。

We became friends because of our ***mutual*** friend, Elsa.
我們因為艾莎是我們的共同朋友而結識。

解釋
bilateral 是指「雙邊相對而平等的」，而 mutual 是指「雙邊共有的」或「互相的」。

✋ bind vs tie 誰來「捆」起來？

bind [baɪnd] **v** 捆；束；裝訂；約束

易混淆單字 **tie** v 繫；綁

比較例句

» The contract *binds* him to submit four pieces of work by the end of the year.
這份合約讓他必須在今年年底前交出四件作品。

The video demonstrates how to *tie* a perfect shoelace bow.
這個影片教我們如何將鞋帶繫出完美的蝴蝶結。

> **解釋**
>
> bind 是指「為了防止某物脫落或離開而將它捆束起來」，而 tie 是表示「繫」或「綁」的一般用字。

✋ blame vs condemn 被誰「譴責」？

blame [blem] **v** 責備；指責；歸咎

易混淆單字 **condemn**
    v 譴責；責難；判刑；迫使……注定得

比較例句

» No matter who is to *blame*, I think we should focus on solving the problem now.
不管這件事歸咎於誰，我認為我們現在應該先專心把問題解決。

The mayor publicly *condemned* those who had disrupted the event.
市長公開譴責那些擾亂這場活動的人。

> **解釋**
>
> 一般而言，condemn 的語氣比 blame 更強烈。

✋ blank vs vacant 哪一個是「空白的」？

blank [blæŋk] **adj** 空白的；沒有內容的

易混淆單字 **vacant** adj 空白的；空缺的；無人佔用的

比較例句

» This page has been intentionally left *blank*.
本頁刻意空白。

There are still plenty of *vacant* seats back there.
後面還有很多空位。

> **解釋**
>
> blank 一般是指「缺少內容而空白的」，而 vacant 是指「無人佔用而空缺的」。

Bb

✋ bleach vs blanch 哪一個被「漂白」了？

bleach [blitʃ] **v** 漂白；使褪色；消除

(易混淆單字) **blanch v** 使蒼白；用滾水將
蔬菜燙白

(比較例句)

» My girlfriend had her hair **_bleached_** for
the costume party.
我女朋友為了那場變裝派對把頭髮漂白了。

The president's presence made Jennifer **_blanch_** in fear.
總裁的出現讓珍妮佛害怕地臉色蒼白。

解釋

bleach 是指「用藥劑將東西漂白」，而 blanch 是指「臉色或頭髮變得蒼白」。

✋ blink vs twinkle 什麼東西在「閃」？

blink [blɪŋk] **v** 眨眼；瞇著眼看；閃爍

(易混淆單字) **twinkle v** 閃爍；閃耀

(比較例句)

» My desk lamp is **_blinking_** on and off.
我的桌燈一閃一閃的。

The light on the Christmas tree **_twinkled_**.
聖誕樹上的燈閃爍動人。

解釋

twinkle 和 blink 同樣都有「閃爍」的意思，但 twinkle 多了「閃爍而耀眼」的意思。

✋ block vs obstruct 被「塞住」了嗎？

block [blɑk] **v** 堵塞；阻擋

(易混淆單字) **obstruct v** 阻塞；妨礙

(比較例句)

» The crowd **_blocked_** the main roads and
paralyzed the traffic.
群眾堵住了大馬路，癱瘓了交通。

Don't let the adversity **_obstruct_** your prospective career path.
別讓這小小的挫折阻礙了你輝煌的職業生涯。

解釋

block 是指「完全封死」，而 obstruct 是指「阻塞」或「使人難以通過」，但仍有通過的可能。

✋ blunt vs upright 誰比較「耿直」？

blunt [blʌnt] **adj** 鈍的；遲鈍的；耿直的

(易混淆單字) **upright** adj 正直的；誠實的；挺直的

(比較例句)

» The professor is well known for being **_blunt_**.
這位教授以說話耿直聞名。

We are taught to be **_upright_** citizens.
我們被教育成為正直的公民。

解釋

blunt 通常帶有負面的意思，表示某人說話「魯莽而直率」，而 upright 表示「誠實而正直」，具有褒義。

✋ boast vs flaunt 誰在「炫耀」？

boast [bost] **v** 吹噓；炫耀

(易混淆單字) **flaunt** v 炫耀

(比較例句)

» Katrina often **_boasts_** of her wealth.
卡崔娜常常吹噓她自己多有錢。

He was obviously **_flaunting_** his new sports car.
他當時很明顯是在炫耀他的新跑車。

解釋

boast 是指「言語上的誇耀」，而 flaunt 是指「行為上的炫耀」。

✋ boil vs seethe 什麼被「煮沸」了？

boil [bɔil] **v** 煮沸；沸騰；激動

(易混淆單字) **seethe** v 沸騰；翻騰；激動

(比較例句)

» After the onions turn lightly browned, add a bowl of **_boiled_** water into the pot.
等洋蔥炒成金黃色時，加一碗沸水到鍋中。

The protesters are **_seething_** with anger.
抗議人士怒氣沖天。

解釋

boil 可以是及物動詞或不及物動詞，但 seethe 只能當不及物動詞。boil 是指「將水煮沸」，而 seethe 是指「水煮沸時翻騰的模樣」。

👋 bold vs brave　誰比較「英勇」？

bold [bold] **adj** 英勇的；大膽的

(易混淆單字) **brave** adj 勇敢的；英勇的

(比較例句)

» He made a **_bold_** attempt to challenge his supervisor.
他大膽地挑戰他的上司。

The **_brave_** driver saved the little girl.
這位英勇的司機救了這個小女孩。

> **解釋**
> bold 一般是形容「毫不遲疑、害羞的大膽」，而 brave 是指「勇氣十足，遇到危險奮不顧身」的意思。

👋 bonus vs award　誰有收到「獎金」？

bonus [ˋbonəs] **n** 津貼；紅利

(易混淆單字) **award** n 獎金；獎品；獎狀；獎項

(比較例句)

» My **_bonus_** doesn't come close to covering the mortgage payment.
我的津貼還不足夠付房貸。

The **_award_** goes to the youngest actress.
獎項頒給了最年輕的女演員。

> **解釋**
> bonus 是指「額外的獎金或紅利」，而 award 是指「贈予人的獎勵性質的金錢或物品」。

👋 boom vs prosperity　誰比較「興旺」？

boom [bum] **n** 興旺；快速成長

(易混淆單字) **prosperity** n 繁榮；興旺

(比較例句)

» A lot of people became millionaires during the economic **_boom_**.
許多人在經濟起飛的年代都成了百萬富翁。

Now that the **_prosperity_** is in the past, what is the point of staying here?
既然繁榮都只是過去，那又何必待在這裡呢？

> **解釋**
> boom 單純是指「快速成長」，但也有可能導致泡沫化；而 prosperity 是指「經濟繁榮，人民富足的狀態」。

✋ boost vs push 誰來「促進」?

boost [bust] **v** 提高；促進；抬舉

易混淆單字 push **v** 逼迫；促使

比較例句

» Drinking cold water can *boost* our metabolism.
喝冷水可以促進我們的新陳代謝。

You have *pushed* yourself too hard.
你把自己逼太緊了。

解釋

相較於 boost，push 含有更多「強迫」的意思。

✋ booth vs stall 哪一個「小隔間」?

booth [buθ] **n** 投票間；小隔間；貨攤

易混淆單字 stall **n** 貨攤；小隔間；劇場的前廳前座區

比較例句

» Carol's father was a toll *booth* operator.
卡羅的爸爸是一名高速公路收費站的收費員。

Find food *stalls* for rent on our website.
我們的網站提供食品攤位出租的資訊。

解釋

booth 通常是指「圍起來的小隔間」，而 stall 是指「開放的攤位」或「關牲畜的欄廄」。

✋ bother vs disturb 被誰「打擾」?

bother [`baðɚ] **v** 打擾；煩擾；費心

易混淆單字 disturb **v** 妨礙；干擾

比較例句

» I am dreadfully sorry to *bother* you.
我非常抱歉打擾了你。

The fact that David was removed from his position really *disturbed* me.
大衛被調離職位的事真的令我很心煩。

解釋

bother 的程度較輕微，而 disturb 是涉及到精神、心理層面的攪擾。

✋ **bounce** vs **rebound** 誰被「彈回」?

bounce [bauns] **v** 彈起;跳起;返還
支票給開票人

(易混淆單字) **rebound** **v** 彈回;重新振作

(比較例句)

» The children are ***bouncing*** elatedly on
the spring mattress.
小孩興高采烈地在彈簧床上跳來跳去。

Bad deeds may ***rebound*** on the doer.
惡人有惡報。

解釋
bounce 是指「彈起」,而 rebound 有「反彈」、「彈回」的意思。

✋ **bound** vs **constraint** 哪一個「限制」?

bound [baund] **n** 邊界;界線;限制

(易混淆單字) **constraint** **n** 約束;限制

(比較例句)

» It is beyond the ***bounds*** of possibility that
we can ever get a raise.
給我們加薪是絕對不可能發生的事。

I feel the pressure of working under a time
constraint.
我感受到在時間限制下工作的壓力。

解釋
一般而言,bound 是指「有形的邊界或限制」,而 constraint 是指「無形的限制或約束」。但目前兩者的用法仍是可以互通的。

✋ **brace** vs **pillar** 哪個是你的「支柱」?

brace [bres] **n** 支柱;牙套

(易混淆單字) **pillar** **n** 梁柱;柱子

(比較例句)

» You are advised to wear wrist ***braces***
while biking.
你騎自行車時最好戴著護腕。

The inscription is engraved on each ***pillar***.
每根柱子上都刻有雕刻。

解釋
brace 是指「用於支撐的裝置」,而 pillar 是指「建築物的梁柱」,或可引伸為「棟樑」。

✋ brand vs label 哪個「品牌」？

brand [brænd] **n** 品牌；商標

易混淆單字 **label** n 標籤；標記

比較例句

» I only wear this **brand** of jeans.
我只穿這個牌子的牛仔褲。

It says on the **label** to take one tablet before sleep.
標籤上說睡前服用一片藥片。

解釋

brand 是指「商品的品牌」，或「用來展示該產品的商標」，而 label 是指「標籤」，用來標記商品的內容或特性。

✋ breach vs disobedience 誰「違反」規定？

breach [britʃ] **n** 違反；裂痕

易混淆單字 **disobedience** n 不服從；違反

比較例句

» A **breach** of the agreement will result in compensatory damages.
違反契約將導致賠償金的支付。

Disobedience is never allowed in the army.
在軍中，反抗是不被允許的。

解釋

breach 是指「違反法規或合約」，而 disobedience 是指「違反上級的指令」。

✋ brew vs cook 誰來「煮」？

brew [bru] **v** 釀；泡；醞釀

易混淆單字 **cook** v 煮；烹飪

比較例句

» I was **brewing** some tea for the guests.
我當時在為客人泡茶。

I fell in love with **cooking** when I was studying in England.
我在英國留學期間愛上了烹飪。

解釋

brew 是指「用熱水泡」或「釀製」，而 cook 是泛指一般任何形式的「烹飪」。

✋ **bribe** vs **graft** 誰被「賄賂」了?

bribe [braɪb] **ⓝ** 賄賂

(易混淆單字) **graft ⓝ** 貪汙

(比較例句)

» The official was accused of accepting **_bribes_**.
這位官員被控收賄。

Most of his wealth came from **_graft_**.
他的財富都來自不法取得的錢財。

解釋

bribe 是指「收取賄賂」或「行賄收買」,而 graft 是指「謀取不法錢財」。

✋ **broaden** vs **enlarge** 哪個「變寬」了?

broaden [ˋbrɔdn̩] **ⓥ** 變寬;使寬闊

(易混淆單字) **enlarge ⓥ** 放大;擴展

(比較例句)

» The municipal government plans to **_broaden_** the bikeways.
市政府計畫要拓寬腳踏車道。

The picture was **_enlarged_** to be hung on the wall.
這張照片被放大掛在牆上。

解釋

broaden 是指「寬度上的增大」,而 enlarge 是指「整體放大」。

✋ **brochure** vs **manual** 誰的「手冊」?

brochure [broˋʃur] **ⓝ** 手冊;小冊子

(易混淆單字) **manual ⓝ** 指南;説明書

(比較例句)

» The woman is sipping coffee and reading the **_brochure_**.
那個女人喝著咖啡,看著手冊。

I set up the computer without reading the **_manual_**.
我沒看説明書就把電腦設置好了。

解釋

brochure 的用途為廣告,而 manual 的用途為説明。

✋ buck vs oppose　誰要「反抗」？

buck [bʌk] **ⓥ** 反抗；反對

(易混淆單字) **oppose** **ⓥ** 反對；反抗；妨礙

(比較例句)

» The citizens **_bucked_** the unfair policy.
民眾反抗這項不公平的政策。

No matter what she said, everyone **_opposed_** her idea.
不管她説甚麼，大家都反對她的意見。

解釋
buck 是指「反抗某項無法避免的事物」，而 oppose 是指「以言論反對某事物」。

✋ buckle vs deform　什麼東西「彎曲」了？

buckle [ˈbʌkl̩] **ⓥ** 使彎曲；變皺

(易混淆單字) **deform** **ⓥ** 扭曲；變形

(比較例句)

» The plastic spoon **_buckled_** under the great heat.
這支塑膠湯匙在高溫下彎曲變形了。

The road was completely **_deformed_** by the strong earthquake.
道路被強震震得完全變形了。

解釋
buckle 是指「受到壓力而變形變皺」，而 deform 是指「改變原本的樣貌或形狀而變得難看」。

✋ bulletin vs announcement　誰貼的「公告」？

bulletin [ˈbʊlətɪn] **ⓝ** 公告；簡報

(易混淆單字) **announcement** **ⓝ** 聲明；宣告

(比較例句)

» The latest weekly **_bulletin_** provided a brief summary of last week's activities.
最新的週報簡短總結了上週的活動。

We should put it on hold until the **_announcement_** is made.
在公告出來之前，我們應該先暫緩這件事。

解釋
bulletin 通常是指「多個簡短的事項報告」，而 announcement 是指「單件消息的宣布」。

✋ bump vs tumor 誰長「腫瘤」？

bump [bʌmp] n 腫塊；凸塊

易混淆單字 tumor n 腫瘤

比較例句

» I had a *bump* on my back.
我背上有一個腫塊。

The *tumor* in the bladder has completely disappeared.
膀胱裡的腫瘤完全消失了。

解釋
bump 是指「身體上因受傷或疾病而產生的腫塊」，而 tumor 是指「因身體組織異常生長而生成的腫瘤」，可能是良性或惡性。

✋ bunch vs batch 用什麼「單位」？

bunch [bʌntʃ] n 串；束

易混淆單字 batch n 批；群

比較例句

» I received a *bunch* of flowers with a beautifully crafted card.
我收到了一束鮮花和一張精美的卡片。

They plan to hire another *batch* of workers.
他們計畫再招募另一批工人。

解釋
bunch 是指「串」、「束」，通常用來當花或水果的單位；而 batch 是指「於同一時間生產，數量眾多的事物」或「於同一時間到達的一群人」。

✋ burrow vs tunnel 哪一個「地道」？

burrow [ˈbɝo] n 洞穴；地道

易混淆單字 tunnel n 隧道；地道

比較例句

» *Burrows* are dug for protection from predators.
洞穴提供了躲避掠食者的庇護。

The signal is bad in the *tunnel*. I will call you back later.
隧道裡的收訊很差。我等會兒回撥給您。

解釋
burrow 是指「兔子棲息地道」，而 tunnel 是指「人為開鑿的隧道」。

✋ business vs enterprise　哪一間「公司」？

business [ˋbɪznɪs] n 生意；職業；公司；職責

易混淆單字 enterprise n 事業；公司；事業心

比較例句

» How did you break into show *business*?
你當初是如何進入演藝圈的？

Inflation seriously squeezed domestic small *enterprises*.
通貨膨脹嚴重影響到國內的中小企業。

解釋

business 是對於任何以營利為目的的公司或事業的指稱，而 enterprise 可以指營利或非營利的，公辦或私人的事業或公司。

✋ butcher vs slaughterer　誰是「肉販」？

butcher [ˋbutʃə] n 屠夫；肉販

易混淆單字 slaughterer n 屠殺者；肉販

比較例句

» The *butcher* diced the meat before grounding it.
屠夫先把肉切成小塊，再搗碎它。

The *slaughterer* sliced the meat and separated the fat and tissue from the bone.
這位肉販將肉切片，並將脂肪和肉組織從骨頭上分開。

解釋

butcher 單指「肉販」，而 slaughterer 可以指「屠殺者」或「肉販」。

Cc

👊 cabinet vs cupboard　哪一個「櫃子」？

cabinet [ˈkæbənɪt] n 櫃子；櫥

(易混淆單字) cupboard n 碗筷櫃；壁櫥

(比較例句)

» Office assistants should lock up the filing *cabinets* before getting off work.
辦公室助理下班前應該將文件櫃鎖上。

He stored his collection of mugs in the *cupboard*.
他把他收藏的馬克杯放在碗櫃裡。

解釋
cabinet 可以用來貯存各類東西，通常置於客廳；而 cupboard 一般用來存放碗盤，通常放在廚房。

👊 cafeteria vs restaurant　誰開的「餐廳」？

cafeteria [ˌkæfəˈtɪrɪə] n 自助食堂

(易混淆單字) restaurant n 餐廳

(比較例句)

» Students are taken to the *cafeteria* before their parents come to pick them up.
學生家長來接他們之前，學生會被帶去食堂等候。

I highly recommend this Italian *restaurant*.
我極度推薦這間義式餐廳。

解釋
cafeteria 是指「自助式餐館」，沒有提供帶位、點餐等服務；而 restaurant 是提供帶位及點餐等服務的餐廳。

✋ campaign vs activity　誰發起「活動」?

campaign [kæmˋpen] ⓝ 運動；活動；戰役

易混淆單字 activity ⓝ 活動

比較例句

» The students started a **_campaign_** to protect their old campus.
學生發起了保護舊校區的運動。

The brainstorming **_activities_** engaged us in gathering spontaneous ideas and sparking our creative thinking.
這個腦力激盪的活動讓我們自由地發表自己的想法，並激發我們的創意思考。

解釋

campaign 通常是指「為了達到某目的的運動」，如：競選活動、學生運動等；而 activity 是指「一般性的活動」或「消遣活動」。

✋ cancel vs withdraw　誰要「取消」?

cancel [ˋkænsḷ] ⓥ 取消；刪除

易混淆單字 withdraw ⓥ 撤銷；收回

比較例句

» The Q and A session has to be **_cancelled_** due to time limits.
由於時間的關係，提問的環節必須取消。

The president promised to **_withdraw_** the troops in the country.
總統承諾將軍隊撤離該國。

解釋

cancel 是指「刪除」或「取消」，而 withdraw 是指「退出」或「撤回」，有將某事物拿回的意思。

✋ candidate vs applicant　哪一位「應徵者」?

candidate [ˋkændəˌdet] ⓝ 候選人；應徵者

易混淆單字 applicant ⓝ 申請人

解釋

在職場上，candidate 是指「經初步篩選過的應徵者」，而只要是應徵某個職位的人都可以叫 applicant。

Cc

73

» John is the strongest *candidate* for the position.
約翰是這個職位最強勁的應徵者。

The rejection letters have been sent to the job *applicant*.
拒絕信已寄給了工作應徵者。

✋ capable vs competent 誰比較「能幹」?

capable [ˋkepəbḷ] **adj** 能幹的；有能力的

易混淆單字 **competent**
　　　　　adj 有能力的；稱職的；足夠的

比較例句

» Patrick is considered a *capable* coordinator.
派翠客被認為是一位能幹的組長。

Dr. Yu is a *competent* researcher.
余教授是位能力很強的研究者。

解釋

capable 是指「有能力做到」，但仍有進步的空間；而 competent 是指「能力很強，足夠勝任」。因此，我們可以說 capable 是 competent 的前提。

✋ capacity vs volume 哪一個「容量」多?

capacity [kəˋpæsətɪ] **n** 容量；能力；生產力；資格

易混淆單字 **volume** **n** 體積；容積

比較例句

» The water tank has a *capacity* of 100 liters.
這個水塔的貯水量是一百公升。

The *volume* of the pool is 400 cubic meters.
這個池子的容積是 400 立方公尺。

解釋

capacity 是指「某空間容納東西的能力」，而 volume 是指「某空間被東西佔據的體積」。另外，capacity 也可以引申為「能力」或「生產力」。

✋ capital vs asset 「資產」是多少？

capital [ˈkæpətl] ⓝ 資本

(易混淆單字) **asset** ⓝ 資產；財產

(比較例句)

» The company has a *capital* of 50 million dollars.
這間公司的資本額五千萬元。

You are a valuable *asset* to our company.
你是我們公司非常有價值的資產。

解釋

capital 是指「一個公司的資本淨值」或「投資人在公司所投注的資本」，而 asset 是指「一個公司擁有的，能產生經濟效益的資源」。asset 也可以引申為「人才」或「有利的條件」。

✋ casualty vs fatality 誰「死亡」？

casualty [ˈkæʒuəltɪ] ⓝ 死傷者；傷亡人員

(易混淆單字) **fatality** ⓝ 死者；不治

(比較例句)

» The enemy only had one *casualty*.
敵軍只有一名人員傷亡。

Speeding resulting in death accounts for 40 percent of *fatality* statistics.
超速行車致死率佔死亡率的百分之四十。

解釋

casualty 是指「一個組織裡受傷或死亡的人員」，而 fatality 單指「死亡人員」。

✋ category vs classification 哪一個「種類」？

category [ˈkætəˌgorɪ] ⓝ 種類

(易混淆單字) **classification** ⓝ 分類；分級

解釋

category 是指「具有相同特性的一群事物」，而 classification 是指「分類的這個動作」。

Cc

» Your case does not fit into any **_category_**.
你的情況不屬於任何種類。

Her idiocyncratic style defies **_classification_**.
她獨特的風格顛覆了所有的類別。

✋ **caution** vs **carefulness** 誰比較「謹慎」？

caution [ˈkɔʃən] ⓝ 謹慎；告誡

易混淆單字 **carefulness** ⓝ 細心；仔細

比較例句

» He exercised extreme **_caution_** when carrying the instruments.
他在搬運這些樂器的時候非常小心。

Her boss praised her for her **_carefulness_**.
她的老闆稱讚她做事仔細。

解釋
caution 是指「情緒上的小心謹慎、害怕出錯」，而 carefulness 是指「行為上的小心、仔細」。

✋ **census** vs **poll** 誰去「調查」？

census [ˈsɛnsəs] ⓝ 人口普

易混淆單字 **poll** ⓝ 民調；投票所

比較例句

» A national **_census_** is conducted every ten years.
全國人口普查每十年進行一次。

解釋
census 是指「人口普查」，而 poll 是指「民意檢測」，兩者調查的面向不同。

According to the **_poll_**, most citizens are in favor of the bill.
根據民調，大部分的人民是支持這個議案的。

✋ **certificate** vs **credential** 誰發「證書」?

certificate [sɚˋtɪfəkɪt] **n** 證書;執照

易混淆單字 **credential** **n** 證書

比較例句

» Please send in your birth **_certificate_** along with the completed form.
請將您的出生證明和填好的表格一併交過來。

The career center of the university helps you create your own **_credentials_** file.
本大學的就業中心可以幫助你創建一個自己的個人經歷檔案。

解釋

certificate 是指「官方頒發的證書」,具有法律效力,較為正式;而 credential 是指「用來證明資格或能力的文件」。

✋ **challenge** vs **confront** 誰來「挑戰」?

challenge [ˋtʃælɪndʒ] **v** 挑戰;質疑

易混淆單字 **confront** **v** 面對;遭遇

比較例句

» Ryan was **_challenged_** on his managing the team.
瑞恩管理整個團隊的能力被質疑。

We have been **_confronted_** by a bunch of difficulties.
我們已面臨了諸多困難。

解釋

challenge 是指「質疑某事物的正確性或正當性」,而 confront 是指「與某人面對面,企圖爭辯某事」。

✋ **champion** vs **championship** 誰是「冠軍」?

champion [ˋtʃæmpɪən] **v** 冠軍;提倡者

易混淆單字 **championship** **n** 冠軍的頭銜

解釋

champion 是指「獲得冠軍的人」,而 championship 是指「冠軍的稱號或頭銜」。

» The *champion* will be given a sports car worth 5 million dollars.
冠軍將會得到一台價值五百萬美元的跑車。

Only four contestants are left competing for the *championship*.
只剩下四個人在爭奪冠軍。

✋ characteristic vs quality 哪一個有「特色」?

characteristic [ˌkærɪktəˈrɪstɪk]
n 特徵;特色

易混淆單字 quality n 特質;特性;品質

解釋
characteristic 一般是指「外在的特徵」,而 quality 是指「內在的特質」。

比較例句

» His mole on the face is his conspicuous *characteristic*.
他臉上的痣是他明顯的特徵。

Honesty is an important *quality* I see in you.
誠實是我在你身上看到的重要特質。

✋ charity vs beneficence 誰做「慈善」?

charity [ˈtʃærətɪ] n 慈善;善舉

易混淆單字 beneficence n 慈善;善行

解釋
charity 可以指「慈善機構」、「慈善事蹟」或「對他人的慈愛寬容」,而 beneficence 是指「施惠於他人的善舉」。

比較例句

» A group of *charity* workers will come to the refuge to offer help.
一群慈善義工將會來到這個收容所提供幫助。

Her daughter wrote a story about her deeds of *beneficence* after she passed on.
她的女兒在她過世後將她的善舉寫成故事。

✋ chart vs diagram 哪一個「圖表」？

chart [tʃɑrt] ⓝ 圖表

易混淆單字 diagram ⓝ 圖表；圖示

比較例句

» The *chart* demonstrates the rapid growth of the company in the past decade.
這張圖表顯示了這間公司過去這十年來的快速成長。

The professor drew a *diagram* explicating how to write a good story.

教授畫了一張圖表闡釋如何寫好一篇故事。

解釋

chart 的種類較多，包含 pie chart 圓餅圖、bar chart 長條圖及 line chart 折線圖等，也可能是表格或圖示；而 diagram 是指「用來說明事物的結構、運作或相互關係的簡圖」。

✋ charter vs rent 誰要「租」呢？

charter [ˈtʃɑrtɚ] ⓥ 包租；特許設立

易混淆單字 rent ⓥ 租入；租出

比較例句

» My father *chartered* a coach to take us to the airport.
我爸爸租了一輛巴士帶我們到機場。

We *rent* a studio room on Park Street.
我們在公園街上租了一個套房。

解釋

charter 只限於租用交通工具，如：飛機、船、巴士；而 rent 泛指租用任何東西，可以是租出或租入。

✋ chronic vs lasting 哪個是「長期的」？

chronic [ˈkrɑnɪk] 𝗮𝗱𝗷 慢性的；長期的；習慣性的

易混淆單字 lasting adj 持久的

解釋

chronic 通常是形容疾病或不好的事，而 lasting 是形容「能夠持續很久的」。

Cc

79

» Children suffering from *chronic* malnutrition usually appear shorter than normal children for their age.
患有慢性營養不足的小孩通常比同齡的正常小孩矮。

Jason made a *lasting* impression on the interviewers.
傑森給面試官留下了深刻的印象。

✋ circulation vs rotation 誰來「輪替」?

circulation [ˌsɝkjəˈleʃən]
n 循環；流通；發行

易混淆單字 rotation n 輪流；旋轉

比較例句

» Maintaining a proper air *circulation* in a house is crucial.
保持屋內空氣流通很重要。

The *rotation* of the Earth makes the sun appear rising and setting.
地球的自轉造成了太陽東昇西落的現象。

解釋

circulation 通常是關於「空氣」、「水」或「血液」等物質的循環。另外也可以指「某事物公開地流通」；而 rotation 是指「圍繞著一個中心點旋轉的動作」或「輪流」的意思。

✋ circumstance vs condition 誰有「情況」?

circumstance [ˈsɝkəmˌstæns]
n 情況；環境

易混淆單字 condition n 情況；狀態；條件

比較例句

» I will not divulge under any *circumstances*.
無論任何情況我都不會洩密。

It is hard to concentrate on my work under this *condition*.
在這種情況下我很難專心於我的工作。

解釋

circumstance 是指「某人事物置身的環境」，而 condition 是指「某人事物的狀態」。

✋ civil vs civic 哪一個「公民的」?

civil [ˈsɪvl̩] **adj** 公民的；國民的；文職的；彬彬有禮的

易混淆單字 **civic** adj 城市的；市民的

比較例句

» Martin Luther King was a well-known *civil* rights leader who significantly changed the American society in the 1960s.
馬丁路德是位著名的人權運動領導者，他大大改變了 1960 年代的美國社會。

Everyone should fulfill their *civic* duties, such as voting.
每個人都應該履行市民義務，如：投票。

解釋
civil 是指「國民的」、「公民的」，而 civic 是指「市民的」或跟「市」有關的。

✋ claim vs demand 什麼人提「要求」?

claim [klem] **n** 要求；要求權

易混淆單字 **demand** v 要求；需要

比較例句

» The workers made a *claim* for the annual bonus.
員工要求得到年終津貼。

The director *demanded* that we clean up our office desks before the chairman came.
主管要求我們在董事長來之前將辦公桌清理乾淨。

解釋
claim 的意思是「要求應該屬於自己所有物的所有權」，而 demand 是表示「以權威的方式要求」。

✋ clarify vs explain 誰要「解釋」?

clarify [ˈklærəˌfaɪ] **v** 澄清

易混淆單字 **explain** v 解釋；說明

解釋
clarify 是指「澄清」，讓事情不那麼複雜；而 explain 則是指「說明」，讓別人了解。

Cc

(比較例句)

» We appreciate your effort to **_clarify_** this matter.
我們感謝您能將這件事說清楚。

I **_explained_** to Cathy the procurement process.
我向凱西解釋採購流程。

✋ **clarity** vs **lucidity** 誰能「確認」？

clarity [ˋklærətɪ] **n** 清晰

(易混淆單字) **lucidity** **n** 清晰；清澈

(比較例句)

» I was only asking for **_clarity_** and didn't mean to bother you.
我只是想確認一下，不是故意要打擾你。

Your biggest drawback is the lack of **_lucidity_**.
你最大的缺點就是思路不清晰。

解釋
clarity 與 lucidity 兩者皆可表示「話語或文字清晰易懂」，其中 clarity 較常被使用，lucidity 特別是指「淺顯易懂」。另外，lucidity 還有「神智清醒」的意思。

✋ **clash** vs **contradict** 有什麼「衝突」？

clash [klæʃ] **v** 牴觸；發生衝突

(易混淆單字) **contradict** **v** 與……矛盾、牴觸；反駁

(比較例句)

» Their opinions on how to lead the department **_clash_**.
他們對於如何帶領部門，意見相左。

Your remarks **_contradict_** each other.
你的言論自相矛盾。

解釋
clash 是指「兩者不諧和，而發生衝突」，而 contradict 是指「邏輯上互相排斥」。

✋ client vs customer 誰是「客人」？

client [ˈklaɪənt] ⋒ 客戶；委託人

易混淆單字 customer ⋒ 顧客；買家

比較例句

» The initial contact with a potential **_client_** sometimes can be intimidating to a new salesperson.
與潛在客戶的首次接觸對於新進的銷售員來說可能是很令人害怕的。

The manager schooled me on how to build **_customer_** relationships.
經理教我如何建立顧客關係。

解釋

嚴格來說，client 是指「購買產品或接受服務的消費者」，而 customer 僅能表示「在店面購買產品的人」。

✋ clinic vs hospital 哪一間「醫院」？

clinic [ˈklɪnɪk] ⋒ 診所；臨床

易混淆單字 hospital ⋒ 醫院

比較例句

» She was taken to the **_clinic_** after she fainted.
她昏倒後被送到了診所。

The driver was admitted to the **_hospital_** after the accident.
那位司機在意外發生之後住進了醫院。

解釋

clinic 是指「只負責門診病患的醫療場所」，而 hospital 是指「包含門診和住院部門的醫療場所」。

✋ coincidence vs concurrence 哪一種「巧合」？

coincidence [ko`ɪnsɪdəns] ⓝ 巧合

(易混淆單字) concurrence ⓝ 同時發生；
一致；交點

(比較例句)

» It was no **_coincidence_** that Frank was transferred to New York.
法蘭克被調派到紐約這件事根本不是巧合。

They will look into the **_concurrence_** of the two documents' disappearances.

他們會著手調查這兩個文件同時消失的事件。

解釋
coincidence 是指「沒有因果連結的兩事物湊巧同時發生」，coincidence 通常帶有「意外」的情緒；而 concurrence 單純是指「兩件事同時發生的情況」，通常帶有「偶然」的意思。另外，concurrence 還有「相符」、「一致」的意思。

✋ collaboration vs cooperation 跟誰「合作」？

collaboration [kəʌæbəˋreʃən] ⓝ 合作

(易混淆單字) cooperation ⓝ 協力合作

(比較例句)

» We are doing a project in **_collaboration_** with the marketing department.
我們正與行銷部門共同製作一個專案。

解釋
collaboration 和 cooperation 都是指「雙方一同工作」，但 cooperation 還有「互相提供資源或信息以達到雙倍效力」的意思。

his quarter's sales growth is dependent on the **_cooperation_** of the teams.
這季的業績成長端看各個團隊間的合作了。

✋ colleague vs co-worker 哪一位「同事」呢？

colleague [`kɑlig] ⓝ 同事；同行

易混淆單字 co-worker ⓝ 同事

比較例句

» I need to confer with my *colleagues* and call you back.
我需要跟我的同事商討一下並稍後回電給您。

He doesn't have a good relationship with his *co-workers*.
他與同事之間的關係並不好。

解釋

一般而言，colleague 之間的關係比 co-worker 更緊密。colleague 是指「在同間公司、同個團隊上的同事」，同時也可以表示「在同一個產業裡做相似工作的人」；而 co-worker 單純是指「在同間公司內工作的人」。

✋ combat vs struggle 要跟誰「戰鬥」？

combat [`kɑmbæt] ⓥ 戰鬥；搏鬥

易混淆單字 struggle ⓥ 奮鬥；掙扎；對抗

比較例句

» I resolved to *combat* procrastination.
我決心要與拖延症搏鬥。

My grandfather is still *struggling* with the illness.
我爺爺仍持續地與病魔纏鬥。

解釋

combat 是指「戰鬥的行為」，而 struggle 是指「在困境中費力地對抗或掙扎」。

✋ commence vs originate 誰要「開始」？

commence [kə`mɛns] ⓥ 開始

易混淆單字 originate ⓥ 發源；引起

解釋

commence 是 start 和 begin 的高級版用法，而 originate 是表示「源起」、「發軔」的意思。

Cc

» A lot of preparation needs to be done before you ***commence*** the project.
在你開始做這份專案之前，許多的準備工作需要完成。

The old practice ***originated*** from ancient China.
這個古老的習俗源自古中國。

✋ comment vs remark 誰要「評論」？

comment [ˈkɑmɛnt] ⓥ 評論；註解

解釋
comment 是指「經深思熟慮後的評論」，而 remark 是指「隨口評論」。

(易混淆單字) **remark** ⓥ 談論；議論

(比較例句)

» The customers ***commented*** on our service on the forum.
顧客在留言板上評論我們的服務。

The two coworkers ***remarked*** on their boss's management style.
那兩位同事議論他們老闆的管理風格。

✋ commentary vs critique 哪一種「評論」？

commentary [ˈkɑmənˌtɛrɪ]
ⓝ 實況報導；評論

解釋
commentary 通常是針對事件或局勢的評論，而 critique 通常是針對文章、理念或思想論述的評論。

(易混淆單字) **critique** ⓝ 批評；評論文章

(比較例句)

» Eddie wrote an editorial ***commentary*** on the country's political development.
艾迪寫了一篇關於這個國家政治發展的社論。

Jenny was asked to write a ***critique*** of her own proposal.
珍妮被要求寫一份針對她自己的提案的評論。

✋ commission vs premium 誰的「佣金」?

commission [kə`mıʃən] ⋒ 佣金

易混淆單字 premium ⋒ 保險費

比較例句

» They can get an 18% *commission* on every package they sell.
他們每售出一個方案可以抽百分之十八的佣金。

You have to pay the *premium* to keep your insurance coverage active.
你必須支付保險費以維持保險的效力。

解釋

commission 是指「仲介或代理所抽取的報酬」,而 premium 是指「保險費」。

✋ commitment vs promise 誰給出「承諾」?

commitment [kə`mıtmənt]
⋒ 承諾;交付;獻身

易混淆單字 promise ⋒ 承諾;諾言

比較例句

» The supervisor avoided giving any *commitment* on pay raise.
這名主管對於加薪一事不做出任何承諾。

How can I make up for my unfulfilled *promise*?
我如何補償我未完成的承諾?

解釋

commitment 比 promise 更具分量,更為神聖。通常是針對工作、人際關係或自我。

✋ committee vs board 哪一個「委員會」?

committee [kə`mıtı] ⋒ 委員會

易混淆單字 board ⋒ 理事會;董事會;委員會

解釋

committee 是指「由大團體內針對特定議題而選派組成的代表會」,而 board 是指「一間組織或公司內遴選出的決策團體」。

Cc

» He was appointed to the consultative *committee*.
他被指派到諮詢委員會。

Dr. Jin was offered a seat on the *board*.
金博士成為董事會的一員。

✋ communicate vs convey 誰來「溝通」?

communicate [kəˋmjunəˌket]

Ⓥ 傳達；交流；溝通

易混淆單字 convey Ⓥ 運送；傳播；傳達

比較例句

» The ambassadors *communicated* through an interpreter.
這些大使們透過翻譯來溝通。

The presenter tried to *convey* her enthusiasm to the audience.
演講者試著向觀眾傳遞她的熱忱。

解釋
communicate 除了「單向傳遞」之外，也有「交流」、「相互溝通」的意思；而 convey 是指「單向的運送事物或傳遞訊息」。

✋ community vs society 哪一個「團體」?

community [kəˋmjunətɪ]

Ⓝ 社區；團體；公眾

易混淆單字 society Ⓝ 社會；社團

比較例句

» He does not see himself as part of the *community*.
他不把自己當成團體的一份子。

The judge considered him a danger to the *society*.
法官認定他會對社會造成危險。

解釋
community 是指「社區」或「擁有共同身分的一群人」，而 society 是指「維繫社會關係的系統」。另外 society 也有「社團」的意思。

✋ **compact** vs **condensed**　誰比較「緊密」？

compact ['kɑmpækt]
adj 小巧的；緊密的；簡潔的

易混淆單字　condensed **adj** 濃縮的；壓縮的

比較例句

» A *compact* refrigerator is available to rent for an en suite room.
住套房的房客可以租用小型冰箱。

The client requested a *condensed* version of the report.
客戶要求精簡版的報告。

解釋

compact 是形容「聚縮在狹小的空間裡的」或「緊密的」，而 condensed 是指「經濃縮的」、「經精簡過的」。

✋ **comparative** vs **comparable**　誰在「比較」？

comparative [kəm'pærətɪv]
adj 比較的；相對的

易混淆單字　comparable **adj** 可比較的

比較例句

» I majored in *comparative* literature back in college.
我大學時主修比較文學。

The achievements of the two teams in this quarter are far from *comparable*.
這一季中這兩個團隊的成就簡直無法相比。

解釋

comparalive 是指「用比較法的」或「與比較有關的」，而 comparable 是指「能夠比較的」或「值得比較的」。

✋ compensate vs reimburse 誰會「補償」？

compensate [ˈkɑmpənˌset]
ⓥ 賠償；補償

(易混淆單字) reimburse **ⓥ** 報銷；退還款項

(比較例句)

» A coupon will be sent to you to **_compensate_** for your unpleasant experience.
我們已將一張優惠券寄給您，以補償您不愉快的經歷。

The company will **_reimburse_** you for all the travel expenses.
公司會支付你所有的旅費。

解釋
compensate 是指「補償損失」，不見得是全額，也不見得是以金錢的形式；而 reimburse 是指「補助或退還因公事而產生的帳」，通常是全額。

✋ competition vs contest 誰去「比賽」？

competition [ˌkɑmpəˈtiʃən]
ⓝ 競爭；競賽

(易混淆單字) contest **ⓝ** 比賽

(比較例句)

» The **_competition_** among the banks is getting intense.
銀行之間的競爭愈發激烈。

Dory entered the piano **_contest_** in Berlin and won the second place.
多莉參加了柏林的鋼琴比賽並拿到第二名。

解釋
competition 除了「比賽」之外，還有「競爭」的意思，可以是長期的；而 contest 是指短期的，可分出名次的「比賽」。

✋ competitive vs rival 誰比較喜歡「競爭」？

competitive [kəm`pɛtətɪv]

adj 競爭的；好競爭的

易混淆單字 rival **adj** 相互競爭的

比較例句

» If you are not up to par, you will soon be replaced by a _competitive_ player.
如果你程度不到的話，你很快就會被競爭力更高的選手取代。

Coke and Pepsi have been _rival_ companies since the 1980s.
可口可樂和百事可樂自從 1980 年代就成為對手公司。

解釋

competitive 是指「局勢很競爭」或「關於競爭的」，而 rival 是指「相互競爭的」、「對手的」。

✋ complement vs compliment
「補充」or「恭維」！

complement [`kɑmpləmənt]

n 補充；補足；配對物

易混淆單字 compliment **n** 恭維；致意

比較例句

» Miso soup makes a perfect _complement_ to curry rice.
味噌湯是咖哩飯的絕配。

I will take that as a _compliment_.
我就把它當作讚美了。

解釋

complement 和 compliment 只差一個字母，但意思卻非常不同。complement 是指「補充的東西」，而 compliment 是指「稱讚或恭維的話」。

complementary vs complimentary
「補充的」or「讚賞的」？

complementary
[ˌkɑmpləˈmɛntərɪ] **adj** 補充的；相配的

(易混淆單字) complimentary **adj** 讚賞的；問候的；贈送的

(比較例句)

» Pencils and erasers are an example of ***complementary*** goods.
鉛筆和橡皮擦是互補商品的一個例子。

Josh is very ***complimentary*** about his secretary.
約瑟對他的秘書讚賞有加。

解釋
complementary 是指「互補的」、「補充的」，而 complimentary 是指「稱讚的」、「恭維的」。

---

complex vs complicated　誰比較「複雜」？

complex [kəmˈplɛks] **adj** 複雜的；複合的

(易混淆單字) complicated **adj** 複雜的；艱深的

(比較例句)

» The structure of the department is quite ***complex***.
這個部門的架構頗為複雜。

This ***complicated*** issue needs to be dealt with caution.
這個複雜的問題需要謹慎處理。

解釋
complex 是指「由許多不同的部分組成的」，但不一定很難理解；而 complicated 是指「複雜而難以理解的」。

✋ complication vs complexity 誰造成「混亂」？

complication [ˋkɑmpləˏkeʃən]
n 混亂；糾葛；併發症

易混淆單字 complexity **n** 複雜度

比較例句

» The plan was executed with no _complication_ until the accident happened.
這個計畫在意外發生之前都進行的有條不紊。

Terrorism is an issue of great _complexity_.
恐怖主義是一個極為複雜的議題。

解釋

complication 是指「複查難懂的事情或情況」，另外也有「併發症」的意思；而 complexity 是指「複雜度」，但不一定難以理解。

✋ comply vs conform 誰可以「遵守」？

comply [kəmˋplaɪ] **v** 服從；順從

易混淆單字 conform **v** 遵照；符合

比較例句

» I am happy to _comply_ with your request.
我很樂意遵從你的要求。

One of the specialist's duties is to ensure the salary policies _conform_ to the law.
專員的職責之一就是確保薪資政策是符合法律規範的。

解釋

comply 是指「遵守法規」或「根據要求或規定遵守」，而 conform 則是指「遵守約定俗成的標準」，強制性的意味較少。一般而言，comply 的主詞為「人」，而 conform 的主詞為「事物」，但並非絕對。

✋ component vs ingredient 哪一種「成分」?

component [kəm`ponənt]
n 構成要素；成分

易混淆單字 **ingredient** **n** 組成要素；原料

比較例句

» Initiative and creativity are two crucial *components* in our success.
我們成功的兩大重要元素就是先機和創意。

The *ingredients* for the recipe can be easily bought in a supermarket.
這個食譜中原料在任何超市都能買到。

解釋

component 可指「機械或事物的組成部分」,每個部份可以自成獨立的個體;而 ingredient 通常是指「食品的原料」,也可以引申為「事物構成要素」。

✋ compose vs construct 由什麼「組成」?

compose [kəm`poz]
v 組成;創作;使平靜

易混淆單字 **construct** **v** 建造;構成

比較例句

» Children *compose* 15 percent of the country's population.
小孩人口佔這個國家總人口的百分之十五。

The parking tower was *constructed* three years ago.
這座立體停車場是三年前建好的。

解釋

compose 是指「由許多不同的部份組合而成」,而 construct 是指「從無到有的建構」。

✋ compound vs combine 跟誰「結合」?

compound [`kɑmpaʊnd]
v 化合;合成 **n** 化合物;合成物

易混淆單字 **combine** **v** 結合;聯合

解釋

compound 通常是指「將單元結構重整後結合在一起」,而 combine 是指「將兩者有效地結合在一起」。

» The pharmacists are ***compounding*** the prescriptions.
藥劑師正在開處方。

The couple ***combined*** their money to make the down payment.
這對夫妻湊齊了各自的錢付了頭期款。

✋ **comprehensive** vs **thorough** 誰比較「全面」？

comprehensive [ˌkɑmprɪˈhɛnsɪv]
adj 全面的；廣泛的

易混淆單字 **thorough** **adj** 徹底的；周密的；仔細的

比較例句

解釋
comprehensive 是指「包含所有面向的」，而 thorough 是指「深入而仔細的」。

» The hotel offers a ***comprehensive*** list of activities to do during your stay.
飯店提供給您住宿期間各式各樣可以從事的活動。

The technician carried out a ***thorough*** examination of the system.
技術員對系統做了一次縝密的檢修。

✋ **compromise** vs **reconcile** 跟誰「和解」？

compromise [ˈkɑmprəˌmaɪz]
v 妥協；危及；降低標準

易混淆單字 **reconcile** **v** 使和解；調解；調和

比較例句

解釋
compromise 是指「各自讓步以消弭爭端」，而 reconcile 是指「恢復友好的關係」。

» Both parties refused to ***compromise*** over their own benefits.
雙方都因為各自的利益不願妥協。

The coordinator tried to ***reconcile*** the two teachers' opinions.
那位組長試著調解兩位老師的意見。

✋ conceal vs hide　誰在「隱藏」？

conceal [kənˋsil] ⓥ 隱藏；隱瞞

(易混淆單字) hide ⓥ 躲藏；隱藏

(比較例句)

» He tried to **_conceal_** his ulterior motive.
他試圖隱藏他的別有用心。

The package was **_hidden_** in the storage.
包裹藏在儲藏室裡。

解釋
一般而言，conceal 比 hide 還要正式。另外，conceal 比較偏「刻意地隱瞞」。

✋ conceive vs think　誰來「構想」？

conceive [kənˋsiv] ⓥ 構想；認為；懷胎

(易混淆單字) think ⓥ 想；認為；思考

(比較例句)

» The research project was **_conceived_** by Tony in 1990.
這個研究專案是在一九九零年時由湯尼發想的。

We **_think_** it our duty to report it to the accountant.
我們認為跟會計報告是我們的責任。

解釋
conceive 比 think 更為正式，think 較為口語。另外，conceive 更包含「該想法是原創的」的暗示。

✋ concentrate vs focus　誰比較「專注」？

concentrate [ˋkɑnsṇˏtret]
ⓥ 專注；集中；濃縮

(易混淆單字) focus ⓥ 聚焦；專注；集中

解釋
concentrate 原意為「濃縮」，後引申為「集中注意力」；而 focus 原意為「聚焦」，後引申為「專注心思」。因此兩者基本意思可互通。

» I found it hard to *concentrate* on my work in this cubicle.
我覺得在辦公隔間裡工作很難專心。

I tried hard to stay focused *throughout* the seminar.
我在研討會上努力集中注意力。

✋ concept vs idea　誰的「想法」？

concept [ˈkɑnsɛpt] ⓝ 概念；觀念

易混淆單字　idea ⓝ 主意；意見；點子

比較例句

» The *concept* of the website is truly stunning.
這個網站的概念棒透了。

Have you had any *idea* of what to discuss in the weekly meeting?
你有任何關於週會要討論甚麼的想法了嗎？

解釋
concept 是指「已形成一定系統的想法」，而 idea 是指「初步、尚不成形的構想」。可以説 concept 是 idea 的完成版。

✋ conception vs thought　哪一個「構想」？

conception [kənˈsɛpʃən]
ⓝ 概念；構想；懷孕

易混淆單字　thought ⓝ 想法；思維

比較例句

» The *conception* of the architecture was triggered by the rocky landscape of the mountain.
這棟建築的構想是源自這座山崎嶇嶙峋的地貌。

Please feel free to let me know your *thought* on this matter.
請不吝於分享你對這件事的想法。

解釋
conception 是指「原創性的想法」，而 thought 是指「經思考後得到的想法」。

✋ concern vs worry 誰會「煩惱」？

concern [kənˈsɝn] ⓝ 關心的事；擔心

（易混淆單字）worry ⓝ 煩惱

（比較例句）

» My *concern* is whether the draft can be approved by the chairman.
我擔心的是這份草案不知道能不能被董事長認可。

Paying the mortgage is a huge *worry* for me.
付房貸對我來說是個巨大的煩惱。

解釋

concern 是指「因十分關切而擔心」，通常會對事情採取行動；而 worry 單純是指「憂愁」、「擔心」。

✋ conclude vs end 什麼時候「結束」？

conclude [kənˈklud] ⓥ 結束；下結論

（易混淆單字）end ⓥ 結束；終止

（比較例句）

» The conference *concluded* two hours after you left.
會議在妳離開兩個小時後結束了。

Our attempt to persuade the client *ended* in failure.
我們試圖說服客戶，但最終失敗了。

解釋

conclude 與 end 都有「結束」的意思，但 conclude 含有「帶著某個決定或結論結束」，而 end 單純是指「某事終了」。

✋ conduct vs direct 誰負責「指揮」？

conduct [kənˈdʌkt] ⓥ 指揮；引導；帶領

（易混淆單字）direct ⓥ 指導；指揮；指示

解釋

conduct 是指「親自引導、帶領」，而 direct 是指「口頭上的指示或指導」，不一定會親自帶領。

» The part-time assistants **_conducted_** the participants to the venue.
兼職助理帶領參加者到指定地點。

Paul effectively demonstrated his inability to **_direct_** the department.
保羅十足地展現了他管理部門上的無能。

✋ confess vs concede 誰「承擔」?

confess [kənˋfɛs] ⓥ 坦白;承認

易混淆單字 concede ⓥ 勉強承認;讓步

比較例句

» The official **_confessed_** that he had misappropriated the fund.
這位官員坦承他不當挪用了那筆公款。

James **_conceded_** that my plan actually worked better than his.
詹姆承認我的方案其實比他的好。

解釋
confess 是指「坦承、招認錯誤」,而 concede 是指「坦承本不願承認的事情」,有「退讓」、「退一步」的含意。

✋ conference vs meeting 哪一場「會議」?

conference [ˋkɑnfərəns] ⓝ 會議;會談

易混淆單字 meeting ⓝ 會議;會面

比較例句

» Many education experts will attend the international **_conference_**.
許多教育專家會參加這場國際會議。

I wouldn't encourage you to skip **_meetings_**.
我不會鼓勵你們缺席會議。

解釋
conference 是指「正式的大型會議」,通常包含一系列的流程和活動;而 meeting 是指「為了討論事情,組織的小型會議」。

✋ confidence vs dependence 誰值得「信任」?

confidence [ˈkɑnfədəns]

ⁿ 信任；信賴；自信

(易混淆單字) **dependence** **ⁿ** 信任；信賴

(比較例句)

» I am terribly disappointed that you abused my *confidence*.

我對於你濫用了我的信任，感到極度失望。

The director has a great *dependence* on her assistant.
這位主管對她的助理非常依賴。

解釋
confidence 是指「心理上的信賴」，而 dependence 是指「行為上的信賴、託付」。

✋ confident vs certain 誰能「確定」?

confident [ˈkɑnfədənt]

adj 確信的；有信心的

(易混淆單字) **certain** **adj** 確信的；確定的

(比較例句)

» I am *confident* that he will give us the green light this time.
我確信他這次會讓我們通過的。

We are not *certain* about how many people will come to the fair.
我們不確定有多少人會來參觀展覽。

解釋
confident 是指「百分之百的確定」，帶有積極樂觀的語氣；而 certain 是指「對某事十分確定」。

✋ confidential vs secret 哪一個比較「機密」?

confidential [ˌkɑnfəˈdɛnʃəl]

adj 機密的

(易混淆單字) **secret** **adj** 祕密的；機密的

解釋
confidential 是指「官方的機密」，用法較 secret 正式。

(比較例句)

» Any leak of *confidential* information can be detrimental to our organization.
任何機密資訊的洩漏都有可能對我們的組織造成極大的危害。

The new employee was fired soon after the *secret* meeting.
那位新來的員工在祕密會議結束不久後, 就被炒魷魚了。

✋ confine vs limit 有什麼「限制」?

confine [kənˈfaɪn] ⓥ 限制；侷限

(易混淆單字) limit ⓥ 限制

(比較例句)

> 解釋
>
> confine 是指「侷限於一個範圍內」, 而 limit 是指「限制某事物超過某個點」。

» I have been *confined* to bed for a week.
我已經在床上躺了一星期了。

Your Internet access is *limited* to 30 days.
你的網路只有三十天可用。

✋ confirm vs affirm 誰可以「確認」?

confirm [kənˈfɝm] ⓥ 證實；確認

(易混淆單字) affirm ⓥ 斷言；確認

(比較例句)

> 解釋
>
> confirm 是指「更加篤定的確認」, 而 affirm 是指「堅定而確信地聲明」。

» The term length of the principal is yet to be *confirmed*.
校長的任期還未確定。

The analyst *affirmed* that the economy will spring back this year.
這位分析師斷言今年的景氣即將回春。

✋ conflict vs struggle 和誰「衝突」？

conflict [ˈkɑnflɪkt] **n** 衝突；牴觸

(易混淆單字) **struggle** n 鬥爭；對抗

(比較例句)

» The *conflict* arose from the different ideologies within the groups.
這個衝突源自於不同族群間的意識形態相左。

The country's economy was held up due to the constant political *struggle*.
這個國家的經濟因接連不斷的政治鬥爭而停滯不前。

解釋
conflict 是指「因立場或意見不同而產生的衝突」，而 struggle 是指「因爭奪某事物而產生的衝突」。

✋ confront vs encounter 誰會「遇到」？

confront [kənˈfrʌnt] **v** 面臨；遭遇；面對

(易混淆單字) **encounter v** 遇到；遭遇

(比較例句)

» The country is *confronted* with the problems of social disharmony.
這個國家面臨社會不和諧的問題。

We *encountered* a lot of technical problems during the implementation.
我們在實行期間遭遇到許多技術問題。

解釋
confront 是指「與某人事物面對面爭論或產生衝突」，而 encounter 是指「不期而遇」。

✋ confusion vs chaos 哪一種「混亂」？

confusion [kənˈfjuʒən] **n** 混亂；困惑

(易混淆單字) **chaos n** 混亂；雜亂

解釋
confusion 是指「神智、心理上的混亂」，而 chaos 是指「局勢的混亂」。

» The alternative plan is less liable to cause _confusion_.
這個替代方案比較不會造成混亂。

The company was in _chaos_ after Sean left.
這間公司在尚離開後變得一團亂。

🖐 **conquer** vs **overcome** 誰能「戰勝」？

conquer [ˈkɑŋkɚ] ⓥ 戰勝；征服

易混淆單字 **overcome** ⓥ 克服；戰勝

比較例句

解釋
conquer 是指「戰勝某件事或某個處境」，而 overcome 偏向「克服困難」。

» You must _conquer_ the fear of speaking in front of people.
你一定要戰勝對公開演講的恐懼。

Believing in yourself helps you _overcome_ adversities.
相信自己能幫助你克服困難。

🖐 **conscious** vs **awake** 誰是「清醒的」？

conscious [ˈkɑnʃəs]
adj 有意識的；清醒的；蓄意的

易混淆單字 **awake** adj 醒著的；有意識的；
警覺的

比較例句

解釋
conscious 是指「知道某事物的存在，並對它有一定程度的了解」，而 awake 純粹是指「知道某事物存在」。

» They were not _conscious_ of the issue until the strike broke out.
直到罷工事件爆發，他們才意識到這個問題。

We became _awake_ to the danger of the situation.
我們意識到這個處境的危險。

✋ consensus vs agreement 要誰「同意」?

consensus [kənˋsɛnsəs] ⓝ 意見一致

(易混淆單字) **agreement** ⓝ 同意；協議

(比較例句)

» The project was stymied by a lack of _**consensus**_.
這個計畫因為意見不一致而無法進行。

The two sides finally arrived at an _**agreement**_ after two hours of debate.
雙方經過兩小時的爭辯後，終於達成協議。

解釋

consensus 是指「多數人的意見一致」，但不一定全部的都相同，而 agreement 是指「雙方的意見一致」。

✋ consent vs permit 誰「贊同」?

consent [kənˋsɛnt] ⓥ 同意；贊成

(易混淆單字) **permit** ⓥ 允許；容許

(比較例句)

» I didn't _**consent**_ to have my name and picture appear on the cover of the book.
我沒有同意讓我的名字和照片出現在書的封面上。

Passengers are not _**permitted**_ to take your pets on board.
乘客不允許將寵物帶上飛機。

解釋

consent 是指「對某意見表示贊同」，而 permit 是指「允許某種行為」，有「上級對下級」的意味。

✋ consequence vs result 哪一種「結果」?

consequence [ˋkɑnsəˏkwɛns] ⓝ 結果；後果

(易混淆單字) **result** ⓝ 結果；成果

解釋

consequence 通常帶有負面的意思，而 result 的意思偏中性。

» Everybody should be responsible for the unpleasant *consequence*.
每個人都應對這個不好的結果負責。

International politicians reacted similarly to the *result* of the election.
各國的政治家對這場選舉的結果都做出了類似的反應。

✋ consequently vs therefore　誰「因此」怎麼了？

consequently [ˈkɑnsəˌkwɛntlɪ]
adv 因此；結果

易混淆單字　therefore **adv** 因此；所以

解釋

consequently 通常帶有負面的意思，而 therefore 是用來連接先前提過的原因，並引出結果信息。

（比較例句）

» I missed the bus and was *consequently* late for the meeting.
我錯過了公車，因此開會遲到了。

He has tremendous power and *therefore* corresponding responsibilities.
他的能力強大，因此責任也同樣重大。

✋ conservative vs traditional　誰比較「傳統」？

conservative [kənˈsəvətɪv]
adj 守舊的；保守的；謹慎的

易混淆單字　traditional **adj** 傳統的；慣例的

解釋

conservative 是指「固守過去老舊的思想而不願改變」，而 traditional 是指「跟傳統有關的」、「源自傳統的」。

（比較例句）

» The manager is disfavored by his colleagues because of his *conservative* views.
這位經理因想法過於守舊而不得同事的人緣。

An array of *traditional* costumes was displayed on the shelf.
一系列的傳統服飾展示於架上。

🖐 considerate vs deliberate 誰更「貼心」？

considerate [kənˋsɪdərɪt]
adj 體貼的；考慮周全的

易混淆單字 **deliberate** adj 慎重的；深思熟慮的；故意的

解釋
considerate 通常用來形容「人」，而 deliberate 通常用來形容「事物」。

比較例句

» It was **_considerate_** of you to always save a seat for me.
你每次都幫我占座位，真的很貼心。

Moving to Canada is a **_deliberate_** decision, not on impulse.
搬到加拿大是一個深思熟慮過的決定，並不是草率決定的。

🖐 consistent vs coherent 誰達成「一致」？

consistent [kənˋsɪstənt]
adj 一致的；符合的

易混淆單字 **coherent** adj 一致的；連貫的

解釋
consistent 是指「內容或形式前後一致的」，而 coherent 是指「論點邏輯正確且清楚的」。

比較例句

» We produce products of a **_consistent_** high quality.
我們製造的產品維持始終如一的高品質。

The reporter failed to make a **_coherent_** argument.
這位記者無法說出邏輯通順的論點。

🖐 consistently vs constantly 「一貫地」or「經常地」？

consistently [kənˋsɪstəntlɪ]
adv 一貫地

易混淆單字 **constantly** adv 不斷地；經常地

解釋
consistently 意思是「前後一致地」，而 constantly 是指「經常性地」，拼法乍看之下很相像，但意思差別很大。

» The theory was ***consistently*** applied in his design.
這個理論被一貫地運用於他的設計中。

The weather in Taipei is ***constantly*** changing.
台北的天氣經常變化。

✋ console vs comfort 誰需要「安慰」?

console [kənˋsol] ⓥ 安慰;慰問

易混淆單字 comfort ⓥ 安慰;撫慰

比較例句

» The volunteer ***consoled*** the bereaved woman with soft words.
這名志工以溫軟的言語撫慰這位痛失親人的女人。

解釋
一般而言,console 是用在情節嚴重的事情,而 comfort 是指「一般性的安慰」。

You should divert your husband's attention from his loss when ***comforting*** him.
當你在安慰你先生時,你應該將他的注意力從他的失敗轉移開。

✋ constant vs lasting 哪一個「持久」?

constant [ˋkɑnstənt]
adj 持續的;不變的

易混淆單字 lasting adj 持久的;耐久的

比較例句

解釋
constant 是指「持續一段時間的」,而 lasting 是指「能夠持久的」。

» I am fed up with my supervisor's ***constant*** nagging.
我受夠我主管的絮絮叨叨了。

The priest's speech made a ***lasting*** impact on me.
那位牧師的演講對我產生長久的影響。

✋ constrain vs force 誰「強迫」？

constrain [kən`stren] Ⓥ 強迫；限制

(易混淆單字) force Ⓥ 強迫；勉強作出

(比較例句)

The lack of resources to a great extent *constrains* his talent.
資源的缺乏嚴重限制了他的才能。

We were *forced* to give up our advantage in the negotiation.
我們被迫放棄我們在談判中的優勢。

解釋
constrain 是指「以條件的限制強迫」，因此也可以理解為「侷限」，而 force 是指「強迫」、「逼迫他人做他們不願意做的事」。

✋ constraint vs restriction 哪一種「限制」？

constraint [kən`strent] Ⓝ 拘束；強迫

(易混淆單字) restriction Ⓝ 限制；限定

(比較例句)

» Age is apparently a major *constraint* on learning skills.
年齡明顯是學習新技術的一個主要限制因素。

The water *restriction* in North Ireland could stay in place for another two weeks.
北愛爾蘭的限水政策可能會再持續兩週。

解釋
constraint 通常是指「自然因素的限制」，而 restriction 通常是指「法令或規範上的限制」。

✋ consume vs spend 誰「限制」？

consume [kən`sum] Ⓥ 花費；消耗；使全神貫注

(易混淆單字) spend Ⓥ 花費（時間、金錢）；用盡；度過

解釋
consume 的意思是指「消耗」、「消費」、「用盡」某事物，而 spend 是指「花費時間或金錢做某事」。

» Children from low-income families tend to **_consume_** more junk food than those from well-off ones.
低收入家庭的小孩往往比富裕家庭的小孩吃更多的垃圾食品。

The board **_spent_** the whole afternoon discussing the budget for the next quarter.
董事會花了一整個下午討論下一季的預算議題。

✋ **consumption** vs **expenditure** 誰最會「消費」？

consumption [kənˋsʌmpʃən]
ⓝ 消耗；消費

(易混淆單字) **expenditure** **ⓝ** 支出；花費

(比較例句)

» Beverage **_consumption_** was significantly increased due to the extended stretch of hot weather.
由於長時間的炎熱天氣，飲料的消耗量增加了不少。

One important role of the finance department is to control and monitor **_expenditure_** against income.
財政部門的一個重要任務就是根據收入控制並監控支出。

解釋
consumption 是指「某事物的消費或消耗」，而 expenditure 是指「金錢或資源的支出」。

✋ **contemporary** vs **coexistent** 哪個是「同時代的」？

contemporary [kənˋtɛmpəˌrɛrɪ]
adj 當代的；同時代的

(易混淆單字) **coexistent** **adj** 共存的

解釋
contemporary 是指「存在於同個時間段內的」，而 coexistent 是指「存在於同時間或同地域範圍內的」，或指「能夠共存而不衝突的」。

» The older generation started to accept ***contemporary*** music.
上個世代的人開始接受當代音樂。

Coexistent cooperation and competition can be seen among the interns.
在這群實習生之間同時存在著合作與競爭的關係。

✋ contrary vs opposite 哪個是「對立的」?

contrary [ˈkɑntrɛrɪ]
adj 相反的;相對的

易混淆單字 opposite **adj** 對立的;對面的

比較例句

» Their taste seems ***contrary*** to the public trend.
他們的口味似乎與大眾潮流相反。

It is dangerous to drive in the ***opposite*** direction on highways.
在高速公路上逆向行駛是很危險的。

解釋
contrary 與 opposite 意思都是「相反的」,其中 opposite 特別是指「兩極對立的」,如 black and white、light and dark。而 contrary 通常是指「意見的對立」。

✋ contrast vs comparison 誰會「比較」?

contrast [ˈkɑnˌtræst] **n** 對比;對照

易混淆單字 comparison **n** 比較;對照

比較例句

» The ***contrast*** between their management styles is easily perceivable.
他們管理風格的對比非常明顯。

Without the context, the ***comparison*** between the two theories is meaningless.
在沒有背景資訊的情況下,比較這兩個理論是沒有意義的。

解釋
一般來說,contrast 是比較不同點,而 comparison 是比較相同點。

✋ contribution vs dedication 誰有「貢獻」?

contribution [ˌkɑntrəˈbjuʃən]
n 貢獻;捐獻

易混淆單字 dedication **n** 奉獻;致力

比較例句

» The funding of the project mainly depends on voluntary *contribution*.
這個專案的資金主要是來源於自願捐款。

Our hard work and *dedication* paid off when we received the unconditional offer from the university.
當我們收到大學的無條件入學許可時,我們的努力和奉獻都值得了。

解釋

contribution 是指「作為金錢上實際的貢獻」,而 dedication 是指「精神上的貢獻」。

✋ controversial vs contentious 誰有「爭議」?

controversial [ˌkɑntrəˈvɜʃəl]
adj 有爭議的

易混淆單字 contentious **adj** 有爭議的;好爭辯的

比較例句

» Judy has been a *controversial* person since she always holds different opinions than her colleagues.
朱蒂一直是位爭議人物,由於她總是跟同事意見不合。

The reputation of the *contentious* politician has been badly hurt.
這位好辯的政治人物的名聲早已一落千丈。

解釋

controversial 和 contentious 形容「事情」時,意思是非常相近的,但形容「人」時,controversial 是指「引起爭議的」,而 contentious 是指「好爭辯的」。

✋ convince vs persuade 誰被「說服」？

convince [kənˈvɪns] **v** 說服；使信服

易混淆單字 persuade **v** 說服

比較例句

» I am **_convinced_** that the job is suitable for me.
我相信這份工作會很適合我。

The agent **_persuaded_** me into buying the insurance plan.
這位經紀人說服我買下這份保險。

解釋

convince 是指「使某人相信某事的真實性」，而 persuade 是指「說服某人做某事」。

✋ cooperate vs collaborate 誰會「合作」？

cooperate [koˈɑpəˌret] **v** 合作；配合

易混淆單字 collaborate **v** 合作

比較例句

» The school promised to **_cooperate_** in finding the robbery suspect.
校方同意合力找出那名強盜嫌疑犯。

Are you interested in **_collaborating_** with us?
你有興趣跟我們合作嗎？

解釋

cooperate 是指「互相給與資源或策略以達成共同目標」，而 collaborate 是指「共同付出勞力以達成共同目標」。

✋ core vs kernel 哪一個是「核心」？

core [kor] **n** 核心；中心

易混淆單字 kernel **n** 核心；果仁

比較例句

» Insufficient training is the **_core_** of the problem.
訓練不足是這個問題的核心。

The **_kernels_** of the ideas are actually identical.
這些想法的核心其實是一樣的。

解釋

core 原指「水果的果實部分」，而 kernel 是指「堅果中心軟軟的部分」。兩者皆能引申為「事物的核心」。

🖐 **corporate** vs **cooperate**　「公司」or「合作」?

corporate [ˈkɔrpəˌrɪt]
adj 法人的；公司的；共同的

(易混淆單字) cooperate **v** 合作

(比較例句)

» The firm is weighing whether to change its *corporate* structure.
這間公司正權衡是否要重整公司結構。

Their refusing to *cooperate* seriously delayed the progress.
因為他們的拒絕合作造成了進度的嚴重拖延。

解釋

corporate 為形容詞，表示「關於公司、法人的」；而 cooperate 為動詞，意思是「協力合作」，雖拼法相像，但應避免搞混。

🖐 **corporation** vs **cooperation**　「法人」or「合作」?

corporation [ˌkɔrpəˈreʃən]
n 法人；股份公司

(易混淆單字) cooperation **n** 合作

(比較例句)

» I just landed a job in a new German *corporation*.
我剛在一間德商公司找到工作。

We are grateful for your full *cooperation*.
我們非常感激您的全力合作。

解釋

corporation 是指「公司」、「法人」，而 cooperation 是指「合作」，拼法相似，考生應小心辨別。

🖐 **cosmopolitan** vs **international**　誰更「國際」?

cosmopolitan [ˌkɑzməˈpɑlətn̩]
adj 國際性的；世界性的

(易混淆單字) international
　　　　　adj 國際的；國與國之間的

解釋

cosmopolitan 是指「世界一家的」、「無偏見的」，而 international 也有類似的意思，但也可以指「國際之間的」。

» New York is known as a *cosmopolitan* melting pot.
紐約被認為是一個國際性的文化大融爐。

The study doubts that Chinese can replace English as the world's *international* language.
這份研究不認為中文可以取代英文成為世界上國際性的語言。

✋ counsel vs consult 跟誰「商量」？

counsel [ˈkaʊnsl̩] ⓥ 商議；提供建議

易混淆單字 **consult** ⓥ 諮詢；請教；查閱

比較例句

» I need to *counsel* with my husband about how to arrange the furniture.
我必須跟我先生商量一下怎麼擺放這些家具。

You can't rush into the decision without *consulting* Tom.
你不能沒有先諮詢過湯姆就妄下決定。

解釋
counsel 是指「給予諮詢」，而 consult 是指「尋求諮詢」。

✋ counterfeit vs falsify 哪一個是「偽造」？

counterfeit [ˈkaʊntɚˌfɪt] ⓥ 偽造；仿冒

易混淆單字 **falsify** ⓥ 偽造；竄改

比較例句

解釋
counterfeit 是指「偽造金錢或物品」，而 falsify 是指「偽造證據或消息」。

» The instrument was devised to *counterfeit* coins.
這個儀器是用來製造假硬幣的。

The factory allegedly colluded with the analysis department to *falsify* the test results.
這間工廠疑似與鑑測部門串通，竄改檢測結果。

✋ courier vs carrier 誰的「快遞」?

courier [ˋkʊrɪɚ] **n** 信差;嚮導;快遞公司

易混淆單字 carrier **n** 運送人;運輸公司

比較例句

» The package has been delivered by a *courier* yesterday afternoon.
這個包裹昨天下午由一名快遞送到了。

Finland Logistics has developed customized *carrier* services to meet your business needs.
芬蘭貨運開發出客製化的運輸服務以符合您的業務需求。

解釋

courier 一般是指「運送快遞的人」,而 carrier 一般是指「運輸公司」。此外,courier 是指「運送直達急件的快遞」,而 carrier 是「一般非直達的快遞」。

✋ courtesy vs politeness 誰有「禮貌」?

courtesy [ˋkɝtəsɪ] **n** 禮貌;殷勤

易混淆單字 politeness **n** 禮貌;客氣

比較例句

» We extended every *courtesy* to you.
我們對您極盡禮遇。

We ask our staff to treat our clients with *politeness*.
我們要求員工以禮對待客戶。

解釋

courtesy 是指「正式的禮節」,在行為舉止上顯得端莊、高雅;而 politeness 是指「社會風俗上約定俗成的禮貌」,可能於不同文化間會有所區別,比 courtesy 的用法更為日常、廣泛。

✋ credential vs diploma 哪一種「證書」?

credential [krɪˈdɛnʃəl]
n 證書;國書;憑據

(易混淆單字) **diploma** n 文憑;學位

(比較例句)

» The police officers were asked to present their *credentials* before they went in the house.
這些警員在進屋之前被要求出示他們的憑據。

The *diploma* will be sent to you by mail in February.
畢業證書會於二月期間郵寄給你。

解釋

credential 是指「用來證明某人身份或資格的文件」,而 diploma 通常是指「學位」。

✋ credible vs dependable 誰比較「可靠」?

credible [ˈkrɛdəbl] **adj** 可靠的;可信的

(易混淆單字) **dependable** adj 可靠的

(比較例句)

» That does not sound like a *credible* reason for calling in sick.
那聽起來不像是一個請病假的可靠理由。

We were voted as the most *dependable* home care agency in Los Angeles.
我們被票選為洛杉磯最可靠的家庭護理機構。

解釋

credible 是指「可相信的」,用來形容「人」或「說法」;而 dependable 是指「可依靠的」,通常用來形容「人」或「服務質量」。

✋ crossing vs crosswalk 「十字路口」or「斑馬線」?

crossing [ˈkrɔsɪŋ] **n** 交叉點;十字路口

(易混淆單字) **crosswalk** n 行人穿越道

解釋

crossing 是指「十字路口」,而 crosswalk 是指「斑馬線」、「行人穿越道」。

» Always reduce speed when you approach a railroad _**crossing**_.
接近平交道時，請減速慢行。

The _**crosswalk**_ is seriously damaged by tire marks.
這條行人穿越道被輪胎痕嚴重地毀損。

🖐 **current** vs **present**　哪一個是「目前的」？

current [ˋkɝənt] **adj** 目前的；現行的；
通用的

易混淆單字　**present** adj 當前的；在場的

比較例句

解釋

兩者都是指「目前的」，但 current 比 present 包含的時間範圍更廣。另外，present 還可以表示「在場的」、「出席的」的意思。

» We should focus on addressing the
**current** issue.
我們應該專心解決眼前的問題。

We looked at the _**present**_ situation and future prospect of global renewable energy.
我們探討了全球再生能源的現況與未來展望。

🖐 **custom** vs **costume**　「習俗」還是「戲服」？

custom [ˋkʌstəm] **n** 習俗；習慣

易混淆單字　**costume** n 服裝；戲服

比較例句

解釋

custom 與 costume 看起來拼法很像，但意思相差很遠。custom 是指「風俗」、「習慣」，而 costume 是指「特定的服裝」。

» The old _**custom**_ has been handed down from generation to generation for centuries.
這項古老的習俗幾百年來在世代間傳承著。

Jeffery went to the party in the ridiculous _**costume**_.
傑菲瑞穿著這套可笑的衣服去參加派對。

Dd

✋ dairy vs diary 是「乳品店」還是「日記」？

dairy [ˈdɛrɪ] **n** 乳品店；牛奶場

易混淆單字 diary **n** 日記

比較例句

» Fresh milk and ice cream will be available at the _dairy_.
到時候乳品店會提供新鮮牛奶和冰淇淋。

I keep a _diary_ to record my thoughts and feelings.
我寫日記是為了記錄我的想法和感受。

解釋
dairy 和 diary 乍看之下拼法很像，但意思完全不相關。dairy 是指「乳品店」或「乳製的」，而 diary 是「日記」。

✋ damage vs harm 哪一種「傷害」？

damage [ˈdæmɪdʒ] **n** 損害；損失；賠償金

易混淆單字 harm **n** 傷害；損害

比較例句

» So far the flood has not caused _damage_ to the neighborhood.
目前洪水還沒有對這個社區造成損壞。

It does no _harm_ for us to ask for a lower price.
問問是否可以殺價，對我們來說沒有損失。

解釋
damage 一般是指「形體上的損害」，而 harm 可以指「形體上或精神上的損害」。

✋ **data** vs **information**　要哪一個「資料」？

data [ˋdetə] **n** 數據；資料

易混淆單字　**information** **n**　資訊；消息

比較例句

» The **_data_** collection took approximately three months.
　搜集數據花了大約三個月的時間。

　The attachment provides you with all the necessary **_information_** about the seminar.
　這個附件中包含關於研討會的所有重要資訊。

解釋

data 單純是指「原始數據、資料」，在 data 經過分析、整合之後，才會變成有意義、有使用價值的 information。

✋ **decay** vs **disintegrate**　什麼「壞」了？

decay [dɪˋke] **v** 腐爛；腐朽

易混淆單字　**disintegrate** **v** 使瓦解；使崩壞

比較例句

» The fruits on the table will **_decay_** over time.
　桌上的水果會隨著時間而腐爛。

　The country's oil industry continued to **_disintegrate_** as a result of the rising oil costs.
　由於產油成本日益上漲，這個國家的煉油產業持續地崩壞。

解釋

decay 是指「被細菌腐壞」，而 disintegrate 是指「瓦解、破碎成一片片」。

✋ **deceive** vs **defraud**　誰被「騙」了？

deceive [dɪˋsiv] **v** 欺騙；蒙蔽

易混淆單字　**defraud** **v** 詐騙

解釋

deceive 是指「使人相信某件不真實的事」，而 defraud 是指「違法的詐騙」。

Dd

» I was totally _deceived_ by his fake moves.
我完全被他的假動作給蒙蔽了。

The man was still unaware that his actions seemed to _defraud_ the public.
這個人還不知道他的舉動其實是在欺騙大眾。

✋ **declaration** vs **statement** 誰發「聲明」?

declaration [ˌdɛkləˈreʃən]
n 布;聲明;申報

易混淆單字 **statement** n 陳述;説明

比較例句

» She made an unhesitant _declaration_ of love to the basketball player.
她毫不猶豫地向那位籃球選手表白。

The celebrity insisted on his innocence in his _statement_.
這位名人在他的聲明中堅稱他是清白的。

解釋
declaration 是指「對外界公開的聲明、宣布」,而 statement 只是「當事人的自我表述或説明」。

✋ **declare** vs **announce** 誰「宣布」?

declare [drˈklɛr] **v** 宣布;聲明;申報

易混淆單字 **announce** v 宣布;發布

比較例句

» The state government _declared_ a state of emergency in wake of the violence.
州政府在暴亂發生之後發布緊急狀態。

We are pleased to _announce_ the launch of our new film.
我們很開心向您宣布,我們的新電影即將上映。

解釋
declare 是宣布個人的主張,但不見得是正確的;而 announce 是宣布正確無誤的消息。

✋ decline vs decrease 哪一個「下滑」了？

decline [dɪ'klaɪn] **n** 下降；下滑；拒絕

易混淆單字 decrease **n** 減少

比較例句

» Pound devaluation is likely to result in a potential *decline* in our business.
英鎊貶值可能會造成我們生意的下滑。

The sharp *decrease* in sales can be seen in the following table.
在以下的表格中，我們可以看到銷售量的急遽下滑。

解釋

decline 是指「狀態或品質的下滑」，而 decrease 通常是有關「數量」方面的下滑。

✋ dedicate vs devote 誰「奉獻」？

dedicate ['dɛdə͵ket] **v** 奉獻；投注

易混淆單字 devote **v** 奉獻

比較例句

» I would like to *dedicate* this song to my beloved parents.
我想將這首歌獻給我摯愛的父母。

Since college, I have *devoted* myself to the field of language teaching.
從大學時代，我便已投注到語言教學的領域。

解釋

一般而言，這兩個字可以互通，但通常 devote 的犧牲程度比 dedicate 要高。

✋ defeat vs frustrate 誰被「擊敗」？

defeat [dɪ'fit] **v** 戰勝；擊敗

易混淆單字 frustrate **v** 挫敗；使挫折

比較例句

» I am confident that I can *defeat* my opponent.
我有信心可以打敗我的對手。

We *frustrated* their attempt to attack our website.
我們遏止了他們攻擊我們網站的企圖。

解釋

defeat 是指「完全擊敗」，而 frustrate 是指「使挫折」或「阻止事情順利的進行」。

Dd

✋ defect vs weakness 誰有「缺點」？

defect [dɪˈfɛkt] ⓝ 缺點；缺陷

(易混淆單字) **weakness** n 弱點；虛弱；
軟弱

(比較例句)

» I have sent an email to inquire about the cause of the **defect**.
我已寄一封電子郵件詢問關於造成這個瑕疵的原因。

The product's conspicuous **weakness** makes it less competitive.
這個產品明顯的弱點讓它的競爭力大打折扣。

解釋
defect 一般是指「不完美的地方」或「瑕疵」，而 weakness 是指「缺乏某項能力」或「不利的點」。

✋ defective vs disabled 哪個是有「缺陷的」？

defective [dɪˈfɛktɪv] adj 有缺陷的；
不完美的

(易混淆單字) **disabled** adj 殘廢的；有缺
陷的

(比較例句)

» I rejected the **defective** furniture and asked for a refund.
我退回了這件有瑕疵的家具並要求退款。

He got rejected by a lot of employers because he is physically **disabled**.
由於他有肢體障礙，找工作的時候被很多雇主拒絕。

解釋
defective 是指「有缺陷的」，可形容人、事、物；而 disabled 是指「殘廢的」、「殘疾的」，通常是形容人。

🖐 defend vs protect 誰能「保護」?

defend [dɪˈfɛnd] ⓥ 防衛;保衛

易混淆單字 protect ⓥ 保護;防護

比較例句

» We *defend* your right to say what you want to say.
我們保衛你自由發言的權利。

We have developed a new type of strengthened packaging to *protect* our goods.
我們已研發出一款新式的強化包裝來保護我們的商品。

解釋
defend 與 protect 基本上意思可互通,但 defend 指「以攻為守」,採取回擊的方式來保衛自己;而 protect 單純是指「使避免受到傷害」。

🖐 defendant vs respondent 誰是「被告」?

defendant [dɪˈfɛndənt] ⓝ 被告

易混淆單字 respondent ⓝ 被告

比較例句

» The prosecutor proved to the jury that the *defendant* is guilty.
檢察官向陪審團證明這名被告有罪。

The *respondent* is obligated to attend the hearing.
被告有義務出席審訊。

解釋
defendant 可以指「民事或刑事訴訟中的被告」,而 respondent 是指「上訴案件或離婚訴訟中的被告」。

🖐 deficiency vs deficit 哪一個有「不足」?

deficiency [dɪˈfɪʃənsɪ] ⓝ 不足;缺少的數額

易混淆單字 deficit ⓝ 不足額;赤字

解釋
deficiency 可以指「一般性的不足」或「不足的數額」,而 deficit 則是指「不足的金額」,比較屬於經濟學的用語。

» **_Deficiency_** of vitamin D may cause bone pain and muscle weakness.

缺乏維生素 D 可能會造成骨頭痠痛和肌肉無力。

The US asked China to reduce the annual trade **_deficit_** by 100 billion dollars.

美國要求中國設法減低每年一千億美元的貿易逆差。

✋ **define** vs **explain** 誰可以「解釋」？

define [dɪˈfaɪn] ⓥ 定義；解釋

易混淆單字 **explain** ⓥ 解釋；闡釋

比較例句

» It is important to have your service area clearly **_defined_**.

將自己的服務範圍明確定義出來是很重要的。

Peter has **_explained_** the reasons why he quit the job.

彼得已經解釋了他辭職的理由。

解釋
define 是指「明確地解釋或規範某事物的屬性或範圍」，而 explain 是指「以類比或實例的方式將某事物具體說明清楚」。

✋ **definite** vs **distinct** 哪一個是「確定的」？

definite [ˈdɛfənɪt] adj 明確的；肯定的

易混淆單字 **distinct** adj 有區別的；清楚的

比較例句

» It is **_definite_** that he cannot turn in the application form in time.

他肯定是無法準時交出申請表的。

There is a **_distinct_** difference between our speaking styles.

我們說話的風格有很明顯的不同。

解釋
definite 是指「肯定、精準而不模糊的」，而 distinct 是指「明顯與其他不同的」、「可輕易區分的」。

✋ degenerate vs deteriorate　哪一個「惡化」了？

degenerate [dɪˋdʒɛnəˌret] Ⓥ 退化；衰退

（易混淆單字）**deteriorate** Ⓥ 惡化；使惡化

（比較例句）

» The relationship we used to have started to *degenerate*.
我們過去曾有過的感情開始退化了。

The value of houses would not easily *deteriorate* unless there is a massive economic recession.
除非出現經濟大蕭條，否則房價不會輕易貶值。

解釋
degenerate 是指「喪失好的狀態或優點」，而 deteriorate 是指「狀況、處境或品質變得更糟」。

✋ dehydrate vs dry　哪個比較「乾燥」？

dehydrate [diˋhaɪdret] Ⓥ 脫水；使乾燥

（易混淆單字）**dry** Ⓥ 使乾燥

（比較例句）

» Allow the pineapples to *dehydrate* for at least 8 hours until they are as crisp as you want them to be.
將鳳梨脫水至少八小時，直到你想要的脆度。

He *dried* his wet clothes on the heater.
他把濕衣服放在暖氣上烘乾。

解釋
dehydrate 是指「將體內所有的水份去除」，而 dry 是指「將多餘的水份去除」。

✋ delete vs eliminate　「刪除」哪一個？

delete [dɪˋlit] Ⓥ 刪除

（易混淆單字）**eliminate** Ⓥ 消除；淘汰

解釋
delete 是指「移除」、「刪去」；而 eliminate 是指「永久、徹底除去」或「淘汰」。

Dd

» The file was ___deleted___ permanently to protect the participant's identity.
為保護參加者的身分，這個檔案被永久刪除了。

Anyone caught cheating will be ___eliminated___ from the competition.
被抓到作弊的人將被淘汰出局。

✋ delicate vs fragile 哪一個是「易碎的」？

delicate [ˈdɛləkət] adj 易碎的；孱弱的；精美的

易混淆單字 fragile adj 易碎的；脆弱的

比較例句

解釋
delicate 是指「因作工精美而易碎」，而 fragile 單純是指「脆弱而容易損壞的」。

» The cake looks so ___delicate___ that I don't want to destroy it by eating it.
這個蛋糕看起來真是精緻，我都捨不得吃了。

The ___fragile___ crystal glasses should be kept in the upper cabinet.
這些易碎的水晶玻璃杯應該放在上層櫥櫃。

✋ demonstrate vs display 哪些要「展示」？

demonstrate [ˈdɛmənˌstret]
v 論證；展示；顯示

易混淆單字 display v 陳列；展示

比較例句

解釋
demonstrate 不只「展示」，還包括「說明」、「解釋」；而 display 是指「將事物陳列出來展覽」，並不包含「說明」或「解釋」。

» The salesperson is ___demonstrating___ a new mobile phone.
這位銷售員正展示一支新手機。

The simulation models of the noodles are ___displayed___ in the window.
仿真的拉麵模型展示於櫥窗裡。

✋ deny vs disclaim 誰「否認」?

deny [dɪˋnaɪ] ⓥ 否定;拒絕

(易混淆單字) **disclaim** ⓥ 否認;放棄

(比較例句)

» My request was ***denied*** for no reason.
我的要求因不明原因被拒絕了。

The company ***disclaimed*** any responsibilities for this accident.
這間公司對這起意外不負任何責任。

解釋
deny 是指「否定某事物的存在或真實性」或「拒絕給予」,而 disclaim 是指「拒絕承認」或「放棄所有權」。

✋ depart vs leave 誰要「離開」?

depart [dɪˋpɑrt] ⓥ 啟程出發;背離

(易混淆單字) **leave** ⓥ 離開;丟下

(比較例句)

» The train bound for Milan ***departs*** at 14:25 sharp.
前往米蘭的火車將於兩點二十五分準時發車。

Two of the key figures have ***left*** the company.
兩位關鍵人物都已離開公司。

解釋
depart 通常用在交通工具上,而 leave 可用在一般口語的情況,表示「離開某處」或「將⋯⋯留下」。

✋ department vs division 是哪一個「部門」?

department [dɪˋpɑrtmənt]
n 部門;部處;系

(易混淆單字) division **n** 部門;分部;分派

(比較例句)

» I will explain this issue in more detail in the ***department*** meeting.
針對這個議題,我會在部門會議上做更詳細的說明。

Karen and I used to work in the same ***division***.
凱倫跟我曾經在同一個單位工作過。

解釋

一般來講,department 是指「公司底下獨立運作的部門」,如:sales department 銷售部門、personnel department 人資部門等;而 division 是指「機構內劃分出來的一個單位」,並非具體的一功能部門。

✋ depend vs rely 誰可以「依靠」?

depend [dɪˋpɛnd] **v** 依靠;依賴;取決於

(易混淆單字) rely **v** 依靠;信賴

(比較例句)

» Our success ***depends*** on how much effort you put in to it.
我們的成功取決於你有多努力。

You cannot ***rely*** on the data collected from those people.
你不能相信從那些人取得的數據。

解釋

depend 有「雖有能力,卻因某種因素必須依靠他人」的意思,而 rely 是指「缺乏能力,因此必須依靠他人」。另外,depend 比 rely 更帶有「急迫」的涵義。depend 除了「依賴」之外,還有「取決於」的意思。

✋ **deputy** vs **delegate** 誰是「代表」？

deputy [ˈdɛpjətɪ] **n** 代理人；副手

(易混淆單字) **delegate** n 代表

(比較例句)

» Please contact my *__deputy__* for this matter during my absence.
我不在時，如有相關問題請聯繫我的代理人。

__Delegates__ from different countries participated in the summit.
來自不同國家的代表參加了這場高峰會。

解釋
deputy 是指「代理某人職務的人」，跟「工作內容」有關；而 delegate 是指「團體中被指派代表該團體的人」，跟「身分」有關。

✋ **describe** vs **depict** 誰負責「描述」？

describe [dɪˈskraɪb] **v** 描述；描寫

(易混淆單字) **depict** v 描寫；描繪

(比較例句)

» The standard procedures will be *__described__* in more detail on the following slides.
標準程序的內容將會在接下來的投影片中有更詳盡地描述。

Mediterranean scenes were vividly *__depicted__* in her book.
她在書中生動地描繪了地中海的景色。

解釋
describe 更多的是指「話語的描述」，而 depict 則偏向「文字或圖像的描述」。

✋ **desperate** vs **hopeless** 誰感到「絕望」？

desperate [ˈdɛspərɪt] **adj** 絕望的；渴望的

(易混淆單字) **hopeless** adj 絕望的；不抱希望的

解釋
表示「絕望」的意思時，desperate 的語氣比 hopeless 更強烈。desperate 另有「極度渴望」的意思。

» I was once *__desperate__* when I lost my wife.
我失去妻子時，一度感到絕望。

He said nothing and gave me a *__hopeless__* look.
他一句話都沒說，給了我一個絕望的表情。

🖐 **despise** vs **disdain**　誰被「看不起」？

despise [dɪˋspaɪz] ⓥ 鄙視；看不起

易混淆單字　**disdain** ⓥ 輕蔑；不屑

比較例句

» I *__despise__* those who cheat on tests.
我看不起那些考試作弊的人。

I *__disdain__* her passing the buck.
我不屑她推卸責任的行為。

解釋
despise 是指「極度憎恨、鄙視」，而 disdain 是指「看不起」、「認為……不值得尊重」，但沒有到「憎恨」的地步。

🖐 **destination** vs **goal**　哪一個「目標」？

destination [ˌdɛstəˋneʃən]
ⓝ 目的地；目標

易混淆單字　**goal** ⓝ 目標；終點

比較例句

» Spain is currently the second top tourist *__destination__* in the world.
西班牙是目前世界上第二大旅遊景點國家。

The interviewer asked me about my short term *__goal__* for my career.
面試官問我職涯上的短期目標是什麼。

解釋
destination 通常是指一個「地方」，而 goal 通常是指「一個抽象的目標點」，兩者都能引申為「目標」。

✋ destructive vs disastrous 哪一個「破壞力」強？

destructive [dɪˋstrʌktɪv]
adj 破壞性的

易混淆單字 **disastrous** adj 災難的；悲慘的

比較例句

» The ***destructive*** tornado tore up everything in its path.
這破壞力十足的龍捲風將所經之地的東西都全部捲起。

Your carelessness may lead to ***disastrous*** consequences.
你的不小心可能會造成慘烈的後果。

解釋
destructive 是指「會造成破壞的」，而 disastrous 是指「災難的」或「有如災難般的」。

✋ detect vs identify 誰被「發現」？

detect [dɪˋtɛkt] **v** 察覺；發現

易混淆單字 **identify** v 發現；識別

比較例句

» This app helps you to ***detect*** typos in your writing.
這個應用程式能幫你找到文章中的錯字。

The first step is to ***identify*** the systemic problems in the setting.
第一步就是要發現環境中存在的系統性問題。

解釋
detect 是指「發現某事物的位置或存在」，而 identify 是指「識別」、「查明某人事物的身分」。

✋ determination vs decision 誰下「決心」?

determination [dɪˌtɝməˋneʃən]
ⓝ 決心；果斷；確定

易混淆單字 **decision** **ⓝ** 決定；決心

比較例句

» Rachel left the conference room with a look of *determination* on her face.
瑞秋離開會議室，臉上帶著果決的表情。

I would appreciate if you could reconsider your *decision* on this matter.
如果您能重新考慮一下您的決定，我會非常感激。

解釋

determination 一般用在「經深思熟慮後的決定」，通常是決定重大的事情。另外，determination 還有「決斷力」的意思。decision 是指「普通的選擇性決定」。

✋ devastate vs destroy 被誰「破壞」?

devastate [ˋdɛvəsˌtet] **ⓥ** 摧毀；破壞

易混淆單字 **destroy** **ⓥ** 破壞；毀壞

比較例句

» Emma was completely *devastated* by the tragedy.
艾瑪完全被這場悲劇摧毀了。

Their scheme to *destroy* our plan was exposed.
他們要破壞我們計畫的陰謀曝光了。

解釋

devastate 比 destroy 更為全面、嚴重。另外 devastate 也可以指「精神上的摧毀」。

✋ device vs machine 用哪一個「機器」?

device [dɪˋvaɪs] **ⓝ** 設備；裝置；手段

易混淆單字 **machine** **ⓝ** 機器；機械

解釋

machine 是指「消耗能源來運作的機器」，通常由許多裝置組成；而 device 是指「任何儀器」或「機器的裝置」。

» You can use the USB cable to connect your mobile *__device__* to the computer.

你可以用 USB 傳輸線連接你的手機與電腦。

It takes the workers one month of training to be able to operate the *__machines__*.

這些工人需要受訓一個月才能操作這些機器。

✋ dictate vs demand 誰「規定」?

dictate [dɪkˋtet] **ⓥ** 規定;命令

易混淆單字 demand **ⓥ** 要求;需求

比較例句

» My boss *__dictated__* when I should turn in the final draft.

我的老闆規定我何時應交出定稿。

The manager *__demanded__* that the office be closed by 7 pm.

經理要求辦公室需在晚上七點之前關門。

解釋
dictate 主要是用在「規定」、「規章」方面;而 demand 用法較廣泛,可以指要求任何事。

✋ differ vs vary 有什麼「不同」?

differ [ˋdɪfɚ] **ⓥ** 區別;意見不同

易混淆單字 vary **ⓥ** 變更;變化

比較例句

» You think Anna did a terrible job that night, but I beg to *__differ__*.

你們覺得安娜那天晚上表現很差,但恕我不同意。

The prices of the commodities *__vary__* due to their supply and demand.

商品的價格根據他們的供給與需求變化。

解釋
differ 是指「完全不同」,語氣較肯定;而 vary 是指「不盡相同」,但仍有可能出現相同的情況。

✋ difference vs deference 「差異」vs「尊敬」?

difference [ˈdɪfərəns] ⓝ 差異；區別

(易混淆單字) deference ⓝ 遵從；尊敬

(比較例句)

» He taught me how to tell the **_difference_** between genuine notes and counterfeit ones.
他教我如何分辨真鈔和偽鈔。

We should avoid wearing short pants in **_deference_** to the King.
我們應避免穿著短褲以示對國王的尊敬。

解釋
difference 和 deference 看上去很相似，但其實意思很不同。difference 是指「差異」、「不同」；而 deference 是指「尊敬」。

✋ differentiate vs discriminate 誰能「區別」?

differentiate [ˌdɪfəˈrɛnʃɪˌet] ⓥ 區分；鑑別

(易混淆單字) discriminate ⓥ 區別；辨別

(比較例句)

» The subtle greenish hue **_differentiates_** the genuine gems from the fake ones.
這些微的淡綠色澤就是區分真玉和假玉的線索。

We value children's ability to **_discriminate_** between right and wrong.
我們很重視小孩子明辨是非的能力。

解釋
differentiate 是指「區別」或「使產生區別」，而 discriminate 是指「從一群當中區別出來」。

✋ digest vs ingest 哪一個難「消化」?

digest [ˈdaɪdʒɛst] ⓥ 消化；領悟

(易混淆單字) ingest ⓥ 攝取；吸收

解釋
digest 是指「將攝入的食物分解成小塊」，而 ingest 是指「將食物攝入體內」。

» It is harmful to your stomach to have it *__digest__* a big meal all of a sudden.
讓你的胃突然消化那麼多食物是很傷胃的。

If you accidentally *__ingest__* bleach, drink a small amount of water or milk.
如果你不小心喝進漂白水，可以喝一點水或牛奶。

✋ **digress** vs **deviate** 誰「離題」了？

digress [daɪˈgrɛs] **v** 離題；偏離

解釋

易混淆單字 **deviate** **v** 脫離；脫軌

比較例句

digress 比較常用在「講話偏離主題」，而 deviate 常用在「事物偏離正軌」。

» I think the speaker has slightly *__digressed__* from the topic.
我覺得講者有點偏題了。

Let's not *__deviate__* from the direction we were given, or we will get lost.
我們不要偏離指定的方向，否則我們會迷路。

✋ **digression** vs **diversion** 誰「轉移」了？

digression [daɪˈgrɛʃən] **n** 離題

解釋

易混淆單字 **diversion** **n** 轉向；轉移；消遣

比較例句

digression 是指「說話偏離原本的主題」，而 diversion 是指「將事物從原本的方向轉移至另一邊」，通常用在「資金」或「資源」上。

» The host returned to the topic after a brief *__digression__*.
主持人離題了一下後，馬上又切回主題。

The chief executive officer ordered the *__diversion__* of fund from product research to marketing.
執行長命令將產品研發的資金調至行銷使用。

✋ dimension vs size 哪一個「尺寸」?

dimension [dəˋmɛnʃən]
n 面積;長寬高;方面

(易混淆單字) size **n** 尺寸;大小

解釋

dimension 比較偏工程術語,而 size 相對較口語。

(比較例句)

» The designer asked for the *dimensions* of the foyer.
設計師詢問大廳的面積。

If you would like to trade your item for a different *size*, you can call our customer center.
如果您想要更換商品的尺寸,你可以打電話到顧客中心。

✋ dine vs eat 誰在「吃」?

dine [daɪn] **v** 用餐

(易混淆單字) eat **v** 吃

解釋

dine 是指「正式進餐的動作」,而 eat 單純是指「吃東西」。

(比較例句)

» My coworker invited me to *dine* out tonight.

我同事今晚邀我外出用餐。

Nelson *ate* the whole cake by himself.
尼爾森自己一個人吃掉了整塊蛋糕。

✋ disaster vs calamity 誰造成「災難」?

disaster [dɪzˋæstə] **n** 災難;災害

(易混淆單字) calamity **n** 災難;浩劫

解釋

disaster 與 calamity 的區別在於他們的「嚴重性」。一般來說,calamity 是指「規模較大的嚴重災難」。

» If you keep overlooking the potential precautions, there would be an inevitable *disaster* around the corner.
如果你總是忽視重要的預防措施，災難將無可避免的會發生。

The government was looking for who was to blame for this *calamity*.
政府在找這次災難的責任歸屬。

✋ discard vs dump 誰「丟掉」的？

discard [dɪsˋkɑrd] ⓥ 丟棄；摒棄

易混淆單字 dump ⓥ 拋棄

解釋

discard 的用法較 dump 正式，而 dump 主要是用在「人」或「垃圾」。

比較例句

» I strongly recommend *discarding* the old version of the plan and adopting a new one.
我強烈建議將舊版的計畫丟棄，並採取新版的計畫。

Do not *dump* your garbage in the front yarc
請勿將垃圾丟棄在前院。

✋ disciplined vs trained 誰是「受過訓練的」?

disciplined [ˋdɪsəplɪnd]
adj 受過訓練的；守紀律的

易混淆單字 trained adj 受過訓的

解釋

disciplined 是指「受過嚴格的訓練而能夠遵守嚴明的紀律」，而 trained 是指「受過訓練而能夠達到某項能力」。

比較例句

» The *disciplined* troops made them invincible.
這些訓練有素的軍隊讓他們所向無敵。

Our highly *trained* technicians will go and carry out the maintenance work on Wednesday.
我們訓練有素的技術人員會於星期三去進行修護工程。

🤚 discount vs deduction 哪一個有「折扣」?

discount ['dɪskaʊnt] n 折扣 v 打折扣

易混淆單字　deduction n 扣除;扣除額;演繹法

比較例句

» If you buy more than 10 items with cash, I can give you a 10% _discount_.
如果你以現金買超過十件商品,我可以給你九折優惠。

The list shows the mandatory _deductions_ from your pay.
這份清單顯示從你薪資中扣除的規定項目。

解釋

discount 通常是指「購物時享有的折扣」,而 deduction 是指廣泛意義上的「扣除」,可用在「扣稅」、「從薪資中扣除的項目」等。

🤚 discredit vs disgrace 誰「敗壞名譽」?

discredit [dɪs'krɛdɪt] n 敗壞名聲;喪失信用

易混淆單字　disgrace n 不光彩的事;恥辱

比較例句

» It would be a _discredit_ to employ the man with a criminal record.
雇用那位有前科的人可能會有損名聲。

What you did would bring _disgrace_ upon our company.
你所做的事會讓我們公司蒙羞。

解釋

discredit 與 disgrace 都可以指「損害名譽的事」,其中 discredit 也可以指「損害信譽」。

🤚 disguise vs costume 哪一種「裝扮」?

disguise [dɪs'gaɪz] n 偽裝;掩飾

易混淆單字　costume n 戲服

解釋

disguise 是指「假扮」、「偽裝」,而 costume 是指「演戲或特殊情況時穿的衣服」。

» The captain is actually my teacher in **_disguise_**.
那位船長其實是我的老師扮的。

Gary is responsible for borrowing **_costumes_** for the play.
蓋瑞負責借這齣劇要用的戲服。

✋ **disgust** vs **dislike** 誰「不喜歡」?

disgust [dɪsˋgʌst] **n** 作嘔;憎惡

易混淆單字 **dislike** n 不喜歡

解釋

disgust 的語氣比 dislike 強,到了「嫌惡」、「作嘔」的程度。

比較例句

» His behavior filled me with strong **_disgust_**.
他的行為讓我作嘔。

Most girls have a dislike for greasy pork.
大部分的女生都不喜歡油膩的豬肉。

✋ **disgusting** vs **irritating** 哪個比較「噁心」?

disgusting [dɪsˋgʌstɪŋ]
adj 噁心的;令人憎惡的

易混淆單字 **irritating** adj 令人惱怒的

解釋

disgusting 表示「令人產生噁心、作嘔等不舒服的感受」,而 irritating 是指「惹人生氣的」。通常 disgusting 的語氣較 irritating 強烈。

比較例句

» Many Westerners think eating pig's blood is **_disgusting_**.
很多西方人覺得吃豬血很噁心。

Having to go through the time-consuming procedure every time is **_irritating_**.
每次都必須跑一次這耗時的程序,真令人生氣。

✋ dismiss vs discharge 誰被「開除」了？

dismiss [dɪsˋmɪs] ⓥ 開除；解散；使離開

易混淆單字 **discharge** ⓥ 卸下；排出；解雇

比較例句

» The parents had been waiting for an hour when the teacher **_dismissed_** the class.
老師下課前，這些家長已經等了一個小時了。

Some factories in the vicinity **_discharged_** waste water into the lake.
這個區域內的某些工廠將廢水排入湖中。

解釋

dismiss 與 discharge 意思非常接近。當意思是「解雇」時，兩者沒有區別。此外，dismiss 通常用在「人」或「事情」上，而 discharge 通常用在「物」上。

✋ disorder vs disturbance 誰比較「混亂」？

disorder [dɪsˋɔrdə] ⓝ 混亂；失序；動亂

易混淆單字 **disturbance** ⓝ 擾亂；騷亂

比較例句

» The appearance of the minister finally put an end to the **_disorder_**.
部長的出現終於終止了混亂的場面。

We will try to minimize the **_disturbance_** while carrying out the maintenance work.
我們會盡量在維修時把干擾降到最低。

解釋

disorder 是指「整個局面失去秩序」，範圍是全面性的；而 disturbance 是指「干擾」、「擾亂」，程度較輕微。

✋ **dispatch** vs **send** 誰去「派送」？

dispatch [dɪˋspætʃ] Ⓥ 派送；發送

易混淆單字 send Ⓥ 寄送；傳送

比較例句

» An experienced mechanic has been ___dispatched___ to repair your copy machine.
我們已指派一名很有經驗的修理工去修理你的影印機。

Please ___send___ three copies of reference letters to the following address.
請將三份推薦函寄至以下地址。

解釋
通常 dispatch 和 send 的差別在於「速度」，dispatch 是指「快速地派送」，send 的用法較為日常、中性。

✋ **dispose** vs **handle** 誰可以「處理」？

dispose [dɪˋspoz] Ⓥ 處置；配置

易混淆單字 handle Ⓥ 對待；處理；經營

比較例句

» We need your advice on ___disposing___ of that problem.
關於如何處置那個問題，我們需要您的意見。

He ___handled___ so many clients simultaneously with ease.
他游刃有餘地同時處理這麼多客戶。

解釋
dispose 是指「放置」、「處置」的意思；而 handle 除了「處理」之外，更含有「管理」的意思。

✋ **disregard** vs **overlook** 誰「忽視」？

disregard [ˌdɪsrɪˋgard] Ⓥ 不理會；忽視

易混淆單字 overlook Ⓥ 忽視

解釋
disregard 是指「對某事不予理會」，而 overlook 是指「不小心忽視」。

Dd

» The official intentionally *disregarded* our petition.
那位官員故意不理會我們的請願。

Lauren's leadership potential has been *overlooked* for so many years.
勞倫的領導潛能多年來一直被忽視。

✋ dissolve vs melt 哪一個能「溶解」?

dissolve [dɪˋzɑlv] **ⓥ** 分解;溶解;解散

易混淆單字 **melt** **ⓥ** 溶解;融化

比較例句

> 解釋
>
> dissolve 是指「被水溶解」,而 melt 是指「因溫度融化」。

» Add half cup of boiling water and stir until the sugar is perfectly *dissolved*.
加入半杯滾水,攪拌至糖完全溶解。

The *melted* snow made the road slippery.
融雪讓路面非常濕滑。

✋ distinction vs discrimination 誰會「辨別」?

distinction [dɪˋstɪŋkʃən] **ⓝ** 區別;差異

易混淆單字 **discrimination** ⓝ 辨別;鑑別力

比較例句

> 解釋
>
> distinction 是指「細節上的區別」,通常經由觀察、分析後得到;而 discrimination 是指「價值判斷或待遇上的差別」。

» There was a clear *distinction* between the two hypotheses.
這兩個假設之間存在一個明顯的區別。

They thought the policy was designed to *discrimination* against the economically challenged people.
他們認為這個政策是故意歧視經濟弱勢的人

✋ **distinguish** vs **recognize**　誰能「識別」？

distinguish [dɪˋstɪŋgwɪʃ] Ⓥ 區分；識別

(易混淆單字)　**recognize** Ⓥ 認出；承認

(比較例句)

» Danielle has trouble ***distinguishing*** the two consonants.
丹尼爾在區別這兩個子音上有困難。

I can barely ***recognize*** you because you have trimmed down a lot.
你瘦了好多，我幾乎認不出你了。

> **解釋**
>
> distinguish 是指「區別兩個不同的事物」，而 recognize 是指「認得出以前看過的事物」。

✋ **distract** vs **divert**　誰「分心」了？

distract [dɪˋstrækt] Ⓥ 轉移；使分心

(易混淆單字)　**divert** Ⓥ 使轉向；轉移

(比較例句)

» The noise outside ***distracted*** me from writing my report.
外面的噪音讓我無法專心寫報告。

The river ***diverts*** around the suspension bridge.
這條河在吊橋那處轉向。

> **解釋**
>
> distract 通常用在「人」上，意思是「使某人無法專心做某事」；而 divert 是指「使某事物轉離原本的方向」。

✋ **distraction** vs **disturbance**　被誰「干擾」？

distraction [dɪˋstrækʃən] Ⓝ 分心；分散

(易混淆單字)　**disturbance** Ⓝ 擾亂；打擾

> **解釋**
>
> distraction 是指「從原本的工作中轉移注意力」，而 disturbance 是指「干擾事物原有的秩序」。

Dd

» Sometimes a little *distraction* may be good for your work.
工作時偶爾分散一下注意力是件好事。

The campaign caused a mild *disturbance* to the local residents.
這場運動對當地居民造成了些許干擾。

✋ **distribute** vs **dispense**　誰來「分配」？

distribute [dɪˈstrɪbjʊt] Ⓥ 分配；散布

(易混淆單字)　**dispense** Ⓥ 分配；施予

(比較例句)

解釋

distribute 通常是指「將東西分派出去」或「分散於各地」，而 dispense 通常有「施予」的意思，也可以指「配藥」。

» The students are *distributing* pamphlets to visitors at the roadside.
這些學生在路邊發小手冊給遊客。

The medicine was equally *dispensed* into the containers with different labels.
這些藥被平均分裝在貼有不同標籤的容器。

✋ **diversified** vs **various**　哪一個「不同種類的」？

diversified [daɪˈvɝsəfaɪd]
adj 多變的；各種的

(易混淆單字)　**various** adj 各式各樣的；不同的

(比較例句)

解釋

diversified 是指「分成許多不同部分的」，而 various 是指「有許多不同種類的」。

» The administrative department is the most *diversified* department in the company.
行政部門是公司內最多分支的部門。

Complaint letters have swarmed into the office for *various* reasons.
各種原因的抱怨信件湧入辦公室。

✋ **diversify** vs **vary** 哪個更「多樣化」?

diversify [daɪˈvɝsəfaɪ] **v** 多樣化

(易混淆單字) **vary** **v** 變化;使多樣化

diversify 是指「融入各種不同形式、內容的東西」,而 vary 是指「在同一種基調上或特定的範圍內做不同的變化」。

(比較例句)

» With an attempt to **_diversify_** our services, more training programs should be provided to equip our employees with the corresponding skills.
為了使我們的服務更多樣化,我們應該提供更多的訓練課程,使我們的員工具備相應的能力。

The courses available **_vary_** in length and content.
這些開放的課程在課時和課程內容上都不盡相同。

✋ **divide** vs **separate** 誰「分開」?

divide [dəˈvaɪd] **v** 劃分;使分隔

解釋

(易混淆單字) **separate** **v** 使分離

divide 是指「將一個完整的東西分成若干等分」,而 separate 是指「使兩個東西分開,不聚在一起」。

(比較例句)

» The money was divided equally among the group members.
這筆錢平均分給了組內團員。

The two classrooms are **_separated_** by the folding partitions.
這兩間教室被折疊式隔板切分開來。

✋ **dizzy** vs **faint** 誰感到「頭昏」?

dizzy [ˈdɪzɪ] **adj** 頭暈的;令人糊塗的

解釋

(易混淆單字) **faint** adj 快昏厥的;微弱的

dizzy 是指「頭暈目眩的」,而 faint 是指「意識模糊,即將昏厥的」,也可以指「微弱的」。

Dd

» I felt very *dizzy* and was about to throw up.
我頭非常暈,快要吐了。

When I inhale, I could hear some *faint* whistling sound.
當我吸氣時,我能聽到一絲嗡嗡聲。

✋ **document** vs **record** 哪一個「文件」?

document [ˈdɑkjəmənt] **n** 文件;公文

易混淆單字 **record** n 紀錄;唱片

比較例句

> **解釋**
>
> document 是指「用來計畫即將執行的事情的文件」,而 record 是指「用來記錄已完成的事件的文件」。

» As our superintendent will be present, the *document* needs to be translated into Chinese.
由於我們的總校長會到場,因此這份文件需要被翻譯成中文。

Her speed of speaking can definitely set a new world *record*.
她講話的速度肯定可以破世界紀錄。

✋ **dodge** vs **avoid** 誰「躲開」?

dodge [dɑdʒ] **n** 躲避;躲開 **v** 閃躲;託辭

易混淆單字 **avoid** v 避免;避開

比較例句

> **解釋**
>
> dodge 是指「驚險地避開」,而 avoid 是指「設法避免某事發生」。

» The minister tried to *dodge* the corruption probe but failed.
這位部長試圖躲掉針對他貪汙的追查,但還是失敗了。

You should *avoid* using any derogatory terms when talking to clients.
當你跟顧客講話時,應避免使用任何負面的字眼。

✋ donate vs dole 誰「捐獻」？

donate [`donet] ⓥ 捐獻

(易混淆單字) dole ⓥ 發放賑災物資

(比較例句)

» I **_donate_** my blood on a monthly basis.
我固定每個月去捐一次血。

The food was being **_doled_** out in paper bags.
食物裝在紙袋中被發放出去。

解釋

donate 是指「出於慈善緣由捐贈物資或金錢」，而 dole 是指「政府或慈善團體發放賑災的物資」。

✋ dose vs portion 哪一個「部分」？

dose [dos] ⓥ 一劑（藥）；一次

(易混淆單字) portion ⓝ 部分

(比較例句)

» I have been given two **_doses_** of medicine today.
我今天已服了兩次藥。

A **_portion_** of my monthly income goes to charities.
我一部份的月薪會捐給慈善機構。

解釋

dose 通常用在「藥物」上，而 portion 可用在廣泛一般的事物上，如：金錢、食物等。

✋ doubtful vs distrustful 誰比較「可疑」？

doubtful [`dautfl] adj 懷疑的；可疑的

(易混淆單字) distrustful adj 不信任的

(比較例句)

» I still remain **_doubtful_** of the authenticity of the news.
我對這則新聞的真實性還是持懷疑的態度。

I am always **_distrustful_** of Internet rumors.
我一直以來都不相信任何網路謠言。

解釋

doubtful 比較是針對個別事件的不相信，而 distrustful 是指「全盤不信任」。

✋ draft vs sketch 誰畫「草圖」？

draft [dræft] **n** 草圖；草稿

(易混淆單字) **sketch** n 素描；草圖；概要

(比較例句)

» The final version of the plan actually comes from its first *draft*.
這個計畫的最終版其實就是它的初稿。

The designer made a rough *sketch* of the ceiling fan.
這位設計師粗略地畫了吊扇的草圖。

解釋

draft 可以指「文字或圖樣的草稿或草圖」，而 sketch 通常限指「草圖」。

✋ drastic vs radical 誰比較「極端」？

drastic [ˈdræstɪk] **adj** 激烈的；極端的

(易混淆單字) **radical** adj. 根本的；激進的

(比較例句)

» They decided to take *drastic* actions to intimidate the thief.
他們決定採取激烈的手段來嚇阻小偷。

The new CEO made some *radical* reforms to the company.
新上任的執行長對公司進行了幾項澈底的改革。

解釋

drastic 是指「達到極端的」、「手段激烈的」；而 radical 是指「動搖基底的」、「澈頭澈尾的」。

✋ dreadful vs disastrous 誰「糟透」了？

dreadful [ˈdrɛdfəl] **adj** 可怕的；糟透的

(易混淆單字) **disastrous** adj 災害的；悲慘的

(比較例句)

» I witnessed the *dreadful* car accident on my way to the office.
我在去公司的路上目睹了那場可怕的車禍。

I can't bear to think about the *disastrous* event last week.
我不敢再去想上週那次有如災難般的活動。

解釋

dreadful 是形容「可怕」或「糟糕」的事物，而 disastrous 是指「與災難有關的」或「如災難般的」。

✋ drill vs discipline 誰負責「訓練」？

drill [drɪl] **v** 操練;訓練 **n** 操練;訓練

(易混淆單字) **discipline v** 訓練;懲戒

(比較例句)

» The coach ***drilled*** the players in physical strength.
教練操練選手們的體能。

The sergeant's got a way with ***disciplining*** the soldiers.
這位中士在操兵上很有一套。

解釋
drill 是指「反覆地操練某種能力」,而 discipline 是指「紀律方面的訓練」。

✋ drowsy vs sleepy 誰「睡」了?

drowsy ['drauzɪ] **adj** 昏昏欲睡的;沉寂的

(易混淆單字) **sleepy adj** 想睡的

(比較例句)

» The medicine may likely make you ***drowsy***.
這藥可能會讓你想睡覺。

I always feel ***sleepy*** listening to Kimberley talk.
我在聽凱伯倫講話時總是很想睡覺。

解釋
drowsy 比較適合用在跟藥物作用有關的情形,而 sleepy 屬於一般用法。

✋ due vs expired 哪一個「到期」?

due [dju] **adj** 到期的;應支付的

(易混淆單字) **expired adj** 到期的;過期的

(比較例句)

» Please be reminded that the tuition fee payment is ***due*** today.
請記得學費繳交的截止日期是今天。

I can confirm that the travel document is already ***expired***.
我確定這份旅行文件已經過期了。

解釋
due 是指「到期而該繳交的」,而 expired 是指「超過期限而失效的」。

Dd

✋ **duration** vs **period** 是哪一個「持續」？

duration [djuˋrefən] ⓝ 時常；持續

易混淆單字　period ⓝ 期間

比較例句

» The *duration* of the show is three hours and ten minutes.
這場表演長達三小時十分鐘。

Last year was a *period* of instability for Mike.
去年對麥克來說是不穩定的一年。

解釋

duration 是指「事情持續的時間」，而 period 是指「客觀上的一段時間」。

✋ **dwelling** vs **residence** 誰的「住所」？

dwelling [ˋdwɛlɪŋ] ⓝ 住處；住所

易混淆單字　residence ⓝ 居住；住所

比較例句

» The old man's *dwelling* is located downtown.
這位老人的住處位於市中心。

I picked up Thai really quickly during my *residence* in Bangkok.
我住曼谷期間泰語學得非常快。

解釋

dwelling 是比較正式的用法，而 residence 的用法比較日常，除了「住所」的意思外，還可以指「居住」。

Ee

✋ economy vs economics 誰的「經濟」狀況？

economy [ɪˈkɑnəmɪ] **n** 經濟；經濟
狀況；節省

(易混淆單字) **economics** **n** 經濟學；經濟
情況

(比較例句)

» The worsening **_economy_** of this country
will surely affect the whole continent.
這個國家日益衰退的經濟肯定會影響到這
個大陸。

She is studying **_economics_** at college.
她在大學裡讀經濟學。

解釋

economy 一般是
指「某個區域的實
際經濟狀況」，
而 economics 是
指「經濟體系」。
可以說，economy
是 economics 的
具體化。另外，
economy 的另一個
意思是「節省」，
economics 還表示
「經濟學」。

✋ edition vs issue 哪一個「版本」？

edition [ɪˈdɪʃən] **n** 版本

(易混淆單字) **issue** **n** 發行物

(比較例句)

» The electronic **_edition_** of the magazine
will be released tomorrow.
這份雜誌的電子版將於明天發行。

Ciaran's article was published in this
issue.
西倫的文章被刊登在這期刊物中。

解釋

嚴格來說，edition
代表電子或書面刊
物的出版年份，而
issue 一般代表書面
刊物的出版月份或
日期。但近來兩者
常被混著使用。

✋ education vs instruction 誰「教育」?

education [ˌɛdʒəˈkeʃən]
n 教育；教育程度

（易混淆單字）**instruction n** 教學；指示

（比較例句）

» The employer is not sufficiently satisfied with my **_education_**.
雇主對於我的學歷不夠滿意。

He gave a clear **_instruction_** on how to operate the projector.
他清楚地教導了如何操作這臺投影機。

解釋
education 是指籠統意義上的「教育」，含括的範圍較大；而 instruction 是指「具體的教學、指導」。

✋ efficient vs effective 哪個更「有效率」?

efficient [əˈfɪʃənt] **adj** 有效率的；有效能的

（易混淆單字）**effective adj** 有效果的

（比較例句）

» We are looking for a competent, **_efficient_** worker.
我們正在尋找有能力、有效率的工人。

The overarching goal of this meeting is building **_effective_** business partnerships.
本次見面的核心目的就是打造有效的商業夥伴關係。

解釋
efficient 是指「動作省時、省力、省錢而能達到預期效果」，而 effective 的意思則是「能產出想要的效果」或「有效力的」。

✋ elaborate vs explain 誰可以「解釋」?

elaborate [ɪˈlæbərɪt] **v** 詳細說明；闡釋

（易混淆單字）**explain v** 解釋；說明

解釋
elaborate 是指「詳盡地說明或鉅細靡遺地解釋」，而 explain 單純是指「解釋」、「說明」。

» In the email, the sales representative *__elaborated__* on the refund policy.
這位銷售代表在電子郵件中詳盡解釋了退款規定。

The adviser *__explained__* to me the risk of the investment.
那位顧問跟我解釋這筆投資的風險。

✋ **electrical** vs **electric** 哪一個「有電」？

electrical [ɪˈlɛktrɪkl]
adj 跟電有關的；電器學的

易混淆單字 **electric** adj 電動的；用電的

比較例句

» Zoe worked for the company as an *__electrical__* engineer.
柔伊在那家公司擔任電機工程師。

The *__electric__* razor doesn't require the use of shaving foam.
這款電動剃鬚刀使用時不需要刮鬍泡。

解釋
electrical 可形容廣義的與電有關的事物，而 electric 是指「用電來發動的」，通常放在某機械或裝置前面，用法較針對性。

易混淆單字 **electronic** adj 電子的

比較例句

Can you look this word up in your *__electronic__* dictionary?
你可以用你的電子辭典查一下這個字嗎？

解釋
electronic 不只是「電動的」，還必須是「內建有微電腦裝置的電子設備」。

✋ **elevator** vs **escalator** 哪一部「電梯」？

elevator [ˈɛləˌvetɚ] **n** 電梯

易混淆單字 **escalator** n 電扶梯

解釋
elevator 是指「直上直下的電梯」，而 escalator 是指「有扶手的電扶梯」。

Ee

153

» In the event of fire, please do not use the *elevator*.
火災時請勿使用本電梯。

Please stand firmly onto the *escalator*.
請站穩在手扶梯上。

✋ eligible vs illegible 「合格」or「無法辨識」?

eligible [ˈɛlɪdʒəbl] **adj** 合格的；有資格的

易混淆單字 **illegible** adj 無法辨識的

比較例句

» You have to be more well-versed to be *eligible* for the job.
你經驗再豐富一點就有資格做這份工作了。

The title in this picture is *illegible*.
照片中的標題無法辨識。

解釋

eligible 和 illegible 拼法很類似，但意思完全不同。其中，illegible 是由 legible「可辨識的」加上 il- 否定字首變化而成的。

✋ embarrass vs humiliate 誰更「難堪」?

embarrass [ɪmˈbærəs] **v** 使不好意思；妨礙

易混淆單字 **humiliate** v 羞辱；使丟臉

比較例句

» He tried to *embarrass* me in front of the other colleagues.
他試著在其他同事面前讓我難堪。

He *humiliated* me by revealing my mistake in the presence of so many guests.
他在那麼多客人面前指出我的錯誤，用意就是在羞辱我。

解釋

humiliate 是指「故意、針對性的羞辱」。與 embarrass 比起來，humiliate 更加嚴重。

✋ **emerge** vs **appear** 誰會「出現」?

emerge [ɪˋmɝdʒ] **Ⓥ** 浮現;顯露

(易混淆單字) **appear** **Ⓥ** 出現;顯露

(比較例句)

» The answer gradually *emerged* from our intense discussion.
答案逐漸從我們激烈的討論中浮現出來。

The witness refused to *appear* in court.
目擊者拒絕出庭。

解釋
emerge 意思是「從躲藏處慢慢顯露出來」,而 appear 單純是指「出現」,意思較為中性。

✋ **emergency** vs **crisis** 誰有「危機」?

emergency [ɪˋmɝdʒənsɪ]
Ⓝ 緊急狀況;突發事件

(易混淆單字) **crisis** **Ⓝ** 危機

(比較例句)

» Everyone on the team is required to be able to handle *emergencies*.
團隊裡每個人都必須能夠處理突發事件。

Hopefully they can survive the deepening economic *crisis*.
希望他們可以度過這次愈發嚴重的經濟危機。

解釋
emergency 是指「會對生命財產造成立即性威脅的處境」,通常需要立即的介入,可以指自然災害、意外事件、或健康狀況;而 crisis 是指「處境的惡性改變」,可用在政治、社會、環境或經濟等情況。

✋ emphasize vs stress　哪一個更「強調」?

emphasize [ˈɛmfəˌsaɪz] **v** 強調；著重

易混淆單字 stress **v** 強調；著重

比較例句

» In his critique, he *emphasized* the importance of goal setting.
在他的評論中，他強調了目標設置的重要性。

The speaker used repetition to *stress* the critical point.
演講者不斷地重複以強調這個重點。

解釋

emphasize 著重於「事情的重要性」，因此在解釋時特別強調；而 stress 著重於「事情的緊迫性」。因此，當某人用 stress 這個字時，語氣通常是比較強硬的。

✋ employee vs employer　「員工」or「雇主」?

employee [ˌɛmˈplɔɪi] **n** 員工

易混淆單字 employer **n** 雇主

比較例句

» Hundreds of *employees* were laid off during the economic recession.
數百名員工在經濟衰退期間被遣散了。

The unscrupulous *employer* was accused of using illegal workers.
這位不道德的雇主被控使用非法勞工。

解釋

employee 是由動詞 employ「雇用」加上表示「受事者」的 -ee 字尾組合成的「員工」；而 employer 是由 employ 加上表示「主事者」的 -er 字尾組合而成的「雇主」。

✋ enclose vs surround 誰被「圍住」？

enclose [ɪnˋkloz] **ⓥ** 圍住；圈住；封入

(易混淆單字) **surround** ⓥ 圍繞；包圍

(比較例句)

» *Enclosed* is the receipt of your payment.
隨信附上您的收據。

This morning, I woke up to find myself *surrounded* by the police.
今天起床時，我發現自己被警方包圍了。

解釋

enclose 是指「圍困住」或「將票據或文件封入信封」，而 surround 是指「包圍」，但不困住。

✋ encourage vs urge 誰「鼓勵」？

encourage [ɪnˋkɝɪdʒ] **ⓥ** 鼓勵；促進

(易混淆單字) **urge** ⓥ 催促；驅策

(比較例句)

» My boss *encouraged* me to pursue a higher education.
我的老闆鼓勵我進修學業。

They *urged* the driver to turn himself in to the police.
他們力勸這名駕駛去自首。

解釋

encourage 是指「給予正面的激勵，鼓勵某人去做某事」，而 urge 的語氣較強，意思是「慫恿」、「強烈主張」。

✋ energy vs strength 誰有「精力」？

energy [ˋɛnɚdʒɪ] **ⓝ** 精力；能量；能源

(易混淆單字) **strength** ⓝ 力氣；長處；強度

解釋

energy 是指「體力和精力」，而 strength 意思是「身體力量」，也可以指「足以完成某項任務的能力」。

» Oscar devoted all his *energy* to his studio.
奧斯卡將所有的精力都投注到他的工作室裡。

My *strength* lies in building customer relationships and providing quality service.
我的長處是建立良好的顧客關係並提供高品質的服務。

🖐 engaged vs involved　誰在「忙」?

engaged [ɪn`gedʒd] **adj** 忙於;從事;
訂婚的

(易混淆單字) **involved** adj 與……有關的;
參與在內的

(比較例句)

» We have been *engaged* in organizing the trade fair recently.
我們最近忙於籌辦這場展銷會。

Both of them were *involved* in the secret mission launched by the task force.
他們兩位都參與了專案小組所發起的秘密任務。

解釋

如果某人 engaged in 某件事,雙方是互利互助的;但如果某人只是 involved in 某件事,他只是單方面參與了那件事,雙方並沒有互利關係。另外,engaged 還有「訂婚的」意思。任務的能力」。

🖐 engagement vs pledge　誰能「保證」?

engagement [ɪn`gedʒmənt]
n 訂婚;諾言;雇用

(易混淆單字) **pledge** n 保證;抵押

(比較例句)

» Their *engagement* came as a sheer surprise to me.
他們訂婚這件事讓我完全驚呆了。

Kevin left his student card as a *pledge* with the receptionist.
凱文把他的學生證當作抵押物留給櫃檯人員。

解釋

engagement 是指「行動上的保證」,而 pledge 比較偏「言語上的保證」。另外,pledge 還可以指「抵押」。因此,可以說 pledge 通常以「形式」體現,而 engagement 通常以「行動」體現。

✋ **entertainment** vs **fun** 哪一種「娛樂」？

entertainment [ˌɛntəˈtenmənt]
n 娛樂；消遣

易混淆單字 **fun** **n** 樂趣；娛樂

比較例句

» We provide a wide range of inflight *entertainments* at your fingertips.
我們提供種類繁多的客艙娛樂任您挑選。

Playing badminton is a lot of *fun*.
打羽球好好玩。

解釋

entertainment 是指「娛樂大眾的活動」，通常是專業性的；而 fun 是指「心情上得到的娛樂」。

✋ **enthusiasm** vs **passion** 誰比較有「熱情」？

enthusiasm [ɪnˈθjuzɪˌæzəm]
n 熱忱；熱情

易混淆單字 **passion** **n** 熱情；熱愛

比較例句

» John always shows great *enthusiasm* for his work.
約翰總是展現出他對工作的熱忱。

Vivian never conceals her *passion* for sports.
薇薇安從不掩藏她對體育的熱愛。

解釋

enthusiasm 的程度有高有低，而 passion 是指「高度的熱情」。

✋ entry vs entrance 哪一個「入口」？

entry [`ɛntrɪ] n 進入；入口

易混淆單字 entrance n 入口；進入

比較例句

» Our delegates were denied entry into the country supposedly for supporting activists' view.
我方代表可能因為支持激進份子的立場而被拒絕入境該國。

Due to renovation, please use the back *entrance* of the building.
由於施工原因，請走本棟後門。

解釋

entry 通常是指「進入的動作」，而 entrance 可以指「入口處」，也可以指「進入的動作」。

✋ equality vs equation 誰維持「平等」？

equality [ɪˈkwɑlətɪ] n 平等

易混淆單字 equation n 等式；平衡

比較例句

» Slavery being declared unconstitutional is only the first step in the struggle for *equality*.
宣布奴隸制違憲只是追求平等的道路上的第一步。

It took him half an hour to solve the *equation*.
解這個方程式花了他半個小時。

解釋

equality 是指「平等」，亦即每個人的機會、地位相等；而 equation 是指「平衡」，也就是雙方的數量、勢力均衡。另外，在數學上，equation 意思是「方程式」。

✋ errand vs task　哪一個「任務」？

errand [ˈɛrənd] ⓝ 差事；任務

易混淆單字 **task** ⓝ 任務；工作

比較例句

» I still have another **_errand_** to do in the afternoon.
我下午還有其他事要辦。

The **_task_** took three years to accomplish.
這個任務花了三年才完成。

解釋

task 是指「分配給他人的任務」；而 errand 是指「需要跑腿的任務」。

✋ essential vs fundamental　哪一種「根本」？

essential [əˈsɛnʃəl] ⓐⓓⓙ 必要的；本質的

易混淆單字 **fundamental** adj 基礎的；根本的

比較例句

» Problem solving skills are **_essential_** in a managerial position.
解決問題的技巧是管理職中必要的能力。

Freedom of speech is a **_fundamental_** human right.
言論自由是人的基本權利。

解釋

essential 是指「不可或缺的本質性的東西」，而 fundamental 是形容「基礎的抽象事物」。

✋ establish vs build　誰「建立」的？

establish [əˈstæblɪʃ] ⓥ 創辦；建立

易混淆單字 **build** ⓥ 建造；建立

比較例句

» The university was **_established_** in 1920.
這所大學是一九二零年創立的。

The suspension bridge was **_built_** by a famous British architect.
這座吊橋是由一名知名的英國建築師建造的。

解釋

establish 是指「創立某個單位或事業」，而 build 是指「建造」，通常用在建築物上。

Ee

👆 estate vs property　誰有「資產」？

estate [əˈstet] ⓝ 資產；地產

(易混淆單字) property ⓝ 財產；房地產；
　　　　　　　　　　　　特性

(比較例句)

» He inherited the **_estate_** from his deceased father.
他從過世的父親那裡繼承了這份房地產。

We don't take any responsibility for lost **_properties_**.
我們不負責任何財產的遺失。

解釋
estate 是指「房產」或「地產」，而 property 可以指「某人擁有的任何財產」，包括：房地產、車子、手機等。

👆 estimate vs evaluate　誰可以「評估」？

estimate [ˈɛstəmɪt] ⓥ 估計；估量

(易混淆單字) evaluate ⓥ 鑑定；評估

(比較例句)

» We need to **_estimate_** how much manpower we will need for the advertising campaign.
我們需要預估一下那場廣告活動會需要多少人力。

Your performance would be **_evaluated_** at the end of each season.
你的表現會在每季結束時被評估。

解釋
estimate 是指「根據信息猜測事物的量化值」，而 evaluate 是指「經仔細檢測後評估事物的質性」。

👆 etiquette vs manners　誰有「禮貌」？

etiquette [ˈɛtɪkɛt] ⓝ 禮節；禮儀

(易混淆單字) manners ⓝ 禮貌

(比較例句)

» Please be mindful of the **_etiquettes_** when consulting your professor.
諮詢教授問題時，請注意應有的禮節。

They were appalled by your lack of **_manners_**.
他們被你的不禮貌嚇到了。

解釋
etiquette 是指「禮儀的規範」，而 manners 是指「禮節的外在表現」。

✋ **exaggerate** vs **magnify** 誰「誇大」了？

exaggerate [ɪgˋzædʒəˌret]
ⓥ 誇大；誇張

易混淆單字 **magnify** ⓥ 放大；誇大

比較例句

» Timmy always likes to _exaggerate_ the seriousness of my errors.
提米總喜歡誇大我錯誤的嚴重性。

The picture shows the suspect's face _magnified_ ten times.
這張照片顯示這位嫌疑犯放大十倍的臉。

解釋
exaggerate 的意思是「將原本的事實誇大」，而 magnify 可以是字面意思上的「將事物放大」，也可以指「誇大其辭」。

✋ **examine** vs **inspect** 誰負責「檢查」？

examine [ɪgˋzæmɪn] ⓥ 檢查；測驗

易混淆單字 **inspect** ⓥ 檢查；審查

比較例句

» The project leader _examined_ the content of the proposal.
專案領導人檢查了這份草案的內容。

The security guard quickly _inspected_ my suitcase.
這位保安很快地檢查了我的公事包。

解釋
examine 可用在實體或抽象的事物，而 inspect 一般只能用在實體的事物上。

✋ **exceptional** vs **unusual** 誰更「不凡」？

exceptional [ɪkˋsɛpʃənḷ]
adj 不凡的；優秀的

易混淆單字 **unusual** adj 不尋常的

解釋
exceptional 除了「不尋常」的意思之外，還有「不尋常地優秀」的意思；而 unusual 單純是指「不尋常的」、「獨特的」。

Ee

» It takes *exceptional* memory to be his secretary.

要當他的祕書需要超凡的記憶力。

Everyone was talking about his *unusual* absence.
大家都在議論他不尋常的缺席。

✋ excess vs extra 哪一個是「額外的」?

excess [ɪkˋsɛs] adj 過量的;額外的

解釋

excess 有「超過需要的數量」的意思,而 extra 單純是指「另外的」。

易混淆單字 **extra** adj 額外的

比較例句

» I must go to the gym every day to get rid of my *excess* weight.
為了減去多餘的體重,我一定得每天上健身房。

Please stack the *extra* chairs in the corner of the room.
請將多餘的椅子堆放在牆角。

✋ exchange vs interchange 誰「交換」?

exchange [ɪksˋtʃendʒ] n 交換;兌換

解釋

exchange 比較強調「取代」、「兌換」,也就是所有權交換;而 interchange 強調「交流」,也就是位置的互換。另外,interchange 也可以指「交流道」。

易混淆單字 **interchange** n 互換;交流;交流道

比較例句

» She cooked me a big dinner in *exchange* for my help.
她煮了豐盛的晚餐給我,當作我幫助她的報酬。

I benefited a lot from the *interchange* of ideas.
意見交流對我有很大的幫助。

✋ **executive** vs **administrative** 誰是「執行者」？

executive [ɪgˈzɛkjʊtɪv]
n 執行者 **adj** 執行的；經營的

易混淆單字 **administrative** adj 管理的；行政的

比較例句

» Veronica will be promoted to the **_executive_** position next year.
薇諾妮卡明年會被晉升到一個管理職。

An **_administrative_** assistant performs administrative duties in support of managerial employers.
行政助理執行行政業務以協助管理者工作。

解釋

executive 是指「執行、處理上的」，而 administrative 是指「跟行政相關的」。

✋ **existing** vs **current** 哪一個是「當前的」？

existing [ɪgˈzɪstɪŋ] **adj** 現存的；現行的

易混淆單字 **current** adj 當前的；通用的

比較例句

» The **_existing_** problems can be easily solved by technology.
當前的問題可以輕易地被科技解決。

Please update me about the **_current_** events in school.
請告訴我最近在學校發生的事。

解釋

existing 的意思偏重在「存在」，對比於「不存在」，因此 existing 可以解釋為「現在存在，但以前不存在的東西」；而 current 是形容「當下的事物」，與 existing 的區別在於：該事物可能以前就存在了。

✋ expand vs extend　誰「擴展」？

expand [ɪk`spænd] ⓥ 擴大；展開

易混淆單字　extend ⓥ 延長；伸出

比較例句

» The school is *expanding* at the rate of approximately one thousand students a year.
這間學校以每年一千個學生的速度在擴展。

I asked my boss to *extend* the due date for my report.
我要求老闆延期我的報告繳交截止日。

解釋

expand 是指「多方向的擴展」，而 extend 是指「線性的擴展」。

✋ expert vs specialist　誰是「專家」？

expert [`ɛkspɝt] ⓝ 專家

易混淆單字　specialist ⓝ 專家；專員

比較例句

» Boll is an *expert* in table tennis.
包爾是打乒乓球的專家。

The doctor referred her to a cancer *specialist*.
這位醫生將她轉診給一位癌症專科醫師。

解釋

expert 是指「在某個領域內擁有龐大知識或技術的人」，但不見得是該領域的從業人員；而 specialist 是指「在某個領域的從業人員」，但不一定擁有豐厚的知識或技術。

✋ expire vs mature　哪一個「到期」？

expire [ɪk`spaɪr] ⓥ 到期

易混淆單字　mature ⓥ 到期；應支付

比較例句

» The coupon is invalid as it has *expired* on March 31st.
這張優惠券在三月三十一日到期，失效了。

Your term deposit will *mature* in a month.
你的定存將在一個月後到期。

解釋

expire 可以指「文件、合約或許可的期滿」；而 mature 是指「票據到期應支付」。

✋ explanation vs excuse 誰給「解釋」？

explanation [ˌɛkspləˋneʃən]
Ⓝ 解釋；說明

易混淆單字 excuse Ⓝ 藉口

比較例句

» The employees demanded a satisfactory *explanation* from the management over the benefit cutdown.
這些員工要求管理者針對福利縮減的事提出一個令人滿意的解釋。

I can't think up any *excuse*.
我想不到任何藉口。

解釋

explanation 是指「對某事的說明或解釋」，而 excuse 是指「為搪塞而硬找的藉口」。

✋ explore vs seek 誰在「尋求」？

explore [ɪkˋsplor] Ⓥ 探索；探險

易混淆單字 seek Ⓥ 尋找；追求

比較例句

» I have been so busy that I haven't got any chance to *explore* the city.
我太忙了，以致於還沒有機會好好探索一下這座城市。

Greece is *seeking* help from the European Union.
希臘正向歐盟求援。

解釋

explore 是指「對於未知事物的探索和研究」，而 seek 是指「耗費極大力氣去尋求」。

✋ extension vs expansion 誰要「延長」？

extension [ɪkˋstɛnʃən] Ⓝ 延長；延伸

易混淆單字 expansion Ⓝ 擴展；擴增

比較例句

» I will try asking for an *extension* for my essay.
我會試著問問能否延遲繳交我的論文。

They decided to embark on overseas *expansion*.
他們決定展開海外擴張。

解釋

extension 一般是指「橫向、線性的延展」，而 expansion 是指「多方向的擴展」。

Ee

ff

✋ **facility** vs **equipment** 哪一種「裝備」？

facility [fəˋsɪlətɪ] **n** 設施;設備;場所

解釋

facility 通常是指「一整套、一系列的設備」,而 equipment 則是指「單件的裝備」。

易混淆單字 **equipment** **n** 裝備

比較例句

» The kitchen is equipped with the latest cooking *facilities*.
這間廚房配有最新的烹飪設備。

The foundation supplies new play *equipment* for the school.
這個基金會提供新的遊樂設施給這間學校。

✋ **faculty** vs **staff** 哪一組「全體教職員」?

faculty [ˋfækl̩tɪ] **n** 全體教職員

解釋

faculty 是指「大學的全體教師或教授」,而 staff 是指「公司內的全體職員」。

易混淆單字 **staff** **n** 全體工作人員

比較例句

» The number of the *faculty* members is out of proportion to the number of students in this university.
這間大學的師生不成比例。

Everyone was invited to the *staff* party.
每個人都受邀參加員工聚會。

✋ **fake** vs **false** 哪個是「假的」?

fake [fek] **adj** 假的

解釋

fake 是指「人為假造的」,而 false 是指「非事實的」、「錯誤的」。

易混淆單字 **false** **adj** 假的;不真實的

» Nelson is held responsible for spreading the *fake* news.
尼爾森涉嫌散播假消息。

We apologize for the *false* information we gave you this morning.
針對早上我們發出的錯誤訊息，我們正式道歉。

✋ fame vs name 「名聲」or「名字」？

fame [fem] **n** 名譽；聲望

（易混淆單字）**name** **n** 名字

（比較例句）

解釋
fame 是指「為人所知的名聲」，通常是正面的；而 name 泛指一般人事物的名字。

» The band rapidly rose to *fame* after the release of their second album.
在發行了第二張專輯後，這個樂團迅速地成名。

What he did brought him a bad *name*.
他的作為敗壞了他的名聲。

✋ familiar vs intimate 和誰更「親近」？

familiar [fə`mɪljə] **adj** 熟悉的；親近的

（易混淆單字）**intimate** **adj** 親暱的；親密的

（比較例句）

解釋
familiar 意思是「因熟悉而親近的」，而 intimate 的程度更高，意思是「關係非常親密的」。

» Don't you think this place looks *familiar*?
你不覺得這裡看起來很熟悉嗎？

As time goes by, they become *intimate* with each other.
日子久了，他們彼此變得非常親密。

✋ **fare** vs **fee**　哪一種「費用」？

fare [fɛr] **n** 車費；票價

易混淆單字 **fee** **n** 費用

比較例句

» The subway *fares* in London are three times more expensive than the ones in Taipei.
倫敦的地鐵票價比台北的貴三倍。

The tuition *fee* payment should be made no later than 31 January.
學費繳交截止日期為一月三十一日。

解釋

fare 通常是指「交通工具的費用」或「票價」，而 fee 通常是指「專業服務的費用」，如：律師費、醫生費、會費、學費等。

✋ **farewell** vs **goodbye**　誰說「再見」？

farewell [ˈfɛrˌwɛl] **n** 告別；再會

易混淆單字 **goodbye** **n** 再見；再會

比較例句

» We have no choice but to bid *farewell* to our college days.
我們不得不向我們的大學生活説再見。

She said a tearful *goodbye* to her parents before leaving home.
離家之前，她含淚向父母道別。

解釋

比起 goodbye，farewell 是比較正式的説法，通常用在即將分別很長時間的時候。除此之外，farewell 還有祝福的含意。

✋ **fasten** vs **tie**　誰來「繫」？

fasten [ˈfæsn̩] **v** 繫；綁

易混淆單字 **tie** **v** 綁；紮；捆

解釋

fasten 是指「將事物牢牢固定於某處」，而 tie 通常會用到繩子或線。

» Please ***fasten*** your seatbelt during takeoff and landing.
起飛和降落時請繫緊安全帶。

The worker ***tied*** the timber piles up in a bundle.
這位工人將木樁捆成一捆。

✋ fault vs flaw 誰犯的「錯誤」?

fault [fɔlt] ⓝ 錯誤；缺點

解釋

(易混淆單字) flaw ⓝ 瑕疵；缺陷

(比較例句)

» It is not my ***fault*** that you lost your
passport.
你護照不見不是我的錯。

The inspector spotted a ***flaw*** on the cellphone.
檢查員發現了這支手機的一個瑕疵。

fault 是指「人為的錯誤」,而 flaw 是指「事物的缺陷」,可能是天生或人為的。

✋ feature vs trait 哪一個有「特色」?

feature [ˈfitʃɚ] ⓝ 特徵；特色

解釋

(易混淆單字) trait ⓝ 特徵；特點

(比較例句)

» The exotic ***feature*** of the design is what
attracts consumers.
這項設計的異國感正是吸引消費者的點。

The best ***trait*** I see in her character is her thoughtfulness.
我在她性格中看到最好的特點就是她的體貼。

feature 通常用在「事物」上,而 trait 通常用在「人」上。

✋ female vs feminine 誰較「女性」？

female ['fimel] **n** 女性；雌性
adj 女性的；雌性的

(易混淆單字) **feminine** adj 女性的；女性
氣質

(比較例句)

» Alex usually hangs out with *female* colleagues.
艾利克斯很常跟女性同事出去玩。

I see some strange *feminine* qualities in him.
我在他身上看到一些奇特的女性特質。

解釋
female 是指「生物性別的女性」，而 feminine 是指「具有典型女性特質的」。

✋ ferry vs ship 哪一種「船」？

ferry ['fɛrɪ] **n** 渡輪

(易混淆單字) **ship** n 船；艦

(比較例句)

» The *ferries* run between Murano to Burano roughly every ten minutes.
穆拉諾和布拉諾之間的渡輪大約十分鐘一班。

The *ship* leaves the port on schedule.
這艘船準時離港。

解釋
ferry 一般是指「運送乘客、貨物或交通工具的船」，而 ship 則是泛指一般性的大型船。

✋ festival vs holiday 慶祝哪一個「節慶」？

festival ['fɛstəvl̩] **n** 節慶；節日

(易混淆單字) **holiday** n 假日

解釋
festival 是指「人們慶祝的節慶假日」，如：Christmas 聖誕節、Easter 復活節等；而 holiday 一般是指「放假、不用工作的日子」。

» Find out the most renowned music *festivals* in the UK on the website.

在這個網站上，你可以找到全英國最著名的音樂節資訊。

The chairman shared with us how he made the most of his *holiday*.

董事長與我們分享他是如何善用他的假日的。

👆 figure vs image 哪一個「圖表」？

figure [ˈfɪgjə] ⓝ 圖表；圖解 ⓥ 料想；以為

易混淆單字 **image** ⓝ 形象；影像

比較例句

» You can get a better understanding of the trend looking at the *figure*.

你看圖表可以對整個趨勢有更好的理解。

The ulterior motive of his donation is to rehabilitate his *image*.

他捐款的隱性動機是要挽回他的形象。

解釋

figure 通常是指「書中的圖表」，用於統整、說明；而 image 是指「鏡子、電視或電腦上的圖像或影像」。另外，image 還能指「心中的形象」。

✋ finance vs fund 誰的「資金」?

finance [faɪˋnæns] n 財政；資金

(易混淆單字) fund n 資金；基金

(比較例句)

» The country's ***finance*** has improved as of the third quarter of the year.
自從本年度第三季開始，這個國家的財政狀況便開始改善。

They exhausted their ***funds*** by running a lot of advertising campaigns.
他們舉辦了一堆宣傳活動而耗盡了資金。

解釋
finance 可以指「財政狀況」、「財政學」或「籌募資金」，而 fund 是指「資金」。

✋ financial vs economic 哪一種「經濟」?

financial [faɪˋnænʃəl] adj 財政的；金融的

(易混淆單字) economic adj 經濟的；經濟學的

(比較例句)

» Their investment saved the company out of their ***financial*** crisis.
他們的投資將這間公司從財政危機中拯救出來。

We have to switch to the alternative plan for ***economic*** reasons.
我們因為經濟上的原因必須採用備案。

解釋
financial 是指「關於金融市場、財政及投資的」，而 economic 是指「經濟學的」。

✋ fit vs suit 誰更「合適」?

fit [fɪt] v 合身；適合；安裝

(易混淆單字) suit v 適合；相配

解釋
fit 一般是指「大小相符」，suit 是指「款式或內容相符」。

» The air purifier is too large to *fit* into the box.
這臺空氣清淨機太大了，以致裝不進這個箱子。

Would Wednesday evening *suit* you?
星期三晚上您方便嗎？

🖐 flavor vs taste 哪一種「口味」？

flavor [ˈflevɚ] **n** 口味；風味

易混淆單字 **taste n** 味道；味覺

比較例句

» The wafers come in five different *flavors*.
這個威化餅有五種不同的口味。

The wine may have a strong bitter *taste*, but a sweet aftertaste would come out after that.
這酒剛喝時可能會有強烈的苦味，但之後會有甜味回甘。

解釋
flavor 是指「食物的風味」，一般帶有正面意思；而 taste 是指「食物在口中的味道」，可以有各種不同的味道。

🖐 flexible vs elastic 哪一個有「彈性」？

flexible [ˈflɛksəbl̩]
adj 可彎曲的；可變通的；彈性的

易混淆單字 **elastic adj** 可伸縮的；有彈性的

比較例句

» Our *flexible* time policy allows employees to make flexible arrangements for their work.
我們的彈性工作制讓員工可以為自己的工作做彈性的安排。

How do you install an *elastic* waistband inside a casing?
您怎麼將彈性束腰裝進套管裡？

解釋
flexible 是指「物體能輕易彎曲而不破裂」，而 elastic 是指「物體能伸縮自如」。兩者皆能表示「計畫或規定靈活彈性」。

✋ fluctuate vs shift 誰「轉變」？

fluctuate [ˈflʌktʃuˌet] **v** 波動

(易混淆單字) shift **v** 轉變；轉換

(比較例句)

» The prices of fruits and vegetables *fluctuate* according to the weather.
水果和青菜的價格會根據天氣變動。

He swiftly *shifted* our attention to another subject.
他迅速地將我們的注意力轉移到另一個主題。

解釋
fluctuate 的意思是「上下不規律的波動」，而 shift 是指「短促的移動或轉變」。

✋ fluent vs smooth 哪個更「流暢」？

fluent [ˈfluənt] **adj** 流利的；流暢的

(易混淆單字) smooth **adj** 平滑的；順利的

(比較例句)

» We need a travel consultant who is *fluent* in Portuguese.
我們需要一名葡萄牙語流利的旅遊諮詢人員。

The airplane made a *smooth* landing.
這架飛機平順地降落了。

解釋
fluent 一般是指「語言方面的流利」，而 smooth 是指「物體表面摸起來光滑平順」或「事情進行地順利」。smooth 另外也有「做人處事圓滑」的意思。

✋ formal vs official 哪一個「正式」？

formal [ˈfɔrml] **n** 正式的社交活動
adj 正式的；形式上的

(易混淆單字) official **adj** 官方的；正式的

解釋
formal 是指「符合約定形式的」，而 official 是指「由官方發布的」。

» The director would not respond unless he sees the *__formal__* letter.
主管除非看到正式信件，否則他不予以回應。

The vernal equinox conventionally marks the *__official__* start of spring.
春分一般標示春天的開始。

✋ foundation vs establishment 誰「創立」的？

foundation [faʊnˋdeʃən]
ⓝ 創立；基礎；基金會

易混淆單字 establishment ⓝ 建立；機構

比較例句

» His theory laid a solid *__foundation__* for the following research developments.
他的理論為後來的研究發展奠定了堅實的基礎。

His endeavors contributed to the *__establishment__* of the company.
他的努力促成了這間公司的創立。

解釋

foundation 和 establishment 在抽象意思上都有「創辦」、「創立」的意思；establishment 還能表示「確立」，而 foundation 也表示「建築的基座」，可引申為「事物的基礎」。此外，foundation 一般是指研究或慈善性質的「基金會」，而 establishment 意思較廣泛，可以指機構、企業、學校或住宅等。

✋ fridge vs cooler 哪一個「冰箱」？

fridge [frɪdʒ] ⓝ 電冰箱

易混淆單字 cooler ⓝ 冷卻裝置；冷藏箱

解釋

fridge 一般是指「直立式的電冰箱」，而 cooler 是指「小型的冷藏箱」。

Ff

比較例句

» The American company has developed a *fridge* that runs without electricity.
這間美國公司研發出一款不需用電的冰箱。

The wheeled *cooler* is perfect for picnic.
這款有輪子的冷藏箱非常適合野餐。

✋ function vs capability 誰有「能力」?

function [ˈfʌŋkʃən] n 功能；作用

(易混淆單字) capability n 能力；潛力

(比較例句)

» What are the *functions* of the committee?
這個委員會的功能是甚麼？

I believe you have the *capability* to control the situation.
我相信你有掌控這個局面的能力。

解釋

function 一般是指「事物的功能或性能」，表示該事物「一般是做甚麼的」，而 capability 是指「人或事物的能力、潛能」，表示「能夠做到甚麼的」。

✋ furnish vs equip 哪裡需要「裝潢」?

furnish [ˈfɜnɪʃ] n 裝潢；配置家具

(易混淆單字) equip v 裝配；配備

(比較例句)

» Julia *furnished* her apartment in the Victorian style.
朱莉亞將她的公寓裝潢成維多利亞風。

We are grateful that we have a well-*equipped* classroom.
我們很感激我們有一間配備齊全的教室。

解釋

furnish 是指「將空屋裝潢、配置好家具」，而 equip 是指「安裝配備」。

Gg

👋 gain vs obtain 誰「獲得」?

gain [gen] Ⓥ 獲得;增添

易混淆單字 obtain Ⓥ 得到;獲得

比較例句

» I have slowly started to _**gain**_ control of the situation.
我已慢慢開始能夠掌控整個局面。

The scholarships for international students are really hard to _**obtain**_.
提供國際學生申請的獎學金真的很難取得。

解釋
gain 的意思是「收穫」,通常是指好的事情;而 obtain 通常用在正式場合,表示「得到」。

👋 gamble vs bet 誰「賭博」?

gamble [ˈgæmbḷ] Ⓥ 賭博;冒險

易混淆單字 bet Ⓥ 打賭

比較例句

» It is illegal in the United States to _**gamble**_.
在美國賭博是違法的。

I _**bet**_ 50 dollars on her winning the game.
我賭五十元她會贏得這場比賽。

解釋
gamble 是用在「在後果未知」的情況下,而 bet 是「以某個預測或標的而打賭」,因此 gamble 的風險比 bet 更大。一般而言,gamble 多半是違法的。

✋ **garment** vs **gourmet**　「衣服」or「美食家」?

garment [ˋɡɑrmənt] **n** 衣服；服裝

(易混淆單字) **gourmet** **n** 美食家 **adj** 美味的

(比較例句)

» The president met the representatives of the **_garment_** industry in Cambodia.
總統與柬埔寨成衣產業的代表會面。

GKB burger offers you a true **_gourmet_** experience in Madrid.
GKB 漢堡給您在馬德里真正的美食享受。

解釋

雖然兩者拼法相似，但 garment 是指「單件衣服」，而 gourmet 是指「美食品嘗家」。

✋ **gasoline** vs **fuel**　哪一種「燃料」?

gasoline [ˋɡæslͺɪn] **n** 汽油

(易混淆單字) **fuel** **n** 燃料

(比較例句)

» **_Gasoline_** prices are the lowest in recent decades.
油價創近幾十年新低。

Nuclear energy is considered more environmentally friendly than fossil **_fuels_**.
核能被認為是比化石燃料更環保的能源。

解釋

gasoline 是 fuel 的一種。fuel 可以指「任何用來發動機器的燃料」，而 gasoline，通常簡寫為 gas，是專指「汽油」。

✋ **gather** vs **collect**　誰「收集」?

gather [ˋɡæðͽ] **v** 收集；召集

(易混淆單字) **collect** **v** 收集；領取；接送

(比較例句)

» A rolling stone **_gathers_** no moss.
滾石不生苔。

I need a minute to **_collect_** my thoughts.
我需要一分鐘整理我的想法。

解釋

gather 意思是「將東西聚集於一處」，用法較口語；而 collect 通常有明確的目標，意思是「將東西聚集起來並保存」，通常是出於興趣。

✋ **gear** vs **tool** 哪一種「器具」？

gear [gɪr] **n** 器具；汽車排檔

(易混淆單字) **tool** n 工具；器具

(比較例句)

» Swimming **_gear_** is for sale at the booth near the entrance.
入口處旁的攤子有賣泳具。

The mechanic used many **_tools_** to fix the engine.
這位技術人員使用很多工具來修這臺引擎。

解釋

gear 原指「汽車的排檔」,當「工具」的意思時,是指「專司特定功能的器具」,如:running gear 慢跑用具、climbing gear 攀岩用具等;而 tool 則是泛指任何小型的工具。

✋ **general** vs **common** 哪個更「普遍」?

general [ˈdʒɛnərəl] **adj** 一般的;普遍的;籠統的

(易混淆單字) **common** adj 常見的;共同的

(比較例句)

» I had a **_general_** idea of the concept, but couldn't specify the details.

我對那觀念有一點籠統的認知,但無法具體說明它的細節。

It is **_common_** knowledge that Tim gets worked up easily.
提姆很容易生氣這件事已經是常識了。

解釋

general 是指「適用於多數情況的」,而 common 是指「隨處可見的」。general 另外也有「籠統的」的意思。

✋ generate vs produce 誰能「製造」？

generate [ˋdʒɛnəˌret] ⓥ 產生；引起

(易混淆單字) produce ⓥ 製造；生產

(比較例句)

» The prime goal of any business is to *generate* revenue.
任何生意的主要目的就是產出利潤。

The film was *produced* by two college students.
這部影片是由兩位大學生製作的。

解釋
generate 一般是與「光」、「電」、「熱」或「利潤」連用，而 produce 是指「工廠生產、製造某產品或作品」。

✋ generous vs liberal 誰比較「大方」？

generous [ˋdʒɛnərəs]
adj 慷慨的；大方地；心胸寬大的

(易混淆單字) liberal adj 開明的；大方的

(比較例句)

» The director is *generous* to her subordinates.
這位主任對她的下屬很大方。

Hugo is *liberal* in what employees should wear to work.
雨果對員工的穿著方面很開明。

解釋
generous 是指「在給予、施捨方面的大方」，而 liberal 是指「在價值觀方面的大方、包容」。

✋ genius vs intelligence 誰比較有「天賦」？

genius [ˋdʒinjəs] ⓝ 天賦；天才

(易混淆單字) intelligence ⓝ 智慧；情報

解釋
genius 一般是指「與生俱來的才能」，而 intelligence 是指「智力」、「智商」。

比較例句

» Jerry has a *genius* for leadership.
傑瑞有領導的天賦。

Churchill is a statesman of great *intelligence*.
邱吉爾是非常聰慧的政治家。

✋ gesture vs posture 「手勢」or「姿勢」？

gesture [ˋdʒɛstʃɚ] n 手勢；表示

易混淆單字 posture n 姿勢；立場

比較例句

解釋
gesture 一般是指「手的姿勢」，而 posture 是指「身體的姿勢、姿態」。

» He made a *gesture* of apology with his right hand.
他用右手做了一個道歉的手勢。

Gavin sat in a *posture* of respect during the interview.
嘉文面試時畢恭畢敬地坐著。

✋ glimpse vs glance 誰「瞥見」？

glimpse [glɪmps] n 一瞥

易混淆單字 glance n 掃視

比較例句

解釋
glimpse 是指「意外地瞥見」，而 glance 是指「快速地掃視」。

» I caught a quick *glimpse* of the president as his limo passed by.
總統的車隊經過時，我很快瞥到了一眼總統。

He spotted several typos simply at a quick *glance*.
他隨便掃一眼就看到了許多錯字。

🖑 global vs international 哪個更「國際」？

global [ˋglobḷ] **adj** 全球的

易混淆單字 international **adj** 國際的

比較例句

» Once achieving more stable production, we are more likely to be able to compete in the *global* market.
一旦我們達到更穩定的生產，我們就更可能在全球市場上競爭。

We invite you to explore the program which has received *international* recognition.
我們邀請您來體驗這個贏得國際認可的課程。

解釋

global 是指「全球性的」，而 international 是「涉及兩個以上的國家的」。因此，global 的範圍更大，international 更有針對性。

🖑 grab vs grasp 誰「抓走」的？

grab [græb] **v** 抓；奪

易混淆單字 grasp **v** 抓牢；領會

比較例句

» The guy *grabbed* her handbag and ran away with it.
那名男子奪走她的手提包跑走了。

He has not quite *grasped* the fact that he would be the one held responsible.
他還不太明白他需要對這件事負責。

解釋

grab 比較常用在緊急的情況，而 grasp 除了「抓」的意思之外，還有「領會」、「理解」的意思。

✋ grade vs rank 誰「等級」高的？

grade [gred] ⓷ 級別；等級

(易混淆單字) rank ⓷ 排名；地位

(比較例句)

» On these shelves are the first-*grade* oranges.
在這些架子上的是第一級的柳丁。

Doctors are often considered people of high social *rank*.
醫生通常被認為是高社會地位的一群人。

解釋

grade 是指「根據成績或品質劃分的級別」，可以指人或事物；而 rank 是指「人在群體中的排名或地位」，只能用在人。

✋ grand vs great 哪一個更「偉大」？

grand [grænd] ⓐⓓⓙ 宏偉的；偉大的

(易混淆單字) great ⓐⓓⓙ 巨大的；偉大的；優秀的

(比較例句)

» The shopping mall had a *grand* opening celebration last week.
這間購物中心上週舉辦了一場盛大的開幕活動。

Albert Einstein was the *greatest* scientist of all time.
愛因斯坦是有史以來最偉大的科學家。

解釋

grand 的語氣要比 great 更強烈、更帶有情感；而 great 一般用在客觀描述。

✋ grant vs allow 誰「同意」？

grant [grænt] ⓥ 授予；同意

(易混淆單字) allow ⓥ 允許；提供

解釋

grant 是指「上對下的給予或容許」，而 allow 的語氣較輕、涵義較不積極，有「不反對」的意思。

Gg

» I am afraid I could not *grant* you the request.
我恐怕不能同意您的要求。

Patrick *allowed* me to take a three-day leave to recover from my cold.
派屈克允許我請三天假養病。

✋ gratitude vs appreciation 誰「感激」?

gratitude [ˈɡrætəˌtjud] **n** 感激

易混淆單字 appreciation **n** 感謝;欣賞

比較例句

» I would like to extend my *gratitude* to my parents for their love and support.
我想對我父母給我的愛與支持表達感激之情。

Words are not enough to express our *appreciation*.
言語都不足以表達我們的感激。

解釋
gratitude 常帶有「需要報償於他人」的意思,而 appreciation 則無。

✋ greedy vs mercenary 誰比較「貪心」?

greedy [ˈɡridɪ] **adj** 貪心的;貪婪的

易混淆單字 mercenary **adj** 貪財的;圖利的

比較例句

» *Greedy* men would never be satisfied with what they have.
貪心的人永遠不滿足於自己擁有的。

His committing the crime was prompted by his *mercenary* motive.
他出於貪念犯下了這個罪行。

解釋
greedy 可用在對於任何事物的貪心,或強烈的渴望;而 mercenary 特別是指對於金錢的貪心,通常是透過不道義的手法。

✋ grief vs misfortune 誰「悲傷」?

grief [grif] n 悲痛;悲傷

易混淆單字 misfortune n 不幸;厄運

比較例句

» She hid her *grief* behind a smile.
她將她的悲痛藏於一抹微笑之中。

The unscrupulous businessmen cashed in on the earthquake victims' *misfortune*.
這些不肖商人利用這些地震受災戶的不幸來賺錢。

> **解釋**
>
> grief 是指「極度深沉的悲傷」,而 misfortune 是指「不幸」或「不幸的事」。

✋ gross vs entire 誰算「總額」?

gross [grɔs] adj 總額的

易混淆單字 entire adj 全部的;全然的

比較例句

» His *gross* income is four million dollars.
他的淨收入為四百萬美元。

Japan's exports to the *entire* world topped 500 billion dollars last year.
日本去年的出口額超過了五千億元。

> **解釋**
>
> gross 主要是用在「收入」或「利潤」上扣稅前的總額,而 entire 可用在「時間」、「空間」或「抽象的事物」上。

✋ grumble vs complain 誰比較愛「抱怨」?

grumble [ˈɡrʌmbl] v 埋怨;發牢騷

易混淆單字 complain v 抱怨;投訴

比較例句

» The secretary kept *grumbling* about her moody boss.
這位祕書一直埋怨她那喜怒無常的老闆。

Rachel always *complains* that she doesn't have time.
瑞秋總是抱怨沒時間。

> **解釋**
>
> grumble 是指「念念有詞的發牢騷」,而 complain 是指「表達不滿或怨言」,可以口頭或書面的形式。

Gg

✋ guarantee vs ensure 誰可以「保證」?

guarantee [ˌgærənˈti]
n 保證;擔保 **v** 保證;擔保

(易混淆單字) **ensure v** 確保;保證

(比較例句)

» We can't *guarantee* you a place around dinner time.
我們無法保證在晚餐時段可以給您位子。

Please do your best to *ensure* that the mistake will not occur again in the future.
請盡力確保這個錯誤以後不會再發生。

解釋

guarantee 是指「官方正式的保證」,而 ensure 是指「口頭上的保證」,不見得百分之百會實現。

✋ guard vs guardian 誰是「守衛」?

guard [gɑrd] **n** 守衛;看守員

(易混淆單字) **guardian n** 監護人;守護者

(比較例句)

» I will try to distract the *guards* so that you can escape.
我會試著引開那些守衛的注意,以便你逃跑。

His uncle was appointed as his legal *guardian*.
他的舅舅被指定為他的法定監護人。

解釋

guard 是指「看守某具體財產的人員」,而 guardian 是指「法律上的監護人」或「守護者」。

Hh

👋 halt vs stop 誰能「停止」？

halt [hɔlt] **ⓥ** 使停止；停止
ⓝ 停止；暫停

(易混淆單字) **stop** ⓥ 停止；終止
　　　　　　 ⓝ 停止；終止

(比較例句)

» The strike brought the entire industry to a
**halt**.
這場罷工讓整個產業瞬間停擺。

The bus finally came to a _**stop**_.
巴士終於停了下來。

解釋
halt 通常是「突然、暫時的停止」，而 stop 是「廣義的停止」，通常可表示任何事物的停止。

👋 handicap vs disadvantage 哪一種「障礙」？

handicap [ˈhændɪˌkæp] **ⓝ** 障礙；不利

(易混淆單字) **disadvantage** ⓝ 不利條件

(比較例句)

» His stutter is a _**handicap**_ to his career
seeking.
他的口吃對他找工作會是個障礙。

We were put at a _**disadvantage**_ since
none of us could speak English.
我們之中沒有一個人會說英語，這使我們
處於劣勢。

解釋
handicap 是指「對於某事物造成的確實的妨礙」，而 disadvantage 是指「在某方面存在的不利條件」。因此，可以說 handicap 是 disadvantage 程度的深化。

✋ harassment vs disturbance 被誰「騷擾」?

harassment [həˈræsmənt] **n** 騷擾

易混淆單字 **disturbance** **n** 擾亂；打擾

比較例句

» Henry has endured continual _harassment_ by his neighbor.
亨利已忍受了他鄰居不斷的騷擾。

She always turns off her mobile phone before sleep to avoid _disturbance_.
她睡前都會把手機關機以避免睡眠干擾。

解釋

harassment 的程度比 disturbance 更嚴重，更有攻擊性，通常會造成心理壓力。disturbance 是指「攪擾原本的秩序」。

✋ harassment vs innocent 誰比較「無害」?

harmless [ˈhɑrmlɪs] **adj** 無害的；無辜的

易混淆單字 **innocent** **adj** 天真的；清白的

比較例句

» It is not a crime to tell some _harmless_ lies from time to time.
偶爾說些無害的小謊言不算很嚴重的罪過。

I am just an _innocent_ bystander and don't want to be involved in any of that.
我只是個無辜的旁觀者，不想被捲進其中。

解釋

harmless 主要是指「不會造成傷害的」，而 innocent 主要是指「天真的」、「清白的」，雖然兩者意思有重疊的部分。

✋ hasty vs impetuous 誰「匆忙」?

hasty [ˈhestɪ] **adj** 匆忙的；倉促的

易混淆單字 **impetuous** **adj** 性急的；奔騰的

解釋

hasty 是指「匆促的」、「急忙的」；而 impetuous 則有「魯莽的」、「衝動的」的意思。

» He didn't think much and just rushed into the _**hasty**_ decision.
他沒有想太多就匆忙地下了決定。

Marrying someone you just met a week ago is an _**impetuous**_ decision.
跟一個一週前才認識的人結婚,真是一個魯莽的決定。

✋ hazard vs jeopardy 哪一個「危險」?

hazard ['hæzəd] ⓝ 危險;危害;冒險

易混淆單字 **jeopardy** ⓝ 危險

比較例句

» Consumers should be clearly informed that a potential _**hazard**_ exists from using the product.
消費者應該清楚地被告知使用這項產品是存在危險性的。

I would by no means put your lives in _**jeopardy**_.
我絕不會將你們的生命置於危險之中。

解釋

hazard 的意思是「具有發生可能性的危險」,而 jeopardy 是指「會造成損失或傷害的危險」。

✋ hesitate vs indecisive 誰感到「猶豫」?

hesitate ['hɛzə,tet] ⓥ 猶豫

易混淆單字 **indecisive** adj 猶豫不決的

比較例句

» Do not _**hesitate**_ to contact us if you have any questions about it.
如果您有任何疑問,不要猶豫,馬上連絡我們。

Helen is a typical _**indecisive**_ shopper, who always has trouble choosing between two dresses.
海倫是個標準的選擇困難症患者,每次選洋裝都有很大的困難。

解釋

hesitate 是指「因對某事心存疑慮而無法行動」,而 indecisive 是指「在多個選擇之間擺盪而無法抉擇」。

✋ hobby vs indulgence 什麼「愛好」？

hobby [ˈhɑbɪ] **n** 愛好；嗜好

(易混淆單字) **indulgence** **n** 沉溺；放縱；愛好

(比較例句)

» Not everyone can turn their *hobby* into a career.
不是每個人都能把嗜好當成職業的。

I could never quit my *indulgence* in nostalgia.
我永遠無法停止懷舊。

解釋
比起 hobby，indulgence 是到了無法節制、沉溺其中的地步。

✋ hop vs jump 哪一隻腳「跳」？

hop [hɑp] **v** 單腳跳；雙腳跳（青蛙、鳥）；上下車

(易混淆單字) **jump** **v** 跳；跳躍

(比較例句)

» With this wristband, you can simply *hop* on the bus without buying a ticket.
戴著這個手環，你就可以不用買票直接上公車。

Don't *jump* to the conclusion without discussion.
不要沒有討論就直接下結論。

解釋
hop 是指「人類單腳跳」或「青蛙或鳥的齊腳跳」，通常是小幅度的；而 jump 是指「人類雙腳騰空的跳躍」，或含有「從某處跳至另一處」的意思。

✋ horror vs terror 誰會「恐懼」？

horror [ˈhɔrɚ] **n** 恐怖

(易混淆單字) **terror** **n** 恐怖

解釋
horror 一般是指「遇到恐怖事件後心裡產生的恐懼感」，而 terror 是指「擔心恐怖事件發生的驚疑緊張感」。

» I can still remember the *horror* that has been lingering in my mind.
我仍記得那在我心中徘徊不去的恐懼。

Since the event, he has lived in *terror* of the crime being busted.
自從那次事件後，他就一直處在害怕罪行曝光的恐懼中。

✋ host vs preside　誰「主持」？

host [host] ⓝ 主人；主持人
　　　　　　　ⓥ 主持；主辦

(易混淆單字) **preside** ⓥ 主持會議；掌管

(比較例句)

» Five cities are bidding to *host* the 2022 Winter Olympics.
五座城市在角逐 2022 年冬季奧運的主辦權。

The associate general manager will *preside* at the meeting.
協理將會主持該場會議。

解釋
host 可以表示「主持活動」或「主辦賽事」，也可以指「做主人」；而 preside 多半用在「主持正式會議」。

✋ humid vs moist　哪一個「濕濕的」？

humid [ˈhjumɪd] ⓐⓓⓙ 潮濕的

(易混淆單字) **moist** adj 濕的

(比較例句)

» The air in Bangkok is as hot and *humid* as usual.
曼谷的空氣一如往常的濕熱。

After the big afternoon shower, the soil is *moist*.
下午大雨過後, 土壤很潮濕。

解釋
humid 是指「空氣潮濕」，而 moist 是指「物體潮濕」。

✋ humble vs modest　誰比較「謙卑」？

humble [ˈhʌmbl̩] **adj** 謙遜的；卑下的；簡陋的

(易混淆單字) **modest** adj 謙虛的；穩重的

解釋
humble 是指「不帶有自我意識的謙卑」，願意接納他人，臣服權威；而 modest 是指「行為上非常謙虛有節度」。

(比較例句)

» In my **_humble_** opinion, we should first conduct a business location analysis.
據我卑微的意見，我們應該先做一次區位商分析。

My **_modest_** income does not allow me to buy too many luxuries.
我微薄的收入不足以讓我買太多的奢侈品。

✋ humorous vs hilarious　誰更「幽默」？

humorous [ˈhjumərəs] **adj** 幽默的；好笑的

(易混淆單字) **hilarious** adj 非常好笑的

解釋
humorous 是指「有幽默感的」、「令人會心一笑的」；而 hilarious 是指「令人捧腹大笑的」。

(比較例句)

» He gave me a **_humorous_** explanation of why he got hired.
他向我幽默地解釋了為什麼他能被錄用。

His **_hilarious_** lines triggered a burst of laughter from the audience.
他那好笑的臺詞引起了觀眾一陣哄堂大笑。

✋ hunger vs famine 誰「餓」了？

hunger [ˈhʌngɚ] **ⓝ** 飢餓；飢荒；渴望

(易混淆單字) **famine ⓝ** 飢荒

(比較例句)

» My student has a genuine *hunger* for knowledge.
我的學生對知識有著確切的渴望。

Thousands of people are facing the threat of *famine* because of the severe drought.
由於此次的嚴重乾旱，數以千計的人正面臨飢荒的威脅。

解釋

hunger 是指「飢餓的狀態」，而 famine 則是特指「飢荒」，為一聯合國定義的特定用詞。

✋ hurricane vs storm 哪一個「颶風」威力大？

hurricane [ˈhɝɪken] **ⓝ** 颶風；颱風

(易混淆單字) **storm ⓝ** 暴風雨；風暴

(比較例句)

» The *hurricane* is causing havoc in Florida.
這個颶風正在肆虐佛羅里達。

The mayor reminded everyone to gear up for the coming *storm*.
市長提醒大家做好防颱準備。

解釋

hurricane 是專指「形成於大西洋或東太平洋的暴風」，而 storm 是泛指任何暴風雨。

Ii

✋ ignorant vs unconscious 誰比較「無知」?

ignorant [`ɪgnərənt] adj 無知的

易混淆單字 **unconscious**
　　　　adj **不省人事的;沒有察覺的**

比較例句

» The director was by no means ***ignorant*** of your dissatisfaction.
主管當時不可能不知道你心中的不滿。

The paramedics took the ***unconscious*** woman to the nearest hospital.
急救人員將這位不省人事的女子送到了最近的醫院。

解釋
ignorant 意思是「沒有受教育的」或「對某事不知情的」,而 unconscious 則是表示「沒有知覺的」或「沒有發覺的」。

✋ illustrate vs interpret 誰來「說明」?

illustrate [`ɪləstret] v 說明;畫插圖

易混淆單字 **interpret** v **詮釋;說明**

比較例句

» The professor used the anecdotes to ***illustrate*** the principle.
這位教授用了這些故事來闡釋這個原則。

Everyone ***interpreted*** the writer's remark in totally different ways.
每個人對這位作家的話都有完全不同的詮釋。

解釋
illustrate 一般是指「用插圖說明」或「說明給他人聽」,而 interpret 意思是「以自己的理解來解釋」。

✋ **imaginative** vs **imaginary** 誰是「虛構的」？

imaginative [ɪˋmædʒəˌnetɪv]

adj 虛構的；具想像力的

(易混淆單字) **imaginary** adj 虛構出來的

(比較例句)

» One day, the kid will become an *__imaginative__* artist for sure.
有一天，這個小孩會成為一位想像力豐富的藝術家。

She has been suffering from the *__imaginary__* troubles.
她一直為那些想像中的麻煩而困擾著。

解釋
imaginative 是形容「想像力豐富」、「創意十足的」；而 imaginary 是指「不存在的」、「憑空捏造出來的」。

✋ **imitate** vs **mimic** 誰「模仿」誰？

imitate [ˋɪməˌtet] **v** 模仿；仿效

(易混淆單字) **mimic** v 模仿

(比較例句)

» The robot can *__imitate__* nearly all of the subtle human facial expressions.

這個機器人能模仿幾乎所有細微的人臉表情。

David is very good at *__mimicking__* his classmates' English accents.
大衛很擅長模仿他同學的英語口音。

解釋
imitate 是指「以某人為榜樣或範本模仿」，語意較中性；而 mimic 通常是指「以戲謔的方式模仿某人」。

✋ **immigrant** vs **emigrant** 哪個國家的「移民」？

immigrant [ˋɪməgrənt] **n** 移民

adj 移入的

(易混淆單字) **emigrant** n 移民 adj 移出的

解釋
immigrant 是指「從外地遷入的移民」，而 emigrant 是指「移居他國的移民」。

Aa

» There are a lot of *immigrants* from Taiwan in Australia.
澳洲有很多來自台灣的移民。

Faye is a South African *emigrant* to the US.
菲是位從南非移居至美國的移民。

✋ impact vs influence 誰被「影響」？

impact [`ɪmpækt] n 影響；衝擊

易混淆單字 influence n 影響；作用

比較例句

» Staying up late can have an enormous negative *impact* on your health.
熬夜會對你的健康造成巨大的不良影響。

Mr. Yang had great *influence* on his students.
楊老師對他的學生有很大的影響。

解釋
impact 一般是指「劇烈的衝擊、影響」，語氣較強；而 influence 是指「潛移默化的影響」，偏重內在的性格和思想。

易混淆單字 effect n 作用；影響

比較例句

The *effect* of the policy upon the employees' performance is obvious.
這個政策對員工表現的影響很明顯。

解釋
effect 一般是指「直接且積極的影響或作用」。

✋ imperative vs urgent 哪件事比較「緊急」？

imperative [ɪm`pɛrətɪv] adj 緊急的；命令式的 n 必要的事；命令；規定

易混淆單字 urgent adj 緊急的

解釋
imperative 更多是指「必須的」、「強制的」，「緊急」的成分比較少；而 urgent 主要是指「急迫的」，時間的成分比較多。

» It is *imperative* that you submit your weapon now.
現在把你的武器交出來，這是命令！

The necessity of technique development grows more *urgent* as the competition intensifies.
隨著競爭日益激烈，技術研發的需要更顯得急迫。

🖐 implication vs hint　哪一種「含意」？

implication [ɪmˋplɪkeʃən]
n 含意；弦外之音

（易混淆單字）hint **n** 暗示

（比較例句）

解釋
implication 是指「話語中隱藏的含意」，而 hint 是指「用來提醒他人，但不明說的提示」。

» Did you gather the *implications* of the manager's remark?
你明白經理話中的含意了嗎？

The guests took the *hint* and left immediately.
那些客人意會到了之後，便馬上離開了。

🖐 impractical vs impracticable　哪個想法更「不切實際」？

impractical [ɪmˋpræktɪkl̩]
adj 不現實的；不切實際的

（易混淆單字）impracticable **adj** 行不通的

（比較例句）

解釋
impractical 是指「與現實情況脫節的」，而 impracticable 是指「無法實行的」，更強調「實行」的動作。

» My proposal was rejected as *impractical*.
我的提案被駁回，理由是不現實。

The proposed plan is completely *impracticable* during an emergency.
這份計畫在緊急情況時完全行不通。

✋ incident vs occurrence 哪一個「事件」?

incident ['ɪnsədnt] ⓝ 事件;插曲

(易混淆單字) **occurrence** ⓝ 事件;出現

(比較例句)

» The publicist obviously downplayed the ***incident***.
   那位公關明顯地對這件事避重就輕。

   The outbreak of the flu around this season is an extremely rare ***occurrence***.
   在這個季節爆發這種流感,是極度罕見的事。

解釋

incident 是指「小插曲」或「附帶出現的事件」,而 occurrence 是指「生活中偶然發生的事件」。

✋ income vs profit 誰有「收入」?

income ['ɪnˌkʌm] ⓝ 收入;所得

(易混淆單字) **profit** ⓝ 利潤;益處

(比較例句)

» The figures in the statistics show that the average US household's disposable ***income*** rose by 434 dollars in 2017.
   這份統計數字顯示,二零一七年美國平均家庭的可支配收入增加了 434 美元。

   We aim to double our ***profit*** in the fourth quarter.
   我們的目標是在今年第四季使利潤翻倍。

解釋

income 是指「任何形式的收入」,可以是:薪資、房租或利息等;而 profit 是指「扣除成本後的淨利」。

✋ indicate vs imply 誰「指出」了?

indicate ['ɪndəˌket] ⓥ 指出;表明

(易混淆單字) **imply** ⓥ 暗示;暗指

(比較例句)

解釋

indicate 是「表示字面上的含意」,而 imply 側重「言下之意」,亦即言語背後的意思。

» The polls *__indicated__* that the company had lost trust over privacy breach.

這些民調指出，這間公司已在隱私權漏洞問題上失去信用。

Silence *__implies__* consent.

沉默表示許可。

✋ individual vs personal 誰的「個人」問題？

individual [ˌɪndəˈvɪdʒʊəl]

adj 個人的；個別的 **n** 個人；個體

（易混淆單字）**personal** adj 個人的；私人的

解釋
individual 強調「個別的」，相對於總體的；而 personal 強調「私人的」，主要跟「人」有關。

（比較例句）

» They claim that they respect *__individual__* differences.

他們聲稱他們尊重個別差異。

The director asked me to provide her with the evidence of my reason for taking *__personal__* leave.

主任要求我提供事假的證明給她。

✋ induce vs persuade 誰被「說服」？

induce [ɪnˈdjus] **v** 引誘；引起

（易混淆單字）**persuade** v 說服；勸服

解釋
induce 是指「透過誘惑或勸說來影響某人的決定」，而 persuade 是指「透過說理、辯論的方式來使某人相信」。

（比較例句）

» They successfully *__induced__* him to take the job.

他們成功地勸服他接下這份工作。

The salesperson failed to *__persuade__* me into buying the product.

那位銷售員無法說服我買下這項產品。

🖐 ineligible vs inadequate 誰「沒資格」？

ineligible [ɪnˈɛlɪdʒəbl]
adj 沒有資格的；不適任的

(易混淆單字) **inadequate** adj 不夠格的；
不適當的

(比較例句)

» He is *ineligible* for the presidency.
他沒有資格擔任總理。

The interviewers rejected all the
applicants as *inadequate*.
這些面試官拒絕了所有的申請者，因為他
們都無法適任。

解釋
ineligible 是指「在官方規定上不夠資格的」，而 inadequate 是指「在能力上無法勝任的」或「在價值標準上不到位的」。

🖐 inevitable vs destined 哪個是「不可避免的」？

inevitable [ɪnˈɛvətəbl] **adj** 不可避免的

(易混淆單字) **destined** adj 命中注定的

(比較例句)

» The introduction of new technology is
inevitable in any business.
在任何產業裡引進新科技，都是不可避免
的趨勢。

The album is *destined* to be a big hit.
這張專輯註定會大賣。

解釋
inevitable 通常用在不好的事情上，表示「該來的始終會來」；而 destined 是指「彷彿命運注定的」。

🖐 infect vs pollute 哪個被「感染」更嚴重？

infect [ɪnˈfɛkt] **v** 感染；汙染

(易混淆單字) **pollute** v 汙染；玷汙

解釋
infect 通常與「疾病」連用，而 pollute 是指「空氣、水或其他地方的汙染」。

» The computers have been *infected* by the virus.
這些電腦都被病毒感染了。

The wastewater discharged from the factory seriously *polluted* the river.
這間工廠排放的廢水嚴重汙染了這條河。

👋 infectious vs contagious 誰會「傳染」？

infectious [ɪnˈfɛkʃəs]
adj 傳染的；有感染力的

（易混淆單字） **contagious**
　　　　　　　　adj 接觸傳染的；會傳染的

（比較例句）

» The team needs a leader who has an *infectious* vitality.
這個團隊需要一名有活力和感染力的領導者。

Stress sometimes can be *contagious*.
壓力有時候是會傳染的。

> **解釋**
>
> infectious 是指「透過環境、空氣傳染的」，而 contagious 是指「透過接觸傳染的」。

👋 inferior vs minor 哪個是「次級的」？

inferior [ɪnˈfɪrɪə] **adj** 低等的；次級的

（易混淆單字） **minor** **adj** 次要的；較小的

（比較例句）

» No one can make you feel *inferior* without your consent.
沒有人可以認為你不夠格，除非你自己也這樣認為。

To me, the pop-up ads are just a *minor* annoyance.
對我來説，這些彈出式廣告只是件不嚴重的煩人事罷了。

> **解釋**
>
> inferior 通常帶有主觀、負面的意思，而 minor 是客觀上來講，次要或少部分的。

✋ inhabitant vs habitant 誰是「居民」?

inhabitant [ɪn`hæbətənt] ⓝ 居住者；居民

易混淆單字 habitant ⓝ 居民

比較例句

> Venice is gradually deserted by its ***inhabitants***.
> 威尼斯漸漸被它的居民遺棄了。
>
> The town has only 10 thousands ***habitants***.
> 這座城鎮只有一萬名居民。

解釋

inhabitant 是比較普遍的用法，habitant 幾乎不使用了。

✋ inherit vs succeed 誰有資格「繼承」?

inherit [ɪn`hɛrɪt] ⓥ 繼承

易混淆單字 succeed ⓥ 繼承；接續

比較例句

> He ***inherited*** his father's sense of humor.
> 他繼承了他父親的幽默感。
>
> Matt will ***succeed*** Francis as director.
> 馬特會接任法蘭西斯主任的職位。

解釋

inherit 是指「承接著擁有某財產、傳統或性格」，而 succeed 是指「接續著成為下一任」。

✋ inheritance vs heritage 哪些是「繼承物」?

inheritance [ɪn`hɛrətəns]
ⓝ 繼承；繼承物

易混淆單字 heritage ⓝ 遺產；傳統

比較例句

> The ***inheritance*** is the key point of contention.
> 爭論的焦點是繼承權的問題。
>
> The government must take measures to preserve the national ***heritage***.
> 政府一定要採取措施來保存這項民族遺產。

解釋

inheritance 是指「由上一代傳承下來的法定繼承物或繼承權」，而 heritage 是指「從古時候傳承下來的傳統或資產」，意思較 inheritance 抽象。

✋ initial vs preliminary 哪個是「最初的」？

initial [ɪˋnɪʃəl] adj 最初的

易混淆單字 preliminary adj 預備的；初步的

比較例句

» You can get a special discount of 10% on your *__initial__* order.
您的第一筆訂單可享有九折的特別優惠。

The *__preliminary__* results show that consumers nowadays are generally more cautious with money than before.
初步的結果顯示，比起過去，現今的消費者對金錢更加謹慎。

解釋

initial 是指「事物的開端、起頭」，而 preliminary 是指「正式開始前的預先準備」。

✋ initiate vs originate 誰「開始」？

initiate [ɪˋnɪʃɪˏet] v 開始；創始

易混淆單字 originate v 源自；引起

比較例句

» The discussion was *__initiated__* by Jeremy.
這個討論是由傑瑞米開啟的。

The song actually *__originates__* from my dream.
這首歌其實是來自於我作的夢。

解釋

initiate 是指「創始、開始某事物」，而 originate 是指「某事物發源自」或「引起」。

✋ insert vs interject 誰從中「插入」？

insert [ɪnˋsɝt] v 插入；嵌入

易混淆單字 interject v 插話

比較例句

» The office assistant *__inserted__* the letter in the envelope.
這位辦公室助理將信塞入信封內。

If I may *__interject__*, I have a quick announcement to make.
請容我插個話，我要很快地宣布一件事。

解釋

insert 可以指「將某物穩當地插入空隙中」或指「在報上刊登」，而 interject 的意思是「插話」。

✋ insist vs persist 誰「堅持」？

insist [ɪn`sɪst] ⓥ 堅持；堅決主張

易混淆單字 persist ⓥ 堅持；持續

比較例句

» I **_insist_** that Christine be the manager's successor.
我堅持要克莉絲汀當經理的接班人。

Craig **_persisted_** in pursuing Amanda.
克雷格持續地追求艾嫚達。

解釋
insist 是指「堅決地主張或要求」，而 persist 是指「頑固地持續做或說」。

✋ inspire vs encourage 被誰「鼓勵」？

inspire [ɪn`spaɪr] ⓥ 啟發；鼓舞

易混淆單字 encourage ⓥ 鼓勵；促進

比較例句

» The CEO's speech **_inspired_** us to work hard.
執行長的講演鼓舞了我們要努力工作。

Casinos often use electronic gaming machines to **_encourage_** gambling.
賭場通常會使用電子遊樂設施來刺激賭博行為。

解釋
inspire 意思是「正向的激勵、激發」，通常用在靈感、熱忱、渴望上；而 encourage 是指「鼓勵某人做某事」，表示在某件事情上給予支持或勇氣。inspire 通常是無意識的，而 encourage 通常是有意的。

✋ install vs assemble 誰來「安裝」？

install [ɪn`stɔl] ⓥ 安裝；使就職

易混淆單字 assemble ⓥ 組裝；聚集；召集

解釋
install 是指「將設備或機器安裝設置好」，而 assemble 是指「將機器的零件組裝起來」。

» You have to read and agree to the terms before **_installing_** the software.
在安裝這個軟體之前，你必須先讀過並且同意這些條款。

The typewriter took me half an hour to **_assemble_**.
這臺打字機花了我半個小時才組裝好。

✋ instruct vs teach 誰來「指導」？

instruct [ɪnˈstrʌkt] Ⓥ 指導；指示

易混淆單字 teach Ⓥ 教導；指導

比較例句

» Please take the pills as **_instructed_**.
請依指示服藥。

He **_teaches_** English to speakers of other languages.
他教授英語作為語言學習者的第二外語。

解釋
instruct 特別是指「傳授系統性的知識或指導操作具體的過程」，而 teach 的使用範圍廣，可用在任何「教導」的語境。

✋ instructive vs informative 哪個有「教育意義」？

instructive [ɪnˈstrʌktɪv]
adj 有教育意義的

易混淆單字 informative adj 信息量豐富的

比較例句

» The movie is not only entertaining but also quite **_instructive_**.
這部電影不僅娛樂性強，也非常具教育意義。

We benefited a lot from the **_informative_** lecture.
我們從這場內容豐富的演講中獲益良多。

解釋
instructive 是指「有指導性質、富教育意義的」，而 informative 是指「提供有用資訊的」。

✋ instrument vs implement　哪種「儀器」？

instrument [ˈɪnstrəmənt]

n 儀器；樂器；工具

(易混淆單字) **implement** n 工具；裝備

(比較例句)

» It took me three months to learn to use this sophisticated *instrument*.
我花了三個月才學會使用這臺精密的儀器。

Please keep the sharp *implements* away from children.
請將這些尖銳器物置於遠離孩童的地方。

解釋

instrument 一般是指「精密的儀器」，通常是不插電，用於測量的；而 implement 是指「用來行使簡易任務的工具」。

✋ intellectual vs intelligent　誰更「聰明」？

intellectual [ˌɪntḷˈɛktʃʊəl]

n 知識分子　**adj** 智力的；聰明的

(易混淆單字) **intelligent** adj 聰明的；有才智的

(比較例句)

» He only mingles with *intellectual* people.
他只和知識份子打交道。

Dolphins are highly *intelligent* mammals.
海豚是高智商的哺乳類。

解釋

intellectual 是指「知識淵博、智力發達的」，與「理智」的連結較深；而 intelligent 是指「天性聰明靈敏的」。

✋ intense vs extreme　誰比較「強烈」？

intense [ɪnˈtɛns] adj 強烈的；劇烈的

(易混淆單字) **extreme** adj 極端的；激進的

解釋

intense 的意思是「程度激烈、力量強烈的」，而 extreme 是指「態度、程度或作法極端的」。

» His back pain got worse after the ***intense*** physical training.
在強烈的體能訓練後，他的背痛加劇了。

Our goal is to eradicate ***extreme*** poverty within the generation.
我們的目標是在這個世代之內脫離極端貧窮。

✋ intensify vs strengthen 誰能「強化」？

intensify [ɪnˈtɛnsəˌfaɪ] **v** 強化；使激烈

易混淆單字 **strengthen** v 加強；鞏固

（比較例句）

» We expect each team to ***intensify*** their efforts to increase sales.
我們期待每個團隊都能加倍努力衝業績。

His leadership skills were ***strengthened*** to a great extent by the one-month training program.
他的領導能力在參加了為期一個月的訓練課程後大大地提升了。

解釋
intensify 意思是「使程度更加激烈」，而 strengthen 是指「加強、鞏固某項能力或穩定性」。

✋ intensive vs concentrated 誰更「集中」？

intensive [ɪnˈtɛnsɪv] **adj** 密集的；精深的

易混淆單字 **concentrated** adj 集中的；濃縮的

（比較例句）

» We provide a three-week ***intensive*** course to those who will take the exam in May.
我們為那些即將於五月參加考試的人提供了一次為期三週的密集課程。

What is the recommended amount of water to be added to dilute the ***concentrated*** juice?
稀釋這杯濃縮果汁建議加多少量的水？

解釋
intensive 是指「強度大，於短時間內產出高效度的」，而 concentrated 是指「完全專一貫注的」或「濃縮的」。

✋ intention vs purpose 誰的「意圖」?

intention [ɪnˈtɛnʃən] ⓝ 意圖；目的

(易混淆單字) **purpose** ⓝ 目的；用途

(比較例句)

» It is never my *intention* to cause troubles.
我的意圖從來不是要造成困擾。

The *purpose* of the minister's visit was to strengthen economic ties between the two countries.
這位部長此次來訪的目的是強化兩國之間的經貿夥伴關係。

解釋

intention 偏向「想在心裡的意念」，而 purpose 是指「想要達成的具體內容」。

✋ interior vs internal 哪一個「內部」?

interior [ɪnˈtɪrɪɚ] ⓝ 內部；內側
adj 內部的；國內的

(易混淆單字) **internal** adj 內在的；本質的

(比較例句)

» The *interior* of the building is very postmodern.
這棟建築物的內部非常後現代。

I received the message from the company's *internal* communication system.
我從公司的內部交流系統收到這則訊息。

解釋

interior 比較偏重地理上的意義，也可以指事物的內在，多用來形容內在的特徵；而 internal 是強調隱蔽而不被察覺的，一般是形容內在的本質，用法較 interior 抽象。

✋ interpret vs translate 誰「詮釋」?

interpret [ɪnˈtɜprɪt] ⓥ 詮釋；口譯

(易混淆單字) **translate** ⓥ 翻譯；轉變

解釋

interpret 是指「口譯」，而 translate 是指「筆譯」。

比較例句

» I would ***interpret*** your silence as consent.
我會把你的沉默當作同意。

This lesson plan needs to be ***translated*** into Japanese.
這份教案必須翻譯成日文。

✋ **interrupt** vs **interpose**　誰「打斷」了？

interrupt [ˌɪntəˈrʌpt] Ⓥ 打斷；打擾

易混淆單字 **interpose** Ⓥ 介入；使介入

比較例句

The system's notification sound keeps ***interrupting*** my speech.
系統的通知聲響不斷打斷我的演講。

Interposing yourself between a cat fight may harm yourself.
介入女人之間的戰爭可能會傷了你自己。

解釋
interrupt 有「打擾」、「干擾」的意思，而 interpose 單純是指「介於兩者之間」，或「介入調停」的意思。是指「筆譯」。

✋ **intrude** vs **invade**　誰「介入」？

intrude [ɪnˈtrud] Ⓥ 闖入；侵擾

易混淆單字 **invade** Ⓥ 入侵；侵略

比較例句

» I didn't mean to ***intrude*** in your dispute.
我不是有意要介入你們之間的爭執。

The troops ***invaded*** the village at night.
軍隊在夜裡入侵了這座村莊。

解釋
intrude 多半用在人與人之間，而 invade 通常表示更嚴重的入侵，可用在國與國之間。

li

✋ **intruder** vs **burglar** 誰是「入侵者」？

intruder [ɪnˈtrudɚ] **n** 入侵者

易混淆單字 **burglar** n 竊賊

比較例句

» Sitting among the people, I felt like an **_intruder_**.
跟這些人坐在一起，我感覺自己像個入侵者。

The police are looking for the serial **_burglar_** on the loose.
警方正在尋找逃竄中的連環竊盜。

解釋

intruder 是指「侵入不該進入的地區的人」，而 burglar 是指「侵入並且偷竊東西的人」。

✋ **intuition** vs **instinct** 誰的「直覺」？

intuition [ˌɪntjʊˈɪʃən] **n** 直覺

易混淆單字 **instinct** n 直覺；天性

比較例句

» I have an **_intuition_** that you are getting promoted.
我的直覺告訴我，你要升遷了。

Your **_instinct_** can't be right every time.
你的直覺不可能每次都是對的。

解釋

intuition 跟「對某事物的理解」有關，根據 intuition，某人能單就事物的表面跡象就得知解答，但説不出具體原因；而 instinct 是指「天生的本能反應」，也可以指「直覺」。

易混淆單字 **tuition** n 教學；學費

比較例句

A lot of students dropped out from college because they could not afford **_tuition_**.
很多學生輟學是因為他們付不起學費。

解釋

tuition 是指「教學」，而字首 in- 表示相反的意思，因此 intuition 表示「不用教導就會的」，也就是「直覺」。

212

✋ invalid vs ineffective vs ineffective
哪個是「無效的」？

invalid [ɪnˈvælɪd] adj 無效的；虛弱的

解釋

invalid 是指「在法律或規定上失去效力的」，而 ineffective 是指「工具、方法或付出沒有效果的」。

易混淆單字 ineffective adj 無效果的

比較例句

» The association confirmed my license *invalid*.
該協會確認我的證照是無效的。

The measure was proved *ineffective* when it failed to bring inflation under control.
這個方法由於無法良好控制通膨而證明是無效的。

易混淆單字 ineffectual adj 沒有作用的；徒勞無功的

解釋

ineffectual 特別是指「因工具、方法或力量有限而沒有效果的」。

比較例句

» Their efforts to blackmail the church were *ineffectual*.
他們意圖勒索這間教會，結果徒勞無功。

✋ invaluable vs valuable 哪個是「無價的」？

invaluable [ɪnˈvæljəbl] adj 無價的

解釋

與 valuable 相較，invaluable 的語氣更強烈，意思是「無法用價值衡量的」，表示超過所有世俗的價值標準。

易混淆單字 valuable adj 有價值的；貴重的 n 貴重物品

比較例句

» Rebecca is an *invaluable* asset to our company.
莉貝卡對我們公司來說是一個無價的人才。

Nothing is more *valuable* than our relationship.
沒有東西比我們的感情更有價值。

✋ **inventory** vs **stock** 哪一個有「存貨」？

inventory [ˈɪnvənˌtorɪ] ⓝ 存貨；存貨清單

(易混淆單字) **stock** ⓝ 庫存；存貨

(比較例句)

» The workers are taking *inventory*.
這些工人正在盤點庫存。

I am dreadfully sorry that the item you requested is out of *stock*.
我感到非常抱歉，您需要的商品目前已沒有庫存了。

解釋

inventory 是指「包含商品本身以及商品的原料、設備及廠房等相關物品的存貨」，而 stock 單指「商品本身的存貨」。

✋ **investigate** vs **research** 誰「研究」？

investigate [ɪnˈvɛstəˌget] ⓥ 調查；研究

(易混淆單字) **research** ⓥ 研究；探究

(比較例句)

» The president promised to *investigate* into the fraud.
總統承諾會調查這件詐騙案。

He is *researching* into the anti-corruption practices feasible in this country.
他正在研究適用於這個國家的反貪腐辦法。

解釋

investigate 是指「正式且系統性的事實探究」，而 research 通常是專指「學術性的研究」。

✋ **invisible** vs **incorporeal** 哪個是「無形的」？

invisible [ɪnˈvɪzəbl̩] adj 無形的；看不見的

(易混淆單字) **incorporeal** adj 無形體的

解釋

invisible 是指「肉眼看不見的」，而 incorporeal 是指「不存在形體的」或「精神上的」。

» The difference between the genuine coin and the counterfeit one is nearly *invisible* to the naked eye.
這真假硬幣之間的不同，用肉眼幾乎看不出來。

Ghosts are considered an *incorporeal* being.
鬼被認為是一種沒有形體的存在。

✋ involve vs engage 誰有「牽涉」？

involve [ɪn'vɑlv] **v** 牽涉；包含

易混淆單字 engage **v** 從事；占用

比較例句

» Our company has been *involved* with the charitable organization for years.
我們公司多年來都與這間慈善機構有往來。

He is busily *engaged* in designing the commercial poster.
他正忙於設計商業海報。

解釋
involve 是指「包含」或「單方面地將某人或某事物牽涉進來」，而 engage 是指「占用」或「積極主動地投入到某事物當中」。

✋ irrevocable vs irreversible 哪一個「不可撤回的」？

irrevocable [ɪ'rɛvəkəbl]
adj 不可撤回的

易混淆單字 irreversible adj 不可逆的；不可取消的

比較例句

» The sentence given by the court is *irrevocable*.
法院作出的判決是不可撤回的。

Taiwan's education reforms are *irreversible*.
臺灣的教改不走回頭路。

解釋
irrevocable 通常是用在「判決」或「決定」，強調的是「撤回」兩個字；而 irreversible 通常用在「既定事實」，強調的是「回溯」和「時間」的概念。

li

✋ isolate vs separate 誰被「孤立」？

isolate [ˈaɪsˌlet] ⓥ 孤立；隔離

易混淆單字 separate ⓥ 分離；分開

比較例句

» The country *isolated* itself politically and economically.
這個國家在政治上和經濟上都將自己孤立起來。

The meeting room and the office are *separated* by a glass wall.
會議室和辦公室由一面玻璃牆隔開。

解釋

isolate 意思是「孤立，使與其他個體隔絕」，而 separate 是指「使聚在一起的人或東西分開」。

|J j

✋ janitor vs lodge 誰是「守衛」？

janitor [ˈdʒænɪtɚ] ⓝ 工友；守衛

易混淆單字 lodge ⓝ 守衛室

比較例句

» The school *janitor* is from Vietnam.
這位校工來自越南。

I dropped your package in the *lodge*.
我把你的包裹放在守衛室了。

解釋

janitor 是指「守衛」，是「人」；而 lodge 是指「守衛室」，是「地方」。

✋ jealous vs envious 誰更容易「嫉妒」？

jealous [ˋdʒɛləs] **adj** 嫉妒的；吃醋的

(易混淆單字) **envious** adj 羨慕的；忌妒的

(比較例句)

» She got *jealous* when she saw the picture of her boyfriend and her friend dancing together.
當她看到她男友和她朋友一起跳舞的照片時，她十分吃醋。

I am so *envious* of your fame and wealth.
我好羨慕你的名聲和財富。

解釋
jealous 是指「害怕因第三者的威脅而失去手上擁有的東西所產生的心理反應」，而 envious 是指「極度想得到自己目前沒有的東西而生成的心理反應」。

✋ joint vs common 哪個是「共同的」？

joint [dʒɔɪnt] **n** 接合點；關節
adj 聯合的；共同的

(易混淆單字) **common** adj 共有的；共同的

(比較例句)

» The project was a *joint* effort by all of the specialists.
這項專案是所有的專員齊心協力完成的。

My wife and I don't have a lot in *common*.
我跟我太太沒有太多的共同點。

解釋
joint 是指「某樣東西是兩者共同擁有的」，這此情況下，兩者共有一個東西；而 common 是指「兩者擁有的東西相似或相同」，也就是兩者各自擁有各自的東西。

✋ journalist vs reporter 誰是「記者」？

journalist [ˋdʒɝnḷɪst] **n** 新聞工作者

(易混淆單字) **reporter** n 記者

解釋
journalist 是包含所有的新聞從業人員，包含：記者、主播、編輯等；而 reporter 是專指「記者」。

Jj

» Andrew is being trained to be a *journalist*.
安左正在受訓成為一名新聞工作者。

The young actress was snared by the *reporters*.
這位年輕的女演員中了這群記者的圈套。

✋ judge vs determine　誰來「判定」?

judge [dʒʌdʒ] v 判決；裁定；判斷

易混淆單字 determine v 決定；判決

比較例句

» Don't *judge* a book by its cover.
勿以貌取人。

The investigators are now trying to *determine* when he obtained the documents.
調查人員現在正在判斷他是何時取得那些文件的。

解釋

judge 有「評斷並下結論」的意思，而 determine 是指「確定某件事的結果」，沒有「評斷」的意思。

✋ judicial vs fair　誰更「公正」?

judicial [dʒuˋdɪʃəl] adj 司法的；公正的

易混淆單字 fair adj 公平的；公正的

比較例句

» Most of the blame was on the corrupt *judicial* system.
大部分的批評聲浪都是針對這腐敗的司法制度。

Comparing me with the professionals is not *fair*.
把我跟那些專業人士做比較是不公平的。

解釋

judicial 是指「與司法相關的」，也可以表示「如司法般審慎、公正嚴明的」；而 fair 是表示「公平」的一般用法。

Kk

✋ **kidnap** vs **abduct** 誰被「綁架」？

kidnap [`kɪdnæp] **v** 綁架

易混淆單字 **abduct** **v** 綁架；劫持

比較例句

> There was even speculation that Kim had been ***kidnapped***.
> 當時甚至有人臆測金早已被綁架了。
>
> A man tried to ***abduct*** the sixteen-year-old girl from the park.
> 一名男子試圖從公園綁架那位十六歲的女孩。

解釋

kidnap 通常是綁架小孩，並且是以贖金或其他條件做為人質交換的條件；而 abduct 的對象可以是大人或小孩，通常不要求任何人質交換條件。

Ll

✋ **laborer/labourer** vs **worker** 誰是「工人」？

laborer/labourer [`lebərə]
n 勞工

易混淆單字 **worker** **n** 工人；工作人員

比較例句

> Our manager used to work as a ***laborer*** in building sites.
> 我們的經理曾經當過建地的工人。
>
> There were still hundreds of relief workers left in the war zone.
> 還有數以百計的救災人員被留在戰區。

解釋

laborer 是指「需要付出大量勞力的勞工」，而 worker 指的是「擁有特定技能的工作人員」。

✋ lag vs delay 誰「落後」？

lag [læg] ⓥ 落後；延遲 ⓝ 衰退；落後

(易混淆單字) **delay** ⓥ 使延期；延誤
　　　　　　　　ⓝ 延遲

(比較例句)

» I am *lagging* behind in my homework assignments.
我的作業進度落後了。

The concert was *delayed* one hour because the singer was stuck in traffic.
這場演唱會因為歌手遇到塞車而延遲了一個小時。

解釋

lag 是指「落後於其他人或事物」，或是「從發出指令到結果呈現之間的時間延遲」；而 delay 是指「晚於規定或安排好的時間點」。

✋ landscape vs scenery 哪邊「風景」好？

landscape [ˈlændˌskep]
ⓝ 風景；風景畫

(易混淆單字) **scenery** ⓝ 風景；景色

(比較例句)

» The forest conservation group urged the government to preserve the unique *landscape* of the park.
這支森林保育團體督促政府保育這座公園的獨特風景。

A change of *scenery* can instantly improve your mood at work.
換換風景可以立刻改善你的工作心情。

解釋

landscape 是指「陸地上的風景」，而 scenery 是泛指「所有眼睛看到的風景」。

✋ launch vs issue 誰「發行」？

launch [lɔntʃ] ⓥ 發動；出版 ⓝ 發行

(易混淆單字) **issue** ⓥ 發行；核發

解釋

launch 一般是用在計畫、活動或產品上；而 issue 一般用在官方文件、出版物或聲明上。

» Once the project is *launched*, our workload will surely double.
一旦這項計畫展開，我們的工作量一定會加倍。

The official *issued* a statement regarding his retirement.
這位官員發布了關於他退休的聲明。

✋ layout vs arrangement　誰來「布局」？

layout [ˈleˌaʊt] ⓝ 布局；排版

易混淆單字　arrangement ⓝ 安排；布置

（比較例句）

» The clients took a look at the *layout* and design of the site.
這些客戶看了一下這個建址的布局和設計。

The applicant didn't seem satisfied with the workforce *arrangement*.
那位求職者似乎對工時安排不是很滿意。

解釋

layout 通常是指「建築的布局或書籍的排版」，而 arrangement 是指「事情的安排或事物的擺放」。

✋ leak vs drip　哪一個「洩漏」？

leak [lik] ⓝ 漏洞；洩漏 ⓥ 滲漏；洩漏

易混淆單字　drip ⓥ 滴下；溢出
　　　　　　　　　ⓝ 滴水聲；水滴；點滴

（比較例句）

» The *leak* of the confidential information is the last thing Roy wants.
這則機密資訊的洩漏是羅伊最不希望看到的事。

His forehead was *dripping* sweat.
他的額頭滴著汗水。

解釋

leak 是指「從破洞中流出」，而 drip 是指「水滴落下」。

✋ lease vs hire 誰的「租約」？

lease [lis] **n** 租約；租賃

lease 是專指「出租房產」，而 hire 是指「短期租用」。

(易混淆單字) **hire** **v** 租用

(比較例句)

» Your *lease* on the house is set to expire on June 13th.
你這棟房子的租約預計六月十三日到期。

We *hired* the badminton rackets at the front desk.
我們在前臺租了羽毛球拍。

✋ lecture vs teach 誰來「授課」？

lecture [ˈlɛktʃɚ] **n** 演講；授課；訓話
v 講課；演講；教訓

解釋

lecture 是指「大學內的正式授課或講演」，而 teach 可以指稱廣泛的教學。

(易混淆單字) **teach** **v** 教導；指導

(比較例句)

» My mother *lectured* me about the right way to talk to seniors.
我媽媽就如何跟長輩說話對我說教。

Professor Leonard *teaches* three courses this term.
里奧教授這學期教三門課。

✋ legal vs legitimate 哪一個是「合法的」？

legal [ˈligl] **adj** 法律的；合法的

解釋

legal 是指「合乎法律規定的」，而 legitimate 除了指「合法的」之外，還表示「符合邏輯的」。

(易混淆單字) **legitimate** **adj** 合法的；正當的

(比較例句)

» Your speed must be within the *legal* limit.
你的速度一定要在法定限速之內。

We were just trying to make a *legitimate* excuse for ignoring Lillian.
我們只是想找一個關於忽略里蓮的正當理由。

✋ leisurely vs slow 誰更「從容」?

leisurely [ˈliʒɚlɪ] **adj** 從容的;悠閒的

(易混淆單字) **slow** adj 緩慢的;遲緩的

(比較例句)

> Enjoy your breakfast in our café at a
> **leisurely** pace.
> 在我們的餐館裡悠閒地享受你的早餐。

> After a **slow** start, our team finally began to gain some
> momentum.
> 雖然起步慢了點,但之後我們的隊伍終於開始有點動力了。

> **解釋**
>
> leisurely 比 slow 多
> 了情緒上的悠閒及
> 從容感。

✋ liability vs responsibility 誰擔「責任」?

liability [ˌlaɪəˈbɪlətɪ] **n** 責任;義務;負
債

(易混淆單字) **responsibility** n 責任

(比較例句)

> Our firm is not responsible for any
> **liability**.
> 我們公司不負任何相關責任。

> The teacher should have taken **responsibility** of the children's
> safety.
> 這位老師當時應當對這些小孩的安全負責任。

> **解釋**
>
> liability 是指「法律
> 或契約上的責任」,
> 也可以指「負債」;
> 而 responsibility 用
> 法較廣泛,意思是
> 「對某事物後果或
> 照顧的責任」。

✋ link vs unite 哪一個「連結」?

link [lɪŋk] **v** 連結;結合

(易混淆單字) **unite** v 統一;團結

> **解釋**
>
> link 通常是指「兩
> 者之間的連結」,
> 而 unite 是指「將
> 多方團結在一起」。

» The analyst **_linked_** the sales decrease to low employee morale.
這位分析師將業績的下滑連結到員工士氣的低落。

He **_united_** all the workers to protest against the company.
他團結所有的員工來抗議這間公司。

✋ liquor vs alcohol 哪一個有「酒精」？

liquor [ˈlɪkə] n 酒精飲料

易混淆單字 alcohol n 酒精；酒精飲料

比較例句

» We couldn't find a **_liquor_** store willing to accept us.
我們找不到願意讓我們進去的酒吧。

The singer has been warned to refrain from **_alcohol_** for the rest of his life.
這位歌手被告誡下半輩子要遠離酒精。

解釋
liquor 是指「蒸餾而成的烈酒」，在英式英語中，liquor 則是指所有種類的酒；而 alcohol 是指「酒精」或「任何含酒精的飲料」。

✋ literally vs exactly 誰是「實在地」？

literally [ˈlɪtərəlɪ] adv 實在地；照字面地

易混淆單字 exactly adv 確切地；正好地

比較例句

» The director **_literally_** did nothing all day every day.
這位主任真的每天都沒在做事。

I have no idea when **_exactly_** the enrollment starts.
我不知道開始報名的確切日期。

解釋
literally 是指「正如同字面描述、不誇張地」，可用在個人主觀描述上；而 exactly 是指「精確地」，通常是用在真實的情況。

✋ litter vs throw　誰「丟」的？

litter [ˈlɪtə] ⓝ 廢棄物；雜亂
　　　　 ⓥ 弄亂；亂丟

（易混淆單字） **throw** ⓥ 丟；扔

（比較例句）

» They could have picked up the ***litter*** in the hallway.
他們當時可以把走廊上的垃圾撿起來的。

I was ready to ***throw*** in the towel a long time ago.
很久以前我就準備要放棄了。

> **解釋**
>
> litter 意思是「將東西亂扔、搞亂」，而 throw 是指「丟」、「擲」的這個動作。

✋ lobby vs lounge　哪一個「大廳」？

lobby [ˈlɑbɪ] ⓝ 大廳；門廊

（易混淆單字） **lounge** ⓝ 候機室；會客室；休息室

（比較例句）

» We were impressed by the design of the hotel ***lobby***.
我們對這間飯店的大廳印象很深刻。

Some airport ***lounges*** are being refurbished.
有些機場休息室正在翻修。

> **解釋**
>
> lobby 是指「建築物正門的大廳」，而 lounge 廣義來說是指「休息室」。

✋ locate vs settle　誰「定居」？

locate [ˈloket] ⓥ 使……座落於；找到；定居

（易混淆單字） **settle** ⓥ 安頓；使平靜；解決（爭端）

（比較例句）

» The castle is ***located*** 60 miles east of the city.
這座城堡座落於這座城市東方六十英里的地方。

Aaron ***settled*** his family in Vancouver.
亞倫一家人定居在溫哥華。

✋ **location** vs **position** 哪一個「位置」？

location [loˋkeʃən] **n** 位置；所在地

易混淆單字 **position n** 位置；職位；地位

比較例句

» Your apartment is in a perfect *__location__*.
你的公寓位於一個非常棒的位置。

What would you do if you were in my *__position__*?
如果你在我的位置，你會怎麼做？

解釋

location 通常是用在戶外的情況，通常用來表示「建築物」的位置；而 position 可表示具體的位置，通常是指與座標之間的相對位置，也可表示抽象的位置，通常是指「職位」、「地位」。

✋ **local** vs **regional** 哪個「地區」？

local [ˋlok!] **adj** 本地的；局部的

易混淆單字 **regional adj** 地區的

比較例句

» The government's negotiations with the *__local__* community eventually failed.
政府與當地社區的協商最終還是失敗了。

Melissa is the *__regional__* manager of the company.
麥麗莎是這間公司的區經理。

解釋

local 通常用來指稱對話者心中所知的那個地區，通常範圍比較小；而 regional 是指客觀劃分的區域，範圍較大。

✋ **logical** vs **reasonable** 誰「合邏輯」？

logical [ˋlɑdʒɪk!] **adj** 合乎邏輯的

易混淆單字 **reasonable adj** 合理的；明理的

解釋

logical 一般比較嚴謹，通常用在「思考脈絡」上；reasonable 的範圍較大，可以用在一般事物上。

» The next *logical* step is to pilot your survey.
按邏輯來説，下一步是測試你的問卷。

I believe he is able to direct this to a *reasonable* solution.
我相信他能夠為這件事找到合理的解決方法。

✋ long-range vs long-term　哪個是「長期的」？

long-range [lɔŋ ren dʒ]
adj 遠程的；長期的

易混淆單字 long-term adj 長期的

解釋

long-range 可以表示「距離」或「時間」，而 long-term 一般是指「時間」。

比較例句

» We must make sure that the short-range plans can be well coordinated with the *long-range* plans.
我們一定要保證這些短期目標能有效地與長期目標配合。

The company maintained a restrained attitude toward building a *long-term* relationship with them.
這間公司對於與他們建立長期關係仍持保守的態度。

✋ loose vs lose　「寬鬆的」or「失去」？

loose [lus] **adj** 寬鬆的；不拘謹的

易混淆單字 lose **v** 失去；輸

解釋

這兩個字雖然只差一個字母，但意思和詞性卻差很大。loose 是形容詞，意思是「鬆的」，而 lose 是動詞，意思為「失去」。

比較例句

» The guy has been trying to break *loose* from the shackle of the past.
這個人一直嘗試著逃脱過去的枷鎖。

Do not *lose* control of your temper on this occasion.
在這種場合千萬不要讓自己的脾氣失控。

✋ **lottery** vs **raffle** 誰的「樂透」？

lottery [ˈlɑtərɪ] **n** 樂透彩券

易混淆單字 **raffle** **n** 抽獎

比較例句

» Everyone has dreamed of becoming the **_lottery_** winner.
每個人都曾夢想過成為樂透得主。

I purchased a blank **_raffle_** ticket at a stationery store.
我在一間文具店買了一張空白抽獎券。

解釋
lottery 是指「數字組合配對的遊戲」，而 raffle 是指「抽獎遊戲」。通常 lottery 的金額較大，但可能沒有得主；而 raffle 通常都會產生得主。

✋ **loyal** vs **faithful** 誰更「忠誠」？

loyal [ˈlɔɪəl] **adj** 忠心的；忠誠的

易混淆單字 **faithful** **adj** 忠實的；忠誠的

比較例句

» The employees are extremely **_loyal_** to the company.
這些員工對這間公司極度地忠誠。

Mary is a **_faithful_** Catholic.
瑪莉是位虔誠的天主教徒。

解釋
loyal 意思是「對於某個約定、公司或群體忠誠」，毀壞時通常有法律責任；而 faithful 是指「對於個人信仰或個人關係的忠誠」，通常因欺騙而毀壞。

✋ **lucrative** vs **profitable** 哪一個能「賺錢」？

lucrative [ˈlukrətɪv] **adj** 有利可圖的；賺錢的

易混淆單字 **profitable** **adj** 贏利的；有效的

解釋
lucrative 是指「能夠賺大錢的」，而 profitable 可以指「能賺錢的」或「有效益的」。在程度上，lucrative 比較高。

» He found it *lucrative* to sell insurance.
他覺得賣保險很賺錢。

I would say the *profitable* investments are definitely the exceptions.
我敢說那些賺錢的投資肯定是例外。

✋ lure vs entice 誰「誘惑」?

lure [lʊr] v 誘惑;引誘

易混淆單字 entice v 慫恿

比較例句

» Kids can easily be *lured* by candy.
小孩會輕易地被糖果吸引。

We need to think of a description that can *entice* customers.
我們必須想出一個能夠吸引顧客的描述。

解釋
lure 通常是懷有不軌的意圖或透過不正當的手段使目標上鉤,而 entice 是讓目標自己想要去做。

✋ luxurious vs extravagant 誰更「奢侈」?

luxurious [lʌgˈʒʊrɪəs] adj 豪華的;奢侈的

易混淆單字 extravagant adj 揮霍的;放肆的

比較例句

» They spent the romantic night in a *luxurious* restaurant.
他們在一間豪華餐廳度過了這個浪漫的夜晚。

Everything in the party was so gaudy and *extravagant*.
派對上所有東西都如此浮華驕奢。

解釋
luxurious 是指「豪華的」、「精品的」,用來形容產品;而 extravagant 意思為「過度浪費的」,用來形容行為或思想。

Mm

🖐 machinery vs mechanism　哪一台「機器」？

machinery [məˈʃinəri] n 機器；機械

(易混淆單字) mechanism n 機械裝置；機制

(比較例句)

» The doctor advised me not to operate heavy *machinery* under this condition.

醫生建議我在這種情況下不要操作大型機械。

The *mechanism* of this school is complex.
這所學校的結構非常複雜。

解釋

machinery 是指「機器的總稱」，為集合名詞；而 mechanism 是指「機械或組織的結構」。

🖐 maintain vs sustain　誰來「維持」？

maintain [menˈten] v 維持；維護；堅持主張

(易混淆單字) sustain v 維持；支撐

(比較例句)

» It is important to *maintain* a high standard of client service.
維持高標準的客戶服務是很重要的。

The new system is able to *sustain* itself for years and years.
這項新的系統可以維持好多年。

解釋

sustain 的緊急性和必要性比 maintain 要高；sustain 的對象通常是急需支持，否則會立即瓦解的。

✋ **maintenance** vs **preservation** 誰「保護」?

maintenance [ˈmentənəns]
n 保持；保養；扶養

（易混淆單字） **preservation** **n** 保護；維持

（比較例句）

» He claims that the machine is very sturdy and requires little *__maintenance__*.
他聲稱這臺機器非常穩固，不需要太多保養。

The group espoused the *__preservation__* of freedom.
這個團體擁護自由的保障。

解釋
preservation 比 maintenance 更深入。maintenance 是指「將事物維持在某個程度」，而 preservation 除了「維持」之外，還有「保護」的意思。

✋ **major** vs **main** 誰是「主要的」?

major [ˈmedʒɚ] **adj** 主要的；較多的

（易混淆單字） **main** **adj** 最重要的；主要的

（比較例句）

» No *__major__* adjustments need to be made to our plan.
我們的計畫不需要做太大的調整。

What is the *__main__* purpose of your visiting Japan?
你去日本最主要的目的是什麼？

解釋
major 的意思是「重要的」、「大部分的」，但並不一定是「核心的」、「最重要的」；相對的，main 是代表「事物最重要的核心部分」。

✋ **malign** vs **defame** 誰「誹謗」?

malign [məˈlaɪn] **v** 誹謗；中傷

（易混淆單字） **defame** **v** 誹謗

解釋
malign 是指「惡意地說某人壞話」，而 defame 更強調「毀壞名譽」。

比較例句

» The newspapers *maligned* the celebrity's integrity.
這些報紙中傷了這位公眾人物的名節。

He did that with clear intent to *defame* me.
他那樣做是存心要誹謗我。

✋ manage vs control 誰負責「管理」？

manage [ˈmænɪdʒ] ⓥ 經營；管理

易混淆單字 control ⓥ 控制；克制

比較例句

» As the company grows, it becomes harder to *manage*.
當公司逐漸成長，管理也就變得越來越難。

The quality of the products we supply is strictly *controlled*.
我們供應的產品品質是經嚴格控管的。

解釋

control 比 manage 擁有更多絕對、直接的控制力；manage 是透過方法、手段來管控。

✋ manifest vs visible 哪個「顯而易見」？

manifest [ˈmænəfɛst] adj 顯然的
ⓝ 顯露；表明

易混淆單字 visible adj 可看見的

比較例句

» They can't be unaware of the *manifest* failure of the policy.

他們不可能不知道這項政策顯而易見的失敗。

There were *visible* skid marks on the asphalt road.
在柏油路上有清晰可見的煞車痕。

解釋

manifest 的語氣比 visible 更強烈，表示某事物是顯而易見的。

✋ manipulate vs operate 誰「操作」？

manipulate [məˋnɪpjəˌlet] ⓥ 操作；操縱

(易混淆單字) operate ⓥ 運作；營運

(比較例句)

» The information was wrongfully ***manipulated*** by the officials.

這個資訊被那些官員動過不正當的手腳了。

He explicitly demonstrated how the metro system ***operates***.
他清楚地說明地鐵系統是如何運作的。

> **解釋**
>
> manipulate 是指「巧妙地操作、處理」，可表示利用權勢之便來操縱；而 operate 是指「操作機器運轉」或「公司營運」。

✋ manufacture vs produce 誰「製造」？

manufacture [ˏmænjəˋfæktʃɚ] ⓥ 製造；加工

(易混淆單字) produce ⓥ 製造；生產

(比較例句)

» Some of our products were ***manufactured*** in Thailand, others in China.
我們的一些產品是在泰國製造的，其他的則是在中國。

At least, our efforts have ***produced*** some small gains.
至少，我們的努力得到了一些小小的收穫。

> **解釋**
>
> manufacture 通常有「大量生產」及「加工」的意思，而 produce 是指廣義的「製造」、「生產」。

✋ manuscript vs handwriting 誰的「原稿」？

manuscript [ˋmænjəˌskrɪpt] ⓝ 手稿；原稿

(易混淆單字) handwriting ⓝ 手寫；字跡

> **解釋**
>
> manuscript 是指「稿件」，而 handwriting 是指「字跡」。

Mm

» I have sent my *manuscript* to the publisher.
我已經把我的原稿寄給出版社了。

His delicate, feminine *handwriting* can be easily recognized.
他那秀氣又女孩子氣的字體可以被輕易地認出來。

✋ margin vs edge　哪一個「邊緣」？

margin [ˋmɑrdʒɪn] **n** 邊緣；極限；利潤；相差

易混淆單字 edge **n** 邊緣；優勢

比較例句

» The students made some notes in the *margin*.
這些學生在頁邊空白處記了一些筆記。

You certainly have an *edge* on your competitors because of your education.
你在學歷方面肯定是比你的競爭對手更有優勢。

解釋
margin 是指「頁面邊緣的空白」，也可以指「利潤」；而 edge 是指廣義的邊緣、稜角，通常是平面的邊緣。另外也可以引申為「優勢」，可以想像成「比別人多出一個稜角」。

✋ marvelous vs miraculous　誰更「神奇」？

marvelous [ˋmɑrvələs] **adj** 非凡的；不可思議的

易混淆單字 miraculous **adj** 奇蹟的；神奇的

比較例句

» All of you have done a *marvelous* job.
大家都做得非常好。

The team falling behind made a *miraculous* comeback.
落後的那支隊伍完成了一次奇蹟般的趕超。

解釋
比起 marvelous，miraculous 更帶有「令人意外的」的意思。

✋ masculine vs male　哪一個較「男性的」？

masculine [ˈmæskjəlɪn]
adj 男性的；男子氣概的

易混淆單字　male **adj** 男性的；雄的

比較例句

解釋

masculine 是指「具有男人氣質的」，而 male 是指「生理上是男性的」。

» Weirdly, Jaime has many *masculine* traits.
奇怪的是，潔米身上有許多男性化特質。

Nowadays, *male* domination in decision making is outdated.
如今，男性在決策方面的絕對主導權早已不復存在了。

✋ massive vs enormous　那個規模更「大」？

massive [ˈmæsɪv] **adj** 巨大的；厚重的

易混淆單字　enormous **adj** 巨大的；龐大的

比較例句

解釋

massive 的意思偏重「形體」、「數量」或「規模」，有「大而笨重」的意思；而 enormous 強調「形體」、「數量」或「程度」，形容事情時通常有「緊迫」的意思。

» The entertainment industry has seen *massive* changes in recent years.
最近幾年娛樂產業發生了大規模的變化。

Her ill father placed an *enormous* financial burden on the family.
她生病的父親為這個家庭帶來巨大的經濟負擔。

✋ masterpiece vs classic　誰的是「名作」？

masterpiece [ˈmæstɚˌpis]
n 名作；傑作

易混淆單字　classic **n** 經典名著

解釋

classic 含有更多「時間」的成分在內，表示能流傳於世、歷久不衰的。

Mm

比較例句

» This is the kind of canvas Duke used to paint the ***masterpiece***.
這就是杜克當年用來畫這幅名作的油畫布。

Reinterpretation of a literary ***classic*** could be sensitive.
將經典名著做重新詮釋可能會有些敏感。

✋ **mature** vs **ripe** 誰較「成熟」?

mature [məˋtjʊr] **v** 使成熟；使完善
adj 成熟的；穩重的

易混淆單字 **ripe** adj 成熟的；圓融的

比較例句

> | 解釋 |

mature 是用在個性、舉止或品質方面；而 ripe 多用在蔬果方面，意思是「成熟、可食用的」，也可以表示「圓滑」、「老成」或「時機成熟」。

» You are not ***mature*** enough to handle this issue.
你還不夠成熟到足以處理這個問題。

We have to wait until the grapes are ***ripe***.
我們必須等到葡萄成熟時。

✋ **measure** vs **estimate** 誰「測量」?

measure [ˋmɛʒɚ] **v** 測量；打量

易混淆單字 **estimate** v 估計；估價

比較例句

| 解釋 |

measure 是指「利用尺規或特定標準來測量事物的確切數值」，而 estimate 是指「根據現有資訊來預測事物的數值」。

» We use this program to ***measure*** our data.
我們用這個程式來測量我們的數據。

It is ***estimated*** that over 15 million people are using this website.
現在預估有一千五百萬人在使用這個網站。

✋ meddle vs interfere 誰「干涉」?

meddle [ˈmɛdl̩] ⓥ 干涉

易混淆單字 interfere ⓥ 介入；干涉；妨礙

比較例句

解釋

meddle 帶有貶義，而 interfere 是比較正式的用法。

» The government was to blame for ***meddling*** in the free market.
政府因干涉自由市場而受到抨擊。

Please turn off your WeChat notification lest it should ***interfere*** with the class.
請將你微信的通知關掉以免妨礙上課。

✋ mediate vs intervene 誰「調停」?

mediate [ˈmidɪt] ⓥ 調停；斡旋

易混淆單字 intervene ⓥ 介入；調停；干擾

比較例句

解釋

mediate 通常用在經雙方同意後介入調停，使處於爭議中的兩方能達成共識並和解；而 intervene 通常是未取得當事人同意便擅自干預，並不見得能有化解糾紛的作用。

» The counselor ***mediated*** between the two parties.
這位顧問斡旋於兩造之間。

We believe we can sort this problem out by ourselves, and don't want you to ***intervene***.
我們相信我們可以自己把這個問題解決，並不希望你介入。

✋ memorandum vs reminder 哪一個「備忘錄」?

memorandum [mɛməˈrændəm] ⓝ 備忘錄；章程

易混淆單字 reminder ⓝ 提醒；催函

解釋

memorandum 一般是指「書面形式的備忘錄」，而 reminder 是指任何「幫助提醒的人事物」。

比較例句

» The director posted a ***memorandum*** to remind employees deadlines.
這位主管張貼了一張備忘錄，提醒員工們截止日期。

This email serves as a ***reminder*** of the deadline for completing the survey.
這封電子郵件提醒您完成這份調查的截止時間。

---

menace vs **intimidate** 誰「威脅」？

menace [ˋmɛnɪs] **n** 威脅；恐嚇
v 威脅；恐嚇

解釋

menace 是指「以極端或可怕的後果使人心生畏懼以達到威脅的效果」，而 intimidate 是指「以肢體或言語直接使人產生害怕的感覺」。

易混淆單字 **intimidate** v 威嚇

比較例句

» He felt ***menaced*** by her voice.
他從她的聲音中感到威嚇感。

I won't be ***intimidated*** by their blackmail.
我不會被他們的勒索給威嚇到。

---

mend vs **repair** 誰來「修補」？

mend [mɛnd] **v** 修補；改良

解釋

mend 通常是指「簡易的修補」，而 repair 一般是用在電器或機械上。

易混淆單字 **repair** v 修理；恢復

比較例句

» The singer is trying hard to ***mend*** his image.
這位歌手很努力地想要修復他的形象。

I managed to ***repair*** the bike by myself.
我設法自己修理這臺自行車。

👋 merchant vs businessman 誰是「商人」？

merchant [ˈmɝtʃənt] n 商人；零售商

易混淆單字 businessman n 商人；實業家

比較例句

» The local *merchants* tried to resist the trend.
這些當地的商人試著反抗這股潮流。

A genuine *businessman* can escape the predicament.
一位真正的企業家是可以成功逃脫這個困境的。

解釋

merchant 是專指「販售商品的人」，而 businessman 是比較廣泛且高尚的説法，泛指任何做生意的人。

👋 minimum vs least 哪一個是「最少的」？

minimum [ˈmɪnəməm] adj 最低的；最少的

易混淆單字 least adj 最少的

比較例句

» The automatic *minimum* charge of the service is 3 dollars a call.
本服務的自動最低扣款額為：一通電話三元。

This cup can hold the *least* amount of water.
這個杯子能裝的水量最少。

解釋

minimum 一般是絕對的，有數值依據的，通常用在正式的語境中；而 least 是相對來説最少的，用法比較口語。

👋 miracle vs wonder 誰發生「奇蹟」？

miracle [ˈmɪrəkl̩] n 奇蹟

易混淆單字 wonder n 奇觀；驚奇

比較例句

» What we need now is a *miracle*.
我們現在需要的是奇蹟。

This is a *wonder* that has few equals anywhere in the world.
這是一個世界上沒有其他任何一個地方可比擬的奇觀。

解釋

miracle 通常是被認為由神蹟造成的，而 wonder 是指「令人嘆為觀止的事物」或「驚奇的感受」，並沒有「神蹟」的意思。

✋ **mirage** vs **illusion** 誰的「錯覺」?

mirage [məˋrɑʒ] n 海市蜃樓

(易混淆單字) **illusion** n 錯覺;幻覺

(比較例句)

» A *mirage* is caused by atmospheric conditions.
海市蜃樓是空氣的作用所造成的現象。

To me, happiness is nothing but an *illusion*.
對我來說,幸福只不過是個幻覺。

mirage 是指「因光線折射而產生的光學現象」,可引申為「錯覺」;而 illusion 則是指「腦中產生的幻覺」。

✋ **mischief** vs **prank** 誰更「頑皮」?

mischief [ˋmɪstʃɪf] n 頑皮;淘氣;危害

(易混淆單字) **prank** n 惡作劇

(比較例句)

» Dr. Lubon is a master with a touch of *mischief*.
魯本教授是位童心未泯的大師。

The naughty child often plays *pranks* on his neighbors.
這個頑皮的小孩常常對他的鄰居惡作劇。

mischief 是指廣義的「惡作劇的行為或態度」,而 prank 是指「實際的惡作劇行徑」。

✋ **mission** vs **duty** 誰的「使命」?

mission [ˋmɪʃən] n 使命;任務

(易混淆單字) **duty** n 本分;義務

(比較例句)

» She refused to undertake the *mission* that involved such great risk.
她拒絕接受這項風險那麼大的任務。

The manager was relieved of his *duties* yesterday.
這位經理昨天被免去了他的職務。

mission 是指「設有特定目標的任務」,而 duty 的意思則是「有義務去執行的工作」。

🖐 **mist** vs **fog** 哪一種「霧」？

mist [mɪst] ⋒ 薄霧

易混淆單字 **fog** ⋒ 霧；霧氣

比較例句

» The hill gradually appeared out of the morning *mist*.
那座山從早晨的薄霧中逐漸現形。

We will wait here at the dock until the *fog* lifts.
我們會在碼頭這裡等到濃霧散去。

解釋

fog 的能見度比 mist 更低。根據一般標準，若能見度在一公里以內的話，稱為 fog，其餘則稱為 mist。

🖐 **mobile** vs **movable** 哪一個是「移動式的」？

mobile [ˋmobɪl] ⒜ 移動式的；多變的

易混淆單字 **movable** adj 可移動的

比較例句

» With technology, people are more *mobile* than they used to be.
拜科技之賜，人們比以前移動起來更方便了。

Cindy came up with the idea of the *movable* museum.
莘蒂想出這個移動式博物館的點子。

解釋

mobile 除了「可移動的」之外，還有「靈動的」、「機動性高的」的意思；而 movable 單純是指「可移動的」。

🖐 **mock** vs **tease** 誰「嘲笑」別人？

mock [mɑk] ⓥ 嘲笑；愚弄；模仿

易混淆單字 **tease** ⓥ 戲弄；取笑

比較例句

» He *mocked* the idea of the new director.
他嘲笑這位主管的想法。

Sometimes I got *teased* by my peers simply because of my race.
有時候我只是因為我的種族，而遭到我同儕的嘲笑。

解釋

mock 意思是「為取笑而模仿某人」、「嘲弄」或「諷刺」；而 tease 根據情況不同，可能是出於惡意或開玩笑性質的。

✋ **mode** vs **method**　哪一種「模式」？

mode [mod] **n** 模式；方式

易混淆單字 **method** **n** 方法；辦法

比較例句

» You are advised to put your phone on vibration or silent _**mode**_.
您最好將您的手機調整為震動或靜音模式。

No matter what _**method**_ you adopt, do it with conviction.
無論你使用甚麼方法，帶著你的信念去做！

解釋

mode 的意思是「形式」、「樣式」、「模式」；而 method 則是指「一套處理事情的方法」。

✋ **moderate** vs **medium**　哪個更「適中」？

moderate [ˋmɑdərɪt]
adj 適中的；溫和的；節制的

易混淆單字 **medium** adj 中等的；中間的

比較例句

» The analyst predicts _**moderate**_ growth for the stocks in this quarter.
這位分析師預言本季這些股票將溫和成長。

The jacket is of _**medium**_ size.
這件夾克的尺寸是中號的。

解釋

moderate 是指「程度適中」、「不極端」；而 medium 通常是用在「尺寸」、「溫度」或「食物的熟度」。

✋ **motivate** vs **stimulate**　誰的「激勵」？

motivate [ˋmotəˌvet] **v** 激發；促進

易混淆單字 **stimulate** **v** 刺激；促使

比較例句

» A great teacher should be good at _**motivating**_ students.
一位優秀的老師應該要很會激勵學生。

Watching movies can _**stimulate**_ my creative ideas.
看電影可以激發我的創意。

解釋

motivate 著重於「給予動機」，使他／她自發性地去做某事；而 stimulate 是指「直接的刺激」，以達到想達到的效果。

✋ **mushroom** vs **appear** 誰「出現」？

mushroom [ˈmʌʃrum]
Ⓥ 雨後春筍般地出現；湧現

(易混淆單字) **appear** Ⓥ 出現；顯露

解釋

mushroom 特別是指「大量且迅速地湧現」，而 appear 的用法較廣泛、中性。

(比較例句)

» Gay rights movements ***mushroomed*** in 1969.
同志權利運動在一九六九年時如雨後春筍般地出現。

Your name ***appears*** on the cover of the book.
你的名字出現在書的封面上。

✋ **mutual** vs **joint** 與誰「共有的」？

mutual [ˈmjutʃʊəl] adj 相互的；共有的

(易混淆單字) **joint** adj 聯合的；共有的

解釋

mutual 的意思是「各自擁有相同的東西」或「互相為彼此的」；而 joint 是指「雙方共同擁有同一個東西」。

(比較例句)

» ***Mutual*** understanding is essential to a relationship.
相互理解對於一段關係來說非常重要。

Ted-Fed is a ***joint*** venture between the two telecommunication companies.
Ted-Fed 是一間由兩間電信公司聯營的企業。

| Nn

✋ native vs indigenous　哪一個是「本地的」？

native [ˈnetɪv] **adj** 本土的；土生的

(易混淆單字) indigenous adj 本地的；土產的；固有的

(比較例句)

» It is common knowledge that kangaroos are _native_ to Australia.
袋鼠源於澳洲是常識。

Thai people are proud of their _indigenous_ cultures.
泰國人對於他們的本土文化感到很自豪。

解釋
native 是指「生於本國或本土的」，而 indigenous 是指「發源於本地的」，歷史較 native 更悠久。

✋ nauseous vs nasty　誰「想吐」？

nauseous [ˈnɔʃəs]
adj 想嘔吐的；令人作嘔的

(易混淆單字) nasty adj 齷齪的；下流的；令人難受的

(比較例句)

» My limbs are weak and I often feel _nauseous_.
我的四肢無力，並常有噁心感。

Are you sick of the _nasty_ weather here?
你受不了這裡惡劣的天氣了嗎？

解釋
nauseous 的原意是指「生理上想嘔吐的」，後引申為「令人作嘔的」；而 nasty 的本意即是「令人噁心、厭惡、不舒服的」。

✋ negative vs pessimistic 誰更「負面」?

negative [ˈnɛgətɪv]
adj 否定的；負面的；消極的

（易混淆單字）pessimistic adj 悲觀主義的

（比較例句）

» He has a *negative* attitude toward life.
  他的人生態度是消極的。

  I have a tendency to be *pessimistic*.
  我有悲觀主義的傾向。

解釋
negative 可以指「負面的」、「否定的」或「消極的」，意思較廣；而 pessimistic 意思是「悲觀的」，一般是形容「人」或「觀念」。

✋ neglect vs overlook 誰「忽視」?

neglect [nɪˈglɛkt] **v** 忽視；忽略

（易混淆單字）overlook **v** 忽略；看漏

（比較例句）

» The spokesperson *neglected* to mention the date of the event.
  那位發言人忘記提到這個活動的日期了。

  It is kind of you to *overlook* my fault.
  你人真好，肯原諒我的錯誤。

解釋
neglect 可以是「有意的忽視」或「不小心的疏忽」，而 overlook 一般是「因草率而忽略」。

✋ negligence vs oversight 誰「疏忽」?

negligence [ˈnɛglɪdʒəns] **n** 疏忽；隨意

（易混淆單字）oversight **n** 疏忽

（比較例句）

» The manager forgave my unintentional *negligence*.
  經理原諒了我不小心的疏忽。

  The mistake was due to an *oversight*.
  這個錯誤是由大意疏忽造成的。

解釋
negligence 可以指「不小心的疏忽」或「故意的忽略」，而 oversight 一般是指「大意的疏忽」。

Nn

✋ negligible vs trivial 哪一個「微不足道的」？

negligible [ˈnɛglɪdʒəbl]

adj 忽略的；微不足道的

易混淆單字 **trivial** **adj** 瑣碎的；沒有價值的

比較例句

» The industry only makes ***negligible*** contributions to the nation's GDP.
這個產業對國內生產毛額的貢獻微乎其微。

Why do we have to spend so much time talking about the ***trivial*** issue?
為什麼我們需要花那麼多時間談論這瑣碎的議題？

解釋
negligible 意思是「因不重要或非常稀少而可以忽略的」，而 trivial 是指「關乎瑣碎小事的」。

✋ neutral vs impartial 誰更「中立」？

neutral [ˈnjutrəl] **adj** 中立的；中性的

易混淆單字 **impartial** **adj** 不偏袒的；公正的

比較例句

» The negotiator remained ***neutral*** among these options.
協商者在這些選項當中保持中立。

We come here for your ***impartial*** advice.
我們來這裡是要聽聽你公正的建議。

解釋
neutral 意思是「對於一個議題不表示支持或反對意見」，著重於「意見表態」；而 impartial 是指「不偏袒於任何一方」，著重於「對待」。

✋ nominate vs propose 誰「提名」？

nominate [ˈnɑməˌnet] **v** 提名；任命

易混淆單字 **propose** **v** 提議；提名

解釋
nominate 一般是用在正式的選舉或頒獎，而 propose 意思為「提名」時，可用在較廣泛的場合。

» The board _**nominated**_ Mr. Lin for this year's best employee.
董事會提名林先生角逐今年的最佳員工獎。

Mr. Chase was _**proposed**_ for the position.
契斯先生被提名擔任這個職位。

✋ **nominee** vs **appointee** 誰是「被提名人」?

nominee [nɑmə`nɪ] ⓝ 被提名人

易混淆單字 **appointee** ⓝ 被指派的人

比較例句

» We are distressed by the list of _**nominees**_.
我們對候選人名單失望透頂。

Those _**appointees**_ become the members of the board.
那些被指派的人,成為了董事會的成員。

解釋
nominee 可以指「被提名的候選人」或「被任命的人」,而 appointee 一般是指「被指派、任命的人」。

✋ **notify** vs **inform** 誰「通知」?

notify [`notə,faɪ] ⓥ 通知;公布

易混淆單字 **inform** ⓥ 通知;告知

比較例句

» We will _**notify**_ you as soon as the plane arrives.
當飛機抵達時,我們會立刻通知你。

The media should _**inform**_ the public of the latest progress of the research.
媒體應該通知大眾這項研究的最新進度。

解釋
notify 一般是由官方發出的通知,而 inform 可用在任何日常的情境。

✋ notorious vs infamous　誰是「惡名昭彰的」？

notorious [noˋtorɪəs] adj　惡名昭彰的

易混淆單字 **infamous** adj　聲名狼藉的；
不光彩的

比較例句

» Taipei is **_notorious_** for its high cost of living.
台北最為人詬病的就是它高昂的生活成本。

Diana became **_infamous_** for her support of the candidate.
戴安娜因為支持這位候選人而搞得自己聲名狼藉。

解釋

notorious 通常帶有更多的主觀解釋，因此不一定是跟「惡行」有關；而 infamous 通常是用在「罪刑」或「惡行」上。

✋ object vs oppose　誰「反對」？

object [əbˋdʒɛkt] v　反對

易混淆單字 **oppose** v　反對；反抗

比較例句

» Both of them **_object_** to the idea of premarital sex.
他們兩個都反對婚前性行為。

The proposal was vehemently **_opposed_** by the local residents.
這項提案遭到當地居民的激烈反抗。

解釋

object 是指「意見上的反對」，而 oppose 是指「行動上的反對、反抗」。

✋ objection vs opposition 誰有「異議」？

objection [əbˋdʒɛkʃən] **n** 反對；異
議；障礙

易混淆單字 **opposition** **n** 反抗；對立；
對抗

比較例句

» I will invite your parents to our class
unless anyone has any _**objections**_.
我會邀請你們的家長來課堂上，除非有人
有異議。

The authority continued the practice despite bitter _**opposition**_
from employees.
當局不顧員工的激烈反抗，仍持續進行這項措施。

解釋

objection 是指「理
念上的反對」，也
可以引申為「障
礙」；而 opposition
是指「行動上的反
抗、對抗」。

✋ obligated vs responsible 誰更有「義務」？

obligated [ˋɑbləˏgetɪd] **adj** 有義務的

易混淆單字 **responsible** **adj** 有責任的；
負責的

比較例句

» I felt _**obligated**_ to accept the deal.
我感到有義務要接受這筆交易。

Who was _**responsible**_ for bringing the
guests to the convention center?
誰當時負責帶客人到會議中心？

解釋

obligated 是指「需
履行某應盡的義務
的」，可能是出於
規範或道德約束；
而 responsible 更帶
有「發自內心的責
任感」的意思，道
德的成分比較多。

✋ obligation vs duty 誰的「責任」？

obligation [ˏɑbləˋgeʃən]
n 義務；責任；契約

易混淆單字 **duty** **n** 職責；義務；稅

解釋

obligation 是指「道
德或法律上的義
務」，而 duty 可以
指「道德或法律上
的義務」或「工作
的職責」。

比較例句

» You are under no *obligation* to make a donation.
你沒有義務要捐款。

It is my *duty* to inform you of your application status.
通知你的申請進度是我的職責。

✋ obscure vs ambiguous　哪個「模糊」?

obscure [əb`skjʊr]
adj 隱匿的；模糊的；不知名的

易混淆單字 **ambiguous**
　　　　　adj 模稜兩可的；曖昧不明的

比較例句

» The wording of the statement was made *obscure* on purpose.
這份聲明的措辭刻意模糊不清。

Their views on the subject are *ambiguous*.
他們對於這件事情的看法十分不明確。

解釋
obscure 是指「因缺乏明確線索而難以理解」，而 ambiguous 意思是「因意思多重而不明確的」。

✋ observe vs oversee　誰來負責「觀察」?

observe [əb`zɝv] **v** 觀察；遵守；慶祝

易混淆單字 **oversee v** 監督；無意間看到

比較例句

» The teacher gave me the chance to *observe* her class.
這位老師給我一個機會觀看她的課。

Mr. Wilson was appointed to *oversee* the project.
威爾森先生被指派監督這個案子。

解釋
observe 是指「看到」或「觀察到」，而 oversee 是指「出於職責而監督、監看」，也可以指「無意間看到」。

✋ obsess vs besiege 誰「著迷」?

obsess [əbˋsɛs] **v** 使著迷；使煩擾

（易混淆單字）besiege **v** 圍困；煩擾

（比較例句）

» Jacque is **_obsessed_** with technology gadgets.
賈克對科技機械非常著迷。

The director is **_besieged_** with an avalanche of interview requests.
這位主管被排山倒海的面試請求團團包圍。

解釋

obsess 是指「心中被煩惱或某事物佔據」，而 besiege 是指「被煩擾的事情包圍」。

✋ obsession vs fascination 哪個有「魅力」?

obsession [əbˋsɛʃən]
n 著迷；著迷的事物

（易混淆單字）fascination **n** 魅力；迷戀

（比較例句）

» My uncle has an **_obsession_** with gambling.
我叔叔沉迷於賭博。

Angel's **_fascination_** with volleyball began with this video.
安潔對於排球的迷戀是從這部影片開始的。

解釋

obsession 的程度比 fascination 更高。obsession 是指「迷戀至極，為其控制」，而 fascination 是指「對某事物的強烈興趣」。

✋ obsolete vs outmoded 誰是「過時的」?

obsolete [ˋɑbsəˌlit] **adj** 廢棄的；過時的

（易混淆單字）outmoded **adj** 老式的；過時的

解釋

obsolete 意思是「因陳舊而不再使用的」，而 outmoded 是指「過時的」、「過氣的」。

» It doesn't mean that books will become **_obsolete_**.
這不表示書籍會被淘汰。

His singing style seems **_outmoded_** compared to all the other young singers.
跟其他年輕歌手相比，他的歌唱風格似乎過時了。

✋ **obstruct** vs **clog** 誰「妨礙」了？

obstruct [əbˋstrʌkt] Ⓥ 堵塞；妨礙；擋住

易混淆單字 **clog** Ⓥ 阻塞；塞住

比較例句

» You will face legal consequences if you attempt to **_obstruct_** the investigation.

如果你企圖妨礙調查，你將會面臨法律刑責。

The sink was **_clogged_** up with food remnants.
這個水槽被食物殘渣堵住了。

| 解釋 |
| obstruct 是指「將出口或道路堵住」，或表示「阻礙」、「妨礙」；而 clog 是指「逐漸累積淤塞」。 |

✋ **obvious** vs **evident** 哪個更「明顯」？

obvious [ˋɑbvɪəs] ⓐⓓⓙ 明顯的；顯著的

易混淆單字 **evident** adj 明顯的

比較例句

» The man's intent was obvious from the start.
這個男人的意圖從一開始就很明顯。

It is **_evident_** that the coordination between the departments is poor.
各部門之間的協調明顯不足。

| 解釋 |
| obvious 是形容「顯而易見、無需多加思考的事」，而 evident 則是形容「有多方線索佐證，極為容易判斷的事」。 |

✋ occasion vs opportunity 誰的「機會」？

occasion [əˋkeʒən] ⓝ 場合；機會；起因

易混淆單字 opportunity ⓝ 機會

比較例句

» Let's talk about this on a more suitable *occasion*.
我們找個更適當的時機再來談這件事吧！

You actually had an *opportunity* to win her back.
你其實有機會把她贏回來的。

解釋

occasion 是指「特殊的場合」或「偶然出現的契機」，而 opportunity 是指「對自己有利的好機會」。

✋ occasional vs irregular 誰是「偶爾的」？

occasional [əˋkeʒənl] ⓐⓓⓙ 偶爾的；應景的

易混淆單字 irregular adj 不規律的；不平整的

比較例句

» We have *occasional* showers during the afternoon.
我們這邊下午偶爾會下大雨。

This *irregular* oval church was designed by Gaudí.
這座不規則的橢圓形教堂是由高第設計的。

解釋

occasional 是指「偶爾、非經常的」，而 irregular 意思是「沒有固定規則的」。

✋ occupant vs tenant 哪一間「住戶」?

occupant [`ɑkjəpənt] ⓝ 占有者;居住者

易混淆單字 tenant ⓝ 房客;住戶

比較例句

» The *occupant* of the car was under arrest.
這輛車的車主被逮捕了。

The *tenants* were asked to move as the house underwent repairs.
當這棟房屋翻修時,這些房客被要求搬走。

解釋

occupant 通常無需與房東簽租賃契約,因此不必對房屋負擔義務,但享有暫時占有該房屋的權利;而 tenant 通常是指與房東正式簽約租房的房客。另外,occupant 也可以指「某物的占有人」。

✋ occupy vs inhabit 誰「占用」?

occupy [`ɑkjə͵paɪ] ⓥ 占據;占用

易混淆單字 inhabit ⓥ 居住於;棲息於

比較例句

» The lavatory is now *occupied*.
廁所裡現在有人。

Only some aboriginals *inhabit* the small island.
只有一些土著居住在這座小島上。

解釋

occupy 可以指「控制、占領或居住於某處」,而 inhabit 的意思是「居住、棲息於某處」。

✋ occur vs happen 誰「發生」？

occur [ə`kɝ] v 發生；存在

(易混淆單字) happen v 發生

(比較例句)

» The message says that the system update will *occur* in 4 hours.
這則訊息說，系統升級將會在四個小時後進行。

If the same thing *happens* to us, we shall be able to cope with it.
如果同樣的事情發生在我們身上，我們也應該能夠處理。

解釋

occur 通常用在較正式的語境，而 happen 比較口語。與 occur 連用的事件通常是計畫好的，並且具有明確的時間或地點，而 happen 通常用於未預期的事件，時間、地點的信息比較模糊。

✋ offend vs hurt 誰「冒犯」你？

offend [ə`fɛnd] v 冒犯；使不舒服；犯錯

(易混淆單字) hurt v 傷害；危害

(比較例句)

» He didn't mean to *offend* anyone with his remark.
他那樣說不是有意要冒犯任何人。

My left shoulder was *hurt* in the first match.
我的左肩在第一局比賽時受傷了。

解釋

offend 通常發生在個人原則被違反時，而 hurt 則是發生在個人情感受到傷害時，程度比 offend 更高、更深層。

✋ offer vs proposal 誰的「提議」？

offer [`ɔfɚ] **ⓥ** 給予；提供；願意
　　　　　　 ⓝ 提供；報價；機會

(易混淆單字) **proposal ⓝ** 提議；提案

(比較例句)

» May I *offer* you a cup of coffee?
　我可以請你喝杯咖啡嗎？

　The committee is considering adopting
　Jade's *proposal*.
　那個委員會正在考慮採用小玉的提案。

解釋
proposal 是指「為了達成某個目的而提出的提案」，內容通常是說明計畫的起因及執行方法；而 offer 是指「提供某人所需要的意見或資源」。

✋ ongoing vs continuous 誰要「連續」？

ongoing [`ɑnˏgoɪŋ] **adj** 持續的；進行
　　　　　　　　　　　　中的

(易混淆單字) **continuous adj** 連續的；不
　　　　　　　　　　　　　間斷的

(比較例句)

» The factory needs sufficient manpower to
　maintain the *ongoing* operations.
　這間工廠需要足夠的人力來維持現有的運
　作。

　The refugee camp needs a *continuous* supply of food and water.
　這個難民營需要不間斷的食物和水的供應。

解釋
ongoing 是形容「目前正在持續進行的事」，而 continuous 可以用在過去、現在或未來的事件。

✋ opponent vs contestant 誰是「對手」？

opponent [ə`ponənt] **ⓝ** 對手；敵人

(易混淆單字) **contestant ⓝ** 參賽者

解釋
opponent 是指「與自己敵對的人或對象」，而 contestant 是指「參加競賽的人」，但不見得是敵手。

» They were trying to smear their political ***opponent***.
他們企圖抹黑他們的政治敵手。

Half the ***contestants*** were out in the first round.
一半的參賽者在第一輪就出局了。

🖐 **opposite** vs **adverse** 誰是「對立的」？

opposite [ˈɑpəzɪt] adj 相反的；相對的；對立的

易混淆單字 **adverse** adj 逆向的；不利的

比較例句

» The two plans go in ***opposite*** directions.
這兩個計畫的方向完全相反。

The measure might have an ***adverse*** effect.
這項措施可能會產生不良的效果。

解釋

opposite 意思是「相反的」或「處於相對位置的」，而 adverse 意思是「逆向而來的」或「不利的」，通常帶有負面意思。

🖐 **option** vs **choice** 哪一個「選項」？

option [ˈɑpʃən] n 選擇；選項

易混淆單字 **choice** n 選擇；選擇權；選擇範圍

比較例句

» I could not think of a better ***option***.
我想不到更好的選擇了。

Did the manager question your ***choice***?
經理有質疑你的選擇嗎？

解釋

option 是指「被選的選項」，而 choice 可以是「被選的選項」或「選擇的行為本身」。

🖐 outbreak vs explosion 哪裡「爆發」?

outbreak [ˈaʊt͵brek] ⓝ 爆發；暴動

(易混淆單字) explosion ⓝ 爆炸；爆發；驟增

(比較例句)

» The events led to the ***outbreak*** of the rebellion.
這些事件導致了叛亂的爆發。

The ***explosion*** could be heard at a great distance.
那次爆炸從很遠的地方都聽得到。

解釋

outbreak 通常是指「壞事的爆發」，如：災難、疾病、戰爭；而 explosion 有「爆炸」、「數量的激增」、「光、聲音或情感的爆發」等意思。

🖐 outcome vs ending 哪一個「結果」?

outcome [ˈaʊt͵kʌm] ⓝ 結果；後果

(易混淆單字) ending ⓝ 結局；結尾

(比較例句)

» The commentator was surprised at the ***outcome*** of the election.
這位評論員對於這場選舉的結果感到吃驚。

Not all of the writer's stories have happy ***endings***.
這位作家的故事，結局不全都是幸福的。

解釋

outcome 是指「事情產生出的結果」，通常在事情結束前是不得而知的；而 ending 是指「劇情、活動或一段時間的結尾部分」。

🖐 outline vs sketch 誰的「大綱」?

outline [ˈaʊt͵laɪn] ⓝ 大綱；輪廓

(易混淆單字) sketch ⓝ 素描；草圖；概要

解釋

outline 是指「計畫的大綱或要點」，而 sketch 通常是指「繪畫或圖像的草圖」。

» It is easier to rearrange your thoughts looking at the **_outline_**.
看著大綱，可以比較容易整理你的想法。

The **_sketch_** was annotated with a few descriptive details.
這張草圖附有些許描述性的註解。

✋ **outrageous** vs **scandalous** 誰「無恥」？

outrageous [aʊtˋredʒəs]
adj 無恥的；粗暴的；無節制的

易混淆單字 scandalous adj 可恥的；使
人憤慨的

比較例句

» I am not paying that **_outrageous_** price.
我是不會支付那誇張的價格的。

I feel ashamed of my son's **_scandalous_**
conduct.
我對於我兒子可恥的行徑感到羞愧。

解釋

outrageous 意思是「惡劣到令人吃驚的程度」，而 scandalous 意思是「令大眾憤慨的」，或形容某事因人為疏忽處理不當而令人不齒。

✋ **outright** vs **overall** 哪個更「全面」？

outright [ˋaʊtˏraɪt] **adv** 全然地；徹底地
adj 全然的；徹底的

易混淆單字 overall adj 總共的；全部的

比較例句

» The union is considering placing an
outright ban on the import of shark fin.
這個聯盟正在考慮全面禁止魚翅的進口。

I wonder how the **_overall_** score is calculated.
我想知道這個總平均分數是如何計算的。

解釋

outright 是指「徹頭徹尾的」、「毫無保留的」，通常是形容某特定的特質；而 overall 的意思是「總體的」、「全面的」。

✋ overbalance vs unbalance 誰「失衡」？

overbalance [ovəˋbæləns]
v 失去平衡；超重

(易混淆單字) **unbalance** **v** 失衡；使錯亂

(比較例句)

» He ***overbalanced*** himself and fell off the ladder.
他失去平衡，從梯子上摔了下來。

The ***unbalance*** in supply and demand led to skyrocketing prices.
供需失衡導致價格暴漲。

解釋

unbalance 意思是「失去平衡」，而 overbalance 更強調「因超重或超量而失去平衡」。

✋ overdue vs outdated 誰「超時」嗎？

overdue [ˋovəˋdju]
adj 過期的；遲來的；超過期限的

(易混淆單字) **outdated** **adj** 過時的；落伍的

(比較例句)

» The train is 15 minutes ***overdue***.
這班火車誤點十五分鐘了。

The system is considered ***outdated*** and ineffective.
這個系統被認為是過時且不好用的。

解釋

overdue 意思是「超過指定的期限」，而 outdated 是指「不符合當下的潮流或標準的」。

✋ overflow vs overfill 哪一個「溢出」？

overflow [ˌovəˋflo] **v** 溢出；氾濫

(易混淆單字) **overfill** **v** 裝到溢出

(比較例句)

» During the storm, the river ***overflowed*** its banks.
暴雨期間，河水湧出了河堤。

It is dangerous to ***overfill*** the pot.
裝過多水到鍋中是很危險的。

解釋

overflow 是指「水或人潮太多而滿出來」，而 overfill 意思「將東西裝到滿出容器」。

✋ **overhaul** vs **renovate** 誰「檢修」？

overhaul [ˌovɚˈhɔl] **v** 全面檢修

(易混淆單字) **renovate** v 更新；翻新

(比較例句)

» The curriculum needs to be **_overhauled_** completely.
這整個課綱需要徹底重新編修。

Residents are not allowed to **_renovate_** their homes.
居民不被允許將房屋重新翻修。

解釋
overhaul 是指「將機械拆開進行徹底的檢修」，而 renovate 是指「將某建築或某事物翻新」。

✋ **overhear** vs **wiretap** 誰「偶然聽見」？

overhear [ˌovɚˈhɪr] **v** 偶然聽到

(易混淆單字) **wiretap** v 竊聽 n 竊聽裝置

(比較例句)

» I **_overheard_** my coworkers addressing me as "Rookie".
我無意間聽到我同事稱呼我「菜鳥」。

The government has the ability to **_wiretap_** your personal computer.
政府有能力竊聽你的個人電腦。

解釋
overhear 是指「不經意聽到」，而 wiretap 是指「蓄意竊聽」。

✋ **overlap** vs **repeat** 哪一個「重疊」了？

overlap [ˌovɚˈlæp] **v** 與……部分重疊、相同

(易混淆單字) **repeat** v 重複；複述

(比較例句)

» There is a little **_overlap_** in their target markets.
他們的目標市場之間有些許重疊。

The new assistant keeps **_repeating_** the same mistake.
那位新來的助理一直犯同樣的錯誤。

解釋
overlap 是指「兩事物的某部分重疊或相同」，而 repeat 是指「重複做、說或寫」。

✋ override vs overthrow 誰「推翻」?

override [ˌovəˈraɪd] ⓥ 推翻；不顧；壓倒

易混淆單字 overthrow ⓥ 推翻

比較例句

» Your proposal was ***overridden*** by the board.
你的提案被董事會推翻了。

The corrupt regime was eventually ***overthrown***.
這個腐敗的政權終究被推翻了。

解釋

override 意思是「壓制於某事物之上，使其無效」，而 overthrow 是指「推翻某政權或制度」。

✋ overrun vs pervade 誰「橫行」?

overrun [ˌovəˈrʌn] ⓥ 蔓延；氾濫；橫行

易混淆單字 pervade ⓥ 瀰漫；遍及

比較例句

» The city was ***overrun*** by the troops.
這座城市被軍隊橫掃了。

The bizarre silence ***pervaded*** the office.
辦公室瀰漫著一陣詭異的寂靜。

解釋

overrun 表示「蔓生、氾濫於某處」，通常帶有負面含意；而 pervade 是指「滲透於各個角落」，語意較中性。

✋ overwork vs overtire 誰「工作過度」?

overwork [ˈovəˈwɜk] ⓥ 工作過度；過度使用 ⓝ 工作過度

易混淆單字 overtire ⓥ 使過度疲勞

解釋

overwork 可以指「過度地工作」或「將某事做過頭」，可用在「人」或「事物」上；而 overtire 意思是「使過度勞累」，通常用在「人」上。

» Constant **_overwork_** caused her health to deteriorate greatly.
經常性的過勞，使她的健康急遽惡化。

Overtired adults often have emotional problems.
過勞的成年人，通常會有情緒方面的問題。

✋ **owner** vs **master**　誰是「主人」？

---

owner [ˋonɚ] ⓝ 擁有者；物主

易混淆單字 **master** ⓝ 主人

比較例句

» I am a part **_owner_** of the firm.
我是這間公司的部分所有人。

You should be the **_master_** of your emotions.
你應該做你情緒的主人。

解釋
owner 是指「某物的所有人」，而 master 則是指「寵物或奴隸的主人」或「掌控者」。

✋ **pace** vs **speed** 哪一種「速度」？

pace [pes] ⓝ 步調；速度

（易混淆單字）**speed** ⓝ 速度

（比較例句）

» The traffic was moving at a snail's *pace*.
塞車中的車陣是以蝸牛的速度在前進。

We must work at full *speed*.
我們必須要全速趕工了。

解釋

pace 是指「移動某固定距離所需的時間」，而 speed 是指「固定時間內可移動的距離」。

✋ **pamphlet** vs **booklet** 誰的「手冊」？

pamphlet [ˋpæmflɪt] ⓝ 小手冊

（易混淆單字）**booklet** ⓝ 手冊

（比較例句）

» The *pamphlet* is about how to adopt dogs.
這本手冊是關於如何領養小狗。

The travel *booklets* are given out for free.
這些旅遊手冊是免費發放的。

解釋

pamphlet 一般比 booklet 更小，可以是摺疊或裝訂的。booklet 通常有封面。

✋ **parallel** vs **counterpart** 誰「相似」？

parallel [ˋpærəˌlɛl] ⓝ 平行線；相似的人事物

（易混淆單字）**counterpart** ⓝ 對應的人事物；配對物

解釋

parallel 是指「能力、特質上可比擬的對象」，而 counterpart 是指「在不同圈子中性質相近的對象」。

» The readers found many striking *parallels* between the stories.
這些讀者在這些故事中發現許多驚人的相似之處。

The prime minister met with his Japanese *counterpart* in the conference.
這位內政部長在會議上與日本的內政部長會面。

✋ partial vs fragmentary 哪一個「局部」？

partial [ˈpɑrʃəl] adj 局部的；偏袒的

易混淆單字 fragmentary adj 零碎的

比較例句

解釋
partial 是指「某事物的局部」，非完全的；而 fragmentary 意思是「零碎且不連續的」。

» The strike resulted in a *partial* shutdown of the company.
這場罷工造成了這間公司部分的停擺。

Her *fragmentary* memory is not dependable.
她那零碎的記憶是不可靠的。

✋ participate vs attend 誰要「參加」？

participate [pɑrˈtɪsəˌpet] v 參加；參與

易混淆單字 attend v 出席；參加

比較例句

解釋
participate 比 attend 更帶有「積極性」。participate 通常是本人親自參與的，而 attend 只是「出席」。

» You are more than welcome to *participate* in the game.
我們非常歡迎你來參加這場比賽。

Thousands of fans *attended* the rock concert.
數千名粉絲參加了這場搖滾演唱會。

✋ **passive** vs **inactive** 誰更「被動」?

passive [ˋpæsɪv] **adj** 被動的;消極的

(易混淆單字) **inactive** **adj** 不活躍的;遲緩的;閒置的

(比較例句)

» Nathalie got fired because of her *passive* work attitude.
娜塔莉因為她消極的工作態度被炒魷魚了。

The room is full of *inactive* machines ready to be disposed of.
這間房間充滿了即將被丟棄的閒置機器。

解釋
passive 是指「態度上的消極、被動」,而 inactive 是指「身體活動上的怠惰、遲緩」。

✋ **patron** vs **sponsor** 誰是「贊助者」?

patron [ˋpetrən] **n** 贊助者;顧客

(易混淆單字) **sponsor** **n** 主辦方;贊助者

(比較例句)

» The retired professor has been a *patron* of the coffee shop for 10 years.
那位退休教授已經是這家咖啡廳十年的老主顧了。

The *sponsors*' names will be printed on the cover of the booklet.
贊助商的名字會被印在這本手冊的封面上。

解釋
patron 是指「提供金錢或其他方面支援的人或機構」,通常是不求回報的;而 sponsor 基本與 patron 同義,但一般是需要簽訂合約,並且雙方互利的。

✋ **patronage** vs **sponsorship** 誰給「資助」?

patronage [ˋpetrənɪdʒ] **n** 資助;恩惠

(易混淆單字) **sponsorship** **n** 資助;贊助

解釋
patronage 通常是指「不要求利益回報的資助」,而 sponsorship 通常是指「正式簽訂合約,雙方互利的贊助」。

» Thank you for your ***patronage***.
感謝您的恩德。

We need to write a detailed ***sponsorship*** proposal.
我們需要寫一份詳細的贊助申請提案。

✋ **penalty** vs **punishment** 誰被「處罰」?

penalty [ˈpɛnˌltɪ] **ⓝ** 處罰;罰款

易混淆單字 **punishment ⓝ 處罰;懲罰**

比較例句

» There will be a ***penalty*** for late payment of the tuition fee.
遲交學費會需要支付罰款。

The director was transferred to the branch as ***punishment***.
這位主管因受懲罰而被調職到分公司。

解釋
penalty 通常是因為違法或違規,而 punishment 通常是因為不好的行為所導致。

✋ **pension** vs **compensation** 誰的「退休金」?

pension [ˈpɛnʃən] **ⓝ** 退休金;津貼

易混淆單字 **compensation**
ⓝ 賠償;賠償金;薪水

比較例句

» My granddad will be qualified for the ***pension*** as soon as he retires.
我外公一退休就可以開始領退休金。

The driver claimed ***compensation*** for damage to his vehicle.
這位駕駛索求他車子受損的賠償金。

解釋
pension 通常是指「長期性的養老金或撫卹金」,而 compensation 是指「一次性的賠償金」或「薪水」。

✋ perceive vs sense 誰「察覺」?

perceive [pɚˋsiv] ⓥ 察覺;理解

(易混淆單字) sense ⓥ 感覺到;意識到

(比較例句)

» I can't *perceive* the nuance in the expressions.
我無法察覺這些措辭中的細小差別。

I can *sense* that a disaster is imminent.
我可以感覺到一場災難正慢慢逼近。

解釋

perceive 意思是「對某事物有具體的感知或理解」,而 sense 則是指「察覺到某事物的存在」,但通常缺乏明確的證據。

✋ performance vs presentation 誰的「演出」?

performance [pɚˋfɔrməns]
ⓝ 表演;演出;表現

(易混淆單字) presentation ⓝ 演出;呈現

(比較例句)

» The band will give a live *performance* at the music festival.
這組樂團將會於音樂祭上做一個現場演出。

Can I have a word about your presentation?
我能跟你談談你的報告嗎?

解釋

performance 一般更強調「人」的表演,而 presentation 則著重在「事物」本身的呈現、演出。

✋ permission vs agreement 誰「同意」?

permission [pɚˋmɪʃən] ⓝ 許可;同意

(易混淆單字) agreement ⓝ 同意;協議

解釋

permission 通常是指「上級對下級的許可、同意」,而 agreement 則是指「雙方共同達成的協議」。

» The school granted me the *permission* to leave early.
學校允許我提早離開。

We are working toward a multilateral *agreement*.
我們正在努力達成多邊協議。

✋ **permit** vs **consent** 誰「允許」？

permit [`pɝmɪt] Ⓥ 允許；容許

易混淆單字 **consent** Ⓥ/Ⓝ 同意；答應；贊成

比較例句

» The school does not *permit* extenuating circumstances.
學校一般不允許作業遲交的情形。

Do you have the *consent* of your parents?
你有得到父母的同意嗎？

解釋
permit 一般是指「上級給下級的允許」，而 consent 則是用在「平等的雙方」。

✋ **perpetual** vs **permanent** 哪個是「永久的」？

perpetual [pɚˋpɛtʃʊəl]
adj 永久的；終身的；永無止盡的

易混淆單字 **permanent** adj 永恆的；固定的

比較例句

» I am driven crazy by her *perpetual* complaints.
我被她不斷的抱怨搞瘋了。

You must register with your *permanent* address.
你一定得用固定地址來註冊。

解釋
perpetual 一般帶有誇飾的成分，指「某事物不斷地發生」；而 permanent 是指「永遠存在的」、「不會消失的」。

✋ personnel vs staff 誰是「員工」？

personnel [ˌpɝsn̩ˈɛl] n 人事；員工

(易混淆單字) staff n 全體職員

(比較例句)

» Only authorized **_personnel_** have access to the portal.
只有經授權的員工才能進入這個入口。

Both of them have been on the **_staff_** of the company for five years.
他們兩位都在這間公司服務五年了。

解釋

personnel 是指「公司內所有的人員」，包含主管及員工；而 staff 一般是指「所有的員工」，通常不包含高階管理層。

✋ perverse vs preserve 「倔強的」or「保存」？

perverse [pɚˈvɝs] adj 倔強的；邪惡的

(易混淆單字) preserve v 保存；維護

(比較例句)

» Ariel made a **_perverse_** decision not to accept the offer.
艾瑞兒偏不接受這個機會。

The paintings are carefully **_preserved_** in the museum.
這些畫作被良好地保存在這間博物館裡。

解釋

perverse 為形容詞，表示「作對的」；而 preserve 是動詞，意思是「對於某事物質的保存」。

✋ petition vs request 誰「請願」？

petition [pəˈtɪʃən] n 請願；申請
v 請願；請求

(易混淆單字) request v 請求；要求

解釋

petition 通常比 request 更正式、更委婉，通常具有法律效力。

» You need to get more than one hundred residents to sign the ___petition___.
你需要讓一百位以上的居民在這份請願書上簽名。

The minority group's ___requests___ have never been considered by the government.
這支弱勢團體的請求,從未被政府正視過。

✋ pharmacy vs drugstore 哪一間「藥局」?

pharmacy [ˈfɑrməsɪ] ⓝ 藥局;藥房

易混淆單字 drugstore ⓝ 藥局;藥妝店

比較例句

» The doctor told me to take the prescription to the ___pharmacy___.
醫生叫我拿這張處方箋到這家藥局。

My uncle worked at a ___drugstore___ after he retired from the hospital.
我舅舅從醫院退休之後,在一家藥局工作。

解釋

pharmacy 通常只販售需處方箋的藥物,而 drugstore 裡通常包含 pharmacy,同時也販售不需處方箋的成藥以及其他藥妝用品。

✋ phase vs stage 哪個「階段」?

phase [fez] ⓝ 階段;時期

易混淆單字 stage ⓝ 階段;時期

比較例句

» The first ___phase___ of the negotiation was successful.
協商的第一階段頗為成功。

The cycle has three distinct ___stages___.
這個循環有三個明顯的階段。

解釋

phase 一般是指「固定進程的某個階段」,而 stage 則是指「進展中過程的某個階段」。

✋ policy vs strategy 誰制定「策略」?

policy [ˈpɑləsɪ] **n** 政策；方針

(易混淆單字) **strategy n** 策略；戰略；對策

(比較例句)

» You can request the full details of your insurance *policy* online.
你可以在線上索取你的保單細則。

We must come up with some *strategies* to tackle the difficult problem.
我們一定要想出一些策略來對付這個棘手的問題。

解釋
policy 是指「官方規定的政策性規章」，而 strategy 則是指「為達成目標而擬定的技巧性策略」。

✋ portion vs part 哪個「部分」?

portion [ˈporʃən] **n** 部分

(易混淆單字) **part n** 部分；零件

(比較例句)

» Each employee could only receive a small *portion* of the revenues.
每位員工只能拿到一小部分的利潤。

Some *parts* of the building will be closed for renovation.
這棟大樓的某些樓層將會關閉進行翻修。

解釋
portion 意思是「分配的部分或份量」，而 part 則是強調「構成整體中的一部分」。

✋ positive vs confident 誰能「確信」?

positive [ˈpɑzɪtɪv] **adj** 確信的

(易混淆單字) **confident adj** 有信心的；確信的

(比較例句)

» I am *positive* that I turned off the air conditioner.
我確信我關了空調。

The coach is confident that his team could climb at least five places.
這位教練有信心他的球隊至少能夠攀升五個名次。

解釋
positive 一般是以客觀角度而言，而 confident 相對較主觀。

✋ **possession** vs **belongings** 誰的「所有物」？

possession [pə`zɛʃən]

n 擁有；所有物

易混淆單字 **belongings** n 財產；攜帶物品

比較例句

» Her *possession* of the skill makes it easier for her to find a job.
她擁有的那項技能讓她更容易能找到工作。

The security guard tossed my *belongings* out of my suitcase.
這位保安人員將我的東西從我的行李箱中亂翻出來。

解釋

possession 可以指「抽象或具體的所有物」，但不見得是有「所有權」的。而 belongings 通常是指「具體的所有物」，並且通常是「動產」。

✋ **postpone** vs **delay** 誰「延期」？

postpone [post`pon] v 使延期；延緩

易混淆單字 **delay** v 耽擱；延誤

比較例句

» The monthly meeting is *postponed* until tomorrow.
月會延到明天開。

Our arrival in Kuala Lumpur was *delayed* by an hour.
我們到達吉隆坡的時間延誤了一個小時。

解釋

postpone 通常是自願的，並且是延期者有權延期的；而 delay 並沒有「自願」的語意。

🖐 potential vs prospective 「潛在的」是哪一個？

potential [pə'tɛnʃəl] adj 潛在的；有潛力的

(易混淆單字) **prospective**
adj 預期的；未來的；潛在的

(比較例句)

» Actions need to be taken to prevent the _**potential**_ problems from developing.
我們需要採取行動防止潛在問題擴大。

I am having dinner with a _**prospective**_ buyer.
我將要和一位可能的買主吃晚飯。

> **解釋**
>
> potential 是指「存在發生的可能性的」，而 prospective 意思是「極有可能成為……的」。就「可能性」上，prospective 比 potential 更高。

🖐 poverty vs indigence 誰「貧窮」？

poverty ['pɑvətɪ] n 貧窮；貧困

(易混淆單字) **indigence** n 貧乏；貧困

(比較例句)

» The chart gives us a clearer perspective on the depth of _**poverty**_ in India.

這張圖表讓我們能更清晰地透視印度的貧窮程度。

Tourism helps relieve the country's _**indigence**_.
觀光業能幫助減輕這個國家的貧困程度。

> **解釋**
>
> 一般而言，indigence 的貧窮程度比 poverty 更高。

🖐 precaution vs prevention 誰能「預防」？

precaution [prɪ'kɔʃən] n 預防；警惕

(易混淆單字) **prevention** n 預防；妨礙

> **解釋**
>
> precaution 是指「預防的措施」，而 prevention 是指「預防的效果」。可以說，prevention 是 precaution 的結果。

» Experts advise taking extra **_precautions_** against the flu.
專家建議要特別防範這次的流感。

Prevention is better than cure.
預防勝於治療。

✋ **precedent** vs **example** 哪一個「先例」？

precedent [ˈprɛsədənt] **n** 先例；前例

解釋

（易混淆單字） **example** n 例子；範例

（比較例句）

» **_Precedents_** for such a case are extremely rare.
這種情況的先例少之又少。

They need to make an **_example_** of someone.
他們總得殺雞做猴。

precedent 意思是「先前發生過的案例」，而 example 是指「用來說明某道理或規則的例子」或「值得效仿的對象」。

✋ **precise** vs **accurate** 哪個更「準確」？

precise [prɪˈsaɪs] **adj** 精準的；明確的

解釋

（易混淆單字） **accurate** adj 準確的；精確的

（比較例句）

» There is no **_precise_** definition of the term so far.
目前這個術語還沒有很精準的定義。

To say I am a right-winger is not quite **_accurate_**.
稱呼我為右翼分子這個說法似乎不太準確。

precise 是指「兩個測量結果之間毫無誤差，十分精準」，而 accurate 則是指「非常貼近某個標準」。

✋ predict vs forecast 誰「預料」到嗎?

predict [prɪˋdɪkt] ⓥ 預言;預料

(易混淆單字) forecast ⓥ 預測;預報

(比較例句)

» The analyst *predicted* higher goods prices for years to come.
這位分析師預測物價在接下來的幾年會持續上漲。

Such a steep drop was *forecast* in the assessment last year.
如此急遽的下跌情形,在去年的評估中就有預測到了。

✋ prejudice vs preconception 誰有「成見」?

prejudice [ˋprɛdʒədɪs] ⓝ 偏見;偏愛

(易混淆單字) preconception
　　　　　　　ⓝ 成見;先入為主的意見

(比較例句)

» He keeps spreading *prejudice* against foreigners.
他一直散布對外國人的偏見。

Don't judge others based on your *preconceptions*.
別根據你的成見來評斷他人。

✋ preliminary vs preparatory　哪一「初步的」？

preliminary [prɪˈlɪmənɛrɪ]
adj 初步的；開端的

易混淆單字 preparatory adj 準備的；預備的

比較例句

» The ***preliminary*** findings are totally unusable for his research.
他的研究初步發現完全是不能用的。

A lot of ***preparatory*** work needs to be done before the project.
在專案開始之前，有許多準備工作要做。

解釋

preliminary 是指「為主要的事情預備、引入的」，通常也屬於正式作業的一環；而 preparatory 則是指「為某事做準備的」，通常不屬於正式作業的環節。

✋ presence vs attendance　誰「出席」？

presence [ˈprɛzns] **n** 出席；在場

易混淆單字 attendance **n** 到場；出席

比較例句

» Terry's ***presence*** boosts our morale.
泰瑞的出現振奮了我們的士氣。

The school's ***attendance*** rate was close to perfect.
這所學校的出席率逼近完美。

解釋

presence 是指「某人在場或存在的狀態」，而 attendance 是指「義務性的出席」，強調「出席的動作」。

✋ prestige vs reputation　誰的「名聲」？

prestige [prɛsˈtiʒ] **n** 名望；聲望

易混淆單字 reputation **n** 名譽；名聲

解釋

prestige 意思是「使人信服的威望」，而 reputation 是指「某人受到的一般評價」。

» He tried to restore the company's *prestige*.
他試著挽回公司的聲望。

It would hurt your *reputation* to mingle with them.
與他們往來會毀壞你的名譽。

✋ prevalent vs popular 哪個更「流行」?

prevalent [`prɛvələnt] adj 盛行的;
普遍的

易混淆單字 **popular** adj 流行的;受歡迎的

比較例句

» The condition is *prevalent* in teenage girls.
這個症狀在青少年女孩子身上很常見。

Table tennis is the most *popular* sport in China.
乒乓球是在中國最受歡迎的運動。

解釋
prevalent 意思是「廣為流傳的」、「普及的」;而 popular 則是指「受到大眾歡迎、喜愛的」。

✋ primary vs prime 哪一個是「首要的」?

primary [`praɪˌmɛrɪ]
adj 首要的;基本的;原始的

易混淆單字 **prime** adj 原始的;主要的;
最好的

比較例句

» The *primary* achievement of the incumbent minister of education is the education reform.
現任教育部長的主要政績為這次的教育改革。

The headmaster stressed that break supervision is a matter of *prime* importance.
校長強調,課間督導是非常要緊的事。

解釋
primary 可以理解成「最主要的」或「基礎的」,而 prime 則有「最重要的」或「最好的」意思。

✋ principle vs principal 「原則」or「校長」?

principle [`prɪnsəp!] n 原則；原理

易混淆單字 principal n 校長；本金

比較例句

» It is against my *principles* to accept late homework submissions.
接受遲交的作業是違反我的原則的。

The *principal* will give a speech at the commencement ceremony.
校長會在畢業典禮上致辭。

解釋

principle 的意思是「原則」或「原理」，而 principal 的意思是「校長」或「本金」。一個區分的小訣竅：a simple principle「一個簡單的原則」。

✋ prior vs previous 哪一個是「先前的」?

prior [`praɪɚ] adj 先前的；事先的

易混淆單字 previous adj 先前的；以前的

比較例句

» It is difficult for the learners without any *prior* knowledge to deal with the text.
要求沒有任何先前背景知識的學習者閱讀這篇文章是很困難的。

He refused to retract his *previous* statement.
他拒絕撤回先前的言論。

解釋

prior 意思是「時間、次序或重要性上居先的」，而 previous 是指「時間上先發生的」。

✋ priority vs precedence 誰「優先」?

priority [praɪˋɔrətɪ] n 優先

易混淆單字 precedence n 優先順序

解釋

priority 強調「重要性」，而 precedence 則是強調「時間順序」。

» Now my *priority* is my three-month old baby.
現在對我來説，最重要的是我三個月大的小孩。

Playing online games has always taken *precedence* over writing the dissertation.
玩線上遊戲永遠是排在寫論文前面的。

✋ privilege vs prerogative 誰有「特權」？

privilege [ˋprɪvl̩ɪdʒ] ⓝ 特權；榮幸

易混淆單字 prerogative ⓝ 特權

比較例句

» It is my *privilege* to be part of the program.
能參加這個計畫是我的榮幸。

解釋
privilege 是指「被賦予的特權或殊榮」，而 prerogative 則強調「特有或獨享的權力」。

It is the store owner's *prerogative* to reject unwanted customers.
拒絕討厭的顧客是店主的權利。

✋ procedure vs process 哪一個「步驟」？

procedure [prəˋsidʒɚ] ⓝ 程序；步驟

易混淆單字 process ⓝ 過程；步驟

比較例句

» The worker repeated the *procedure* to set up another treadmill.
這位工人重複了一遍這個程序來設置另一臺跑步機。

解釋
procedure 是指「具體的細部程序及步驟」，而 process 則是強調「整體的過程」。

All the candidates must be familiarized with the *process*.
所有候選者都必須熟悉這套流程。

👋 proceed vs continue　誰要「繼續」？

proceed [prəˈsid] ⓥ 繼續進行

(易混淆單字) continue ⓥ 繼續；持續

(比較例句)

» The speaker paused for a few seconds and *proceeded* with his story.

這位講者停頓了幾秒之後，又繼續說他的故事。

Why did you decide to *continue* playing football after you were injured?

為什麼你在受傷之後，還是決定要繼續踢足球？

解釋

proceed 是指「在有意的中斷之後繼續進行」，而 continue 則是發生在突然的中斷後。另外，continue 還可以表示「持續不斷」。

👋 professional vs expert　誰更「專業」？

professional [prəˈfɛʃən!]

adj 職業的；專業的；內行的

(易混淆單字) expert adj 熟練的；精通的

(比較例句)

» Jaime is a *professional* guitar player from Australia.
傑米是來自澳洲的職業吉他手。

My husband is extremely *expert* in cooking.
我老公非常精通廚藝。

解釋

professional 是指「專職於某行業的」或「具有專業水平的」，而 expert 的意思是「精通某事物的」，但不見得從事該行業。

👋 proficiency vs familiarity　誰「精通」？

proficiency [prəˈfiʃənsɪ] ⓝ 精通；熟練

(易混淆單字) familiarity ⓝ 熟悉；親近

解釋

proficiency 比 familiarity 的精通程度更高，通常是能夠達到令大眾信服的程度。

Pp

281

» The students were divided based on their *proficiency* levels.
這些學生是根據他們的專業程度分班的。

Familiarity with classroom management skills is required for the position.
這個職位要求精熟的課堂管理技巧。

✋ profile vs outline 誰的「輪廓」?

profile [`profaɪl] n 輪廓;形象

易混淆單字 outline n 輪廓;概要

比較例句

» She sketched the *profile* of his face.
她將他的側臉輪廓描繪出來。

The *outline* of the plan should be made more concise.
這個計劃的大綱應該要改得更簡潔一點。

| 解釋 |
| profile 是指「側面輪廓」,而 outline 是指「圖形的邊線」。 |

✋ progression vs development 誰快速「發展」?

progression [prə`grɛʃən] n 發展;前進

易混淆單字 development n 發展;成長

比較例句

» The phrase *progression* sounds logical.
這個語句連接聽起來是符合邏輯的。

The country has seen a rapid *development* of its military force over the past decade.
這個國家近十年的軍備力量已快速地成長。

| 解釋 |
| progression 的意思更偏向「事情的進程、過程」,通常可以線性理解的;而 development 是指「事物的成長或進化」,通常是往好的方向移動的。 |

🖐 **project** vs **plan** 誰準備的「計畫」?

project [ˋprɑdʒɛkt] ⓝ 專案;計畫

(易混淆單字) **plan** ⓝ 計畫;方案;打算

(比較例句)

» The size of the **_project_** is unprecedentedly great.
這項專案的規模前所未有地大。

We must figure out a workable **_plan_**.
我們必須想出一個可行的計畫。

解釋
project 是指「為產出特定成果而規劃的工程或專案」,通常是由數個更小的工程所組成;而 plan 是指「為達成特定目標而規劃的一連串行動、步驟或方針」。一般而言,project 更強調「實作」,而 plan 更強調「規劃」。

🖐 **promote** vs **publicize** 誰來「宣傳」?

promote [prəˋmot] ⓥ 宣傳;推銷

(易混淆單字) **publicize** ⓥ 宣傳;公布

(比較例句)

» The meeting aims to **_promote_** trade between Taiwan and New Zealand.
這場會議的目的,是促進臺灣與紐西蘭之間的貿易。

The teachers are not allowed to **_publicize_** their views in the school.
老師在這所學校內不允許宣揚自己的理念。

解釋
promote 是指「宣傳、推銷某產品」,而 publicize 是指「宣揚」、「引起公眾的注意」。

✋ proportion vs percentage 哪一種「比例」?

proportion [prə`porʃən]
n 比例;比率;部分

易混淆單字 **percentage** n 百分比;百分率

比較例句

» A large **_proportion_** of the students come from wealthy families.
這些學生中有很大比率的人來自富裕家庭。

Only a small **_percentage_** of people are born with the skill.
只有極少數的人才有這個與生俱來的能力。

解釋

proportion 可以指「任何數字、範圍中的比例」,而 percentage 是專指「單位為一百的範圍中的比例」。

✋ propose vs suggest 誰可以「提議」?

propose [prə`poz]
v 提議;建議;求婚

易混淆單字 **suggest** v 建議;提議;暗指

比較例句

» He **_proposed_** that the library remain open until ten p.m.
他提議圖書館開到晚上十點。

I **_suggest_** putting a limit on the word count of the essay.
我提議限制這篇論文的字數。

解釋

propose 是指「透過正式的程序提出建議」,而 suggest 是指「一般性的建議、提議」。通常 propose 比 suggest 更正式、更具分量。

✋ proxy vs agent 哪一位「代理人」?

proxy [`prɑksɪ]
n 代理人;委託書

易混淆單字 **agent** n 仲介;代理

比較例句

» Ms. Wang was appointed to act as my **_proxy_**.
王小姐被指定做我的代理人。

You are advised to keep in touch with your **_agent_** immediately.
你最好馬上與你的仲介聯繫。

解釋

proxy 是指「代理行使決定權或處理公共事務的人」,而 agent 則是指「受客戶委託處理某專項事務的人」。

✋ publish vs issue 誰「出版」?

publish [ˈpʌblɪʃ] **ⓥ** 出版;刊登;公布

(易混淆單字) **issue ⓥ** 發行;頒布

(比較例句)

» The teacher's article is *published* in the magazine.
這位老師的文章在這本雜誌上出版了。

The faculty office will *issue* you a student card.
系辦公室會發給你一張學生卡。

解釋

publish 一般是用在「印刷品」或「資訊」,而 issue 通常用在「文件」或「法令」。

✋ punctual vs prompt 誰更「準時」?

punctual [ˈpʌŋktʃuəl] **adj** 準時的;守時的

(易混淆單字) **prompt adj** 即時的;迅速的

(比較例句)

» Being *punctual* is basic to a good business.
準時是做好生意的基本要求。

We need your *prompt* reply.
我們需要您即時的回覆。

解釋

punctual 意思是「能於約定的時間點到達某處或完成某事」,而 prompt 則是指「即時、迅速的」。

✋ pursue vs chase 誰「追求」呢?

pursue [pɚˈsu] **ⓥ** 追求;追趕

(易混淆單字) **chase ⓥ/ ⓝ** 追逐;追趕

(比較例句)

» I have been *pursued* by bad luck recently.
我最近厄運纏身。

The policeman *chased* down the pickpocket.
這位警察追捕到了那名扒手。

解釋

pursue 是比較正式的用法,可表示「追求理想、目標」或「追趕某人」;而 chase 是更普遍的說法,意思比較偏重實際上的「追逐」。

Pp

Qq

✋ quantity vs amount　哪一個有「份量」？

quantity [ˈkwɑntətɪ] n 數量；份量

易混淆單字　**amount** n 總額；數量

比較例句

» We value *quality* rather than quantity.
我們重視的是質，而非量。

What is the maximum *amount* of money we are allowed to take through customs?
我們最多能帶多少錢入海關？

解釋

quantity 是「可被測量的東西」的單位，而 amount 是用來當「無法被測量的東西」的單位。

✋ questionable vs problematic　誰「值得懷疑」？

questionable [ˈkwɛstʃənəbl]
adj 值得懷疑的

易混淆單字　**problematic** adj 有問題的

比較例句

» The authenticity of the document is highly *questionable*.
這份文件的真實性非常值得懷疑。

The method being used has been proved problematic.
目前正在使用的這個方法，已經被證實是有問題的了。

解釋

questionable 意思是「某事物的可靠性或真實性是令人懷疑的」，而 problematic 意思是「某事物是存在問題的」。

✋ quota vs limitation 誰的「限額」？

quota [ˋkwotə] **ⓝ** 配額；限額

(易混淆單字) **limitation** ⓝ 限制；極限

(比較例句)

» I have done my *quota* of work for the week.
我已經完成這一週的工作任務了。

The authority imposed certain *limitation* on your personal freedom.
當局對你的個人自由設下了某些限制。

解釋

quota 是指「分配的固定額度」，可以指「工作任務」或「錢」；而 limitation 是指「限制因素或措施」，也可引申為「障礙」。

✋ quote vs offer 誰「開價」？

quote [kwot] **ⓥ** 引用；引述；報價
　　　　　　　 ⓝ 引文；報價

(易混淆單字) **offer** ⓥ 出價；報價
　　　　　　　　 ⓝ 出價；報價

(比較例句)

» The netizen *quoted* 5,000 dollars for finding his lost pet dog.
這位網友開價五千美元找他走失的寵物狗。

The seller *offered* me the MP4 player for 40 pounds.
這臺 MP4 播放器這位賣家賣我四十鎊。

解釋

quote 意思是「出價」，但有權不賣出；而 offer 意思是「開價並即期賣出」。

Rr

✋ raise vs rise 誰能「提高」?

raise [rez] **v** 舉起；增加；募款；養育
n 加薪

易混淆單字 **rise** v 上升；起立；高聳

比較例句

» The speaker *raised* her voice to stress the point.
這位講者提高她的音量強調這點。

Prices of motorcycles have been gradually *rising* in recent years.
近年來摩托車的價格逐漸地上揚。

解釋

raise 為及物動詞，表示「將某事物舉起或提高」；而 rise 為不及物動詞，表示「某事物自己升起」。

✋ random vs irregular 哪一個是「隨機的」?

random [ˈrændəm] **adj** 任意的；隨機的

易混淆單字 **irregular** adj 不規則的；不規律的

比較例句

» The participants were selected by *random* sampling.
參加者是由隨機抽樣選取的。

The president returns to the UK at *irregular* intervals.
總裁不定期會返回英國。

解釋

random 的意思是「隨機選取的」，而 irregular 則是指「某事物的形式或脈絡是不遵循特定規則的」。

✋ range vs limit　哪一個「範圍」？

range [rendʒ] **n** 範圍；類別

(易混淆單字) **limit** n 界線；極限

(比較例句)

» The price *range* is from ￡20 to ￡200.
價格低至二十鎊，高至兩百鎊。

You were going twenty miles above the speed *limit*.
你剛剛超速二十英里。

解釋
range 可以理解為在界線以內的區域，而 limit 則可以想成一條界線。

✋ rare vs scarce　哪個更「稀有」？

rare [rɛr] **adj** 罕見的；稀有的

(易混淆單字) **scarce** adj 缺乏的；珍貴的

(比較例句)

» You should go ahead and seize the *rare* opportunity.
你應該去抓住這個難得的機會。

Food is becoming *scarce* in this region.
這個區域的糧食越來越稀少。

解釋
rare 強調事物的特殊及珍貴，而 scarce 則是強調某事物是「遠不足的所需的數量的」。

✋ ratio vs rate　哪一個「比例」？

ratio [ˈreʃo] **n** 比例；比率

(易混淆單字) **rate** n 比率；速率；價格

解釋
ratio 是指「兩件事情之間的比率」，而 rate 可以指「同樣一件事情中得出的兩種不同數值的比率」，也可以指「某件事情發生的頻率」。

» The *ratio* of male employees to female employees in this company is about one to three.
這間公司中，男性員工與女性員工的比率大約是一比三。

Low interest *rates* would make stocks seem more attractive.
低利率會使股票顯得更加吸引人投資。

🖐 react vs respond　哪一種「反應」？

react [rɪˋækt] ⓥ 反應；影響

易混淆單字 **respond** ⓥ 回應；反應

比較例句

» People *react* differently to the same problem.
人們對於相同的問題會有不同的反應。

We need to change ourselves to *respond* to the competition.
我們必須改變自己來回應這場競爭。

解釋

react 通常是指「第一時間的反應」，而 respond 則是指「經思量後的回應」。

🖐 receipt vs invoice　誰給「收據」？

receipt [rɪˋsit] ⓝ 收據；收到

易混淆單字 **invoice** ⓝ 發票；開貨單

比較例句

» People *react* differently to the same problem.
人們對於相同的問題會有不同的反應。

The *invoice* was sent to the association by fax.
這張發票用傳真寄到那個協會了。

解釋

receipt 是在收到款項之後發出的，而 invoice 則是收款之前發出的。

✋ recommend vs suggest　誰「推薦」？

recommend [ˏrɛkəˋmɛnd]
V 推薦；建議

(易混淆單字) **suggest** ⓥ　建議；提議

(比較例句)

» Can you **_recommend_** a good single-lens reflex camera to me?
你可以推薦我一臺好的單眼相機嗎？

I strongly **_suggest_** that you go to the doctor right away.
我強烈建議你立刻去看醫生。

解釋

recommend 通常是指「推薦某具體的事物」，而 suggest 則是指「給予概括性的建議」。

✋ recommendation vs suggestion　哪一個「建議」？

recommendation
[ˏrɛkəmɛnˋdeʃən] ⓝ 推薦；推薦信

(易混淆單字) **suggestion** ⓝ　建議；提議

(比較例句)

» I asked my former supervisor to write a **_recommendation_** for me.
我請我之前的主管幫我寫一封推薦函。

I need some constructive **_suggestions_**.
我需要一些有建設性的建議。

解釋

recommendation 意思是「推薦某具體的事物」，或指「推薦信」；而 suggestion 則是指「概括性的建議」。

✋ recover vs restore　誰能「恢復」？

recover [rɪˋkʌvɚ] ⓥ 恢復；重新找到

(易混淆單字) **restore** ⓥ　修復；復原

解釋

recover 意思是「恢復到原本的狀態」，但不見得是最初的樣子；而 restore 則是指「恢復到與最初相同的模樣」。

» Sam is slowly *recovering* from his wounds.
山姆的傷口正慢慢地康復中。

Peace was *restored* after the war.
戰爭過後恢復了和平。

🖐 redeem vs retrieve 誰「贖回」?

redeem [rɪˋdim] **v** 贖回；挽回

易混淆單字 retrieve **v** 取回；復得

比較例句

解釋
redeem 的意思是「用金錢贖回、買回」，或指「彌補」、「挽救」；而 retrieve 則是指「將東西取回」。

» The company can *redeem* the bonds after five years.
這間公司可以在五年後將債券買回。

Passengers are not allowed to *retrieve* their luggage before the plane has come to a complete stop.
在飛機尚未完全停止之前，乘客們請勿起身拿行李。

🖐 redundant vs surplus 哪部分是「多餘的」?

redundant [rɪˋdʌndənt] **adj** 多餘的；累贅的

易混淆單字 surplus **adj** 過剩的

比較例句

解釋
redundant 是指「不再被需要的」，而 surplus 則是指「過多的」。

» The editor thought this chapter was *redundant*.
編輯認為這個章節是多餘的。

The county's trade *surplus* rose by 19 percent in May.
這個國家五月的貿易順差成長了百分之十九。

👆 refreshing vs energizing 哪個「提神」？

refreshing [rɪˋfrɛʃɪŋ]

adj 提神的；使清爽的

(易混淆單字) **energizing** adj 令人振奮的

(比較例句)

» It is always *refreshing* to have a few pints with my dear friends.
與我親愛的摯友喝幾杯總是那麼令人舒心。

People with *energizing* mindsets tend to see moments as opportunities.
擁有積極進取心態的人，往往無時無刻都能看到機會。

解釋
refreshing 是指「令人提神、清爽的」；而 energizing 的程度較高，意思是「令人鼓舞、振奮的」。

👆 refund vs reimbursement 誰要「退款」？

refund [rɪˋfʌnd] **n** 退款

(易混淆單字) **reimbursement** n 報銷

(比較例句)

» Would you like to exchange this for another item or a refund?
你想要換另外的商品或退費？

You will receive *reimbursement* for any travel expenses incurred.
你將能收到任何旅費的報銷返還。

解釋
refund 是指「將商品或服務退還的返還款項」，而 reimbursement 則是指「因公務而產生的費用的返還」。

👆 refurbish vs renovate 誰「整修」？

refurbish [rɪˋfɝbɪʃ] **v** 整修；刷新

(易混淆單字) **renovate** v 更新；翻新

解釋
refurbish 一般是透過清潔、裝飾或額外的裝配；而 renovate 則是指「翻新」，使之擁有全新的樣貌。

» They used the donation to **_refurbish_** the church.
他們使用這筆捐款來整修這座教堂。

The government has been urged to **_renovate_** the social welfare system.
政府一直被催促要改善社會福利制度。

✋ **refusal** vs **denial**　誰被「拒絕」？

refusal [rɪˈfjuzl̩] **n** 拒絕

（易混淆單字）**denial** n　否認；拒絕

（比較例句）

解釋
refusal 的意思是「拒絕接受或做某事」，而 denial 可以指「否認某事物的存在」或「拒絕給予」。

» **_Refusal_** of a tourist visa could be a result of a variety of reasons.
觀光簽證被拒絕，可能有很多原因。

The public relations firm has issued an official **_denial_** of the rumor.
這間公關公司已正式駁斥了這個傳聞。

✋ **register** vs **enroll**　誰去「登記」？

register [ˈrɛdʒɪstɚ] **v** 登記；註冊
　　　　　　　　　　　　　n 登記；音域

（易混淆單字）**enroll** **v** 入學；入會；使加入

（比較例句）

解釋
register 是指「登記、報名或繳費等程序」，而 enroll 則是指「正式加入」。

» You need to become a **_registered_** member to get the benefits of membership.
你必須成為登記的會員才能享有會員好處。

Forty students **_enrolled_** in the literature appreciation course.
四十位學生登記加入這個文學鑑賞課程。

✋ regulation vs rule 哪一些「規則」？

regulation [ˌrɛgjəˈleʃən]
n 規則；規章；調節

易混淆單字 rule **n** 規則；規定

比較例句

» The companies managed to get around the *regulations*.
這些公司設法規避這些法規。

I choose not to obey the *rules* that don't make sense.
我選擇不遵守這些不合理的規定。

解釋

regulation 是指「官方制定的規章制度」，而 rule 則是指「在特定環境中的規則」或指「通用的法則」。

✋ reject vs refuse 誰「拒絕」？

reject [rɪˈdʒɛkt] **v** 拒絕；駁回

易混淆單字 refuse **v** 拒絕

比較例句

» The faulty product has been *rejected* by the customer.
這個瑕疵品已被顧客退回了。

The interviewee *refused* to divulge his personal details.
這位受訪者拒絕洩漏他的個人資料。

解釋

reject 通常是指「因不完美而拒絕」，而 refuse 則是指「拒絕接受」或「不肯做……」。

✋ release vs free 誰來「釋放」？

release [rɪˈlis] **v** 釋放；放鬆；發表

易混淆單字 free **v** 使自由；解放

比較例句

» The date of the examination has just been *released*.
考試的日期剛剛就公布了。

You *freed* me from the constraints.
你將我從束縛中解放出來。

解釋

release 是指「將某事物從束縛或囚禁中釋放」，而 free 則是指「讓……得到自由」，可用在身體或心靈上。

✋ relevant vs related 和誰「有關」？

relevant [ˈrɛləvənt] **adj** 相關的；切題的

易混淆單字 **related** adj 有關的；有親緣關係的

比較例句

» You can find some **_relevant_** information in this folder.
你可以在這個資料夾中找到一些相關資訊。

Most of the cases are **_related_** to poverty.
大部分的案件都跟貧窮脫不了關係。

解釋

relevant 除了與主題相關之外，還必須是對該主題具重要意義的；而 related 則純粹是指「與某事物有關聯的」。

✋ reliability vs credibility 誰「可信賴」？

reliability [rɪˌlaɪəˈbɪlətɪ] **n** 可靠性；可信賴度

易混淆單字 **credibility** **n** 可信度

比較例句

» I can assure you of the **_reliability_** of the resources.
我可以向你保證這些資源的可靠性。

The certificate lacks **_credibility_** in the USA.
這張證照在美國比較不被認可。

解釋

reliability 是指「某事物是可信賴，並且可依靠的」，而 credibility 則是指「某事情的正確性是可相信的」。

✋ reliable vs reliant 誰更「可靠」？

reliable [rɪˈlaɪəbl̩] **adj** 可靠的；可信賴的

易混淆單字 **reliant** adj 依靠的；依賴的

比較例句

» Andrew is a **_reliable_** friend.
安德魯是位可靠的朋友。

The organization is heavily **_reliant_** on charity.
這個機構的營運是高度仰賴慈善捐款的。

解釋

reliable 意思是「可靠的」、「靠得住的」；而 reliant 則是指「依靠……的」。

✋ reminder vs remainder 「提醒物」or「剩餘物」?

reminder [rɪˋmaɪndɚ] **n** 提醒物；催單

(易混淆單字) **remainder** n 剩餘的東西或人

(比較例句)

» The city is her painful *reminder* of her departed husband.
這座城市會使她想起她過世的丈夫。

The *remainder* is due two days before the event takes place.
剩餘的款項在活動開始前兩天需繳清。

解釋

這兩個字雖然拼寫很像，但 reminder 是指「提醒的人或東西」，而 remainder 則是指「剩下來的東西或人」。

✋ remove vs move 誰可「移開」?

remove [rɪˋmuv] **v** 移開；去掉；免職

(易混淆單字) **move** v 移動；搬動；搬家

(比較例句)

» The doctor asked me to *remove* my contact lenses.
醫生叫我摘掉隱形眼鏡。

Let's *move* the television set to the corner.
我們把電視機搬到角落吧！

解釋

remove 可以指「去除」或「移動到不同的位置」，而 move 則是指「位置或姿態的改變」。

✋ renew vs update 哪一個「更新」?

renew [rɪˋnju] **v** 更新；恢復

(易混淆單字) **update** v 更新；提供最新信息

(比較例句)

» Gloria decided not to *renew* her contract with her former record company.
葛瑞亞決定不與她的前唱片公司續約。

We ordinarily do not recommend *updating* the computer system.
我們一般不建議更新這套電腦系統。

解釋

renew 通常是用在已過期的事物上，如：護照、駕照或合約；而 update 則是指「添加最新資訊或功能」。

Rr

✋ renowned vs reputed　哪個更「有名」？

renowned [rɪˋnaʊnd] **adj** 有名的

(易混淆單字) reputed adj 出名的；據說
是……

(比較例句)

» France is **_renowned_** for its culinary art.
法國以它的烹飪藝術聞名。

He is **_reputed_** to be the best rehabilitation therapist in the town.
他是眾所皆知這個鎮上最好的復健師。

解釋

renowned 通常是用
在專業人士或權威
人士上，而 reputed
則可以用在廣泛的
對象上。

✋ rental vs rent　誰付「租金」？

rental [ˋrɛntl̩] **n** 租賃；租賃標的物；
租金 **adj** 租賃的

(易混淆單字) rent n 租金

(比較例句)

» You have entered into a **_rental_** agreement.
你已簽署了租賃契約。

The **_rent_** is paid on a quarterly basis.
房租是按季繳的。

解釋

rental 是指「提供
出租的財產」，可
以是：房子、汽車
等；而 rent 則是
指「付給房東的租
金」。

✋ replace vs substitute　哪一個能「取代」？

replace [rɪˋples] **v** 取代；放回

(易混淆單字) substitute v 代替

(比較例句)

» No one else is good enough to **_replace_**
you.
沒有其他人好到可以取代你。

Yeast can be used as a **_substitute_** for
baking soda.
酵母可用來代替小蘇打。

解釋

replace 通常是指
「以更好的東西來
取代原本的」，一
般是長期的；而
substitute 則是指
「以相近的東西替
代」，通常是短期
的。

✋ require vs request 誰「需要」?

require [rɪˋkwaɪr] ⓥ 需要

易混淆單字 request ⓥ 要求；請求

比較例句

» Writing is a job that ***requires*** perseverance.
寫作是一項需要毅力的工作。

I put the materials you ***requested*** on the office desk.
我把你申請的用具放在辦公室的桌上了。

解釋
require 意思是「需要某人做某事」，而 request 意思是「請求某人做某事」。一般而言，require 的語氣比 request 更強烈。

✋ resemblance vs similarity 哪一個「相似」?

resemblance [rɪˋzɛmbləns] ⓝ 相似

易混淆單字 similarity ⓝ 相似；相似點

比較例句

» The name of the flower comes from its ***resemblance*** to an instrument.
這種花因長得跟一種樂器很像而得到這個名字。

I can't find any ***similarity*** between the two scenarios.
我在這兩個情況之間找不到任何相似點。

解釋
resemblance 指外觀或性質細節的相似性；similarity 則指不同的人、事物在特徵、程度方面有某些相似處。

✋ reserve vs retain 哪一個能「保存」?

reserve [rɪˋzɝv] ⓥ 保存；保留；預訂

易混淆單字 retain ⓥ 保留；留住

比較例句

» Please ***reserve*** a table of four for us.
請幫我們保留一個四人的桌位。

To ***retain*** the freshness of the food, please keep the bag properly sealed.
為了保持食物的新鮮度，請將袋子密封妥善。

解釋
reserve 的意思是「保留下來以供某人或日後的使用」，而 retain 則是指「將某物留存著、保管好」。

Rr

易混淆單字 **reverse** v 使顛倒；反轉

比較例句

After listening to my opinion, the director _reversed_ her decision.
在聽了我的意見之後，主任徹底改變了她的決定。

✋ **resign** vs **retire** 誰要「離職」?

resign [rɪˋzaɪn] v 辭職；委託

易混淆單字 **retire** v 退休；退役

比較例句

» It is the right time for me to _resign_.
現在是我辭職的對的時間點。

The Air Force wanted _retired_ pilots to rejoin the active duty program.
空軍希望那些退休飛行員重新返回現役的崗位。

✋ **resist** vs **refrain** vs **restrain** 誰「抑制」?

resist [rɪˋzɪst] v 抵抗；抗拒

易混淆單字 **refrain** v 忍住；抑制

比較例句

» He can't _resist_ the temptation to eat junk food.
他無法克制吃垃圾食物的誘惑。

Please _refrain_ from speaking loudly in the library.
在圖書館中請勿大聲講話。

(易混淆單字) **restrain** ⓥ 抑制；限制

(比較例句)

» The central bank increased interest rates with an attempt to *restrain* inflation.
中央銀行調高利率，試圖抑制通貨膨脹。

解釋

restrain 的意思是「設下限制以阻止某人做某事」，並不包含外力的介入。

✋ **resolution** vs **solution**　誰能「解決」？

resolution [ˌrɛzəˈluʃn̩] ⓝ 解決；決心

(易混淆單字) **solution** ⓝ 解決方法

(比較例句)

» Under the circumstances, I see no possibility of a *resolution*.
在這種情況下，我看不到問題解決的可能性。

The housing project offers a temporary *solution* to rising home prices.
這項住宅計畫為高漲的房價提出了暫時的解決方法。

解釋

resolution 是用在「解決兩方或多方的爭端」或「終止某困難」，結果可能不是各方都滿意的；而 solution 是指「問題的解決方法」。另外，resolution 也可以指「某人要做某件事的決心」。

✋ **resolve** vs **solve**　哪一個「解答」？

resolve [rɪˈzɑlv] ⓥ 解決；決心

(易混淆單字) **solve** ⓥ 解決；解答

(比較例句)

» The conflict should be *resolved* once and for all.
這個爭端需要被一勞永逸地解決。

It is impossible to *solve* this problem all by ourselves.
要我們自己解決這個問題是不可能的。

解釋

resolve 可以指「決心做某事」或「終止多方的爭端」，其結果可能不是各方都滿意的；而 solve 則單純是指「找到問題的解決方法」。另外，resolve 還可以表示「決心做某事」。

Rr

✋ resource vs source　哪一種「資源」？

resource [rɪˋsors] ⓝ 資源；財力；智謀

易混淆單字　source ⓝ 來源；出處

比較例句

» There is an urgent need for us to conserve our natural *__resources__*.
  我們面臨節約自然資源的燃眉之急。

  Haruki Murakami is my greatest *__source__* of inspiration.
  村上春樹是我最大的靈感來源。

解釋

resource 是指「資源」、「物力」、「財力」；而 source 是指「某事物的來源或出處」。

✋ respect vs aspect　誰的「觀點」？

respect [rɪˋspɛkt] ⓥ 尊敬；尊重
　　　　　　　　　　ⓝ 尊重；方面

易混淆單字　aspect ⓝ 方面；外觀

比較例句

» In this *__respect__*, you and I are on the same page.
  從這點來說，你和我的看法是一致的。

  We must carefully take into consideration every *__aspect__* of the issue.
  我們一定要審慎考慮這個問題的每個面向。

解釋

respect 是指「事物的某個細節或觀點」，而 aspect 是指「事物的某個面向或角度」。

✋ respectively vs individually　誰「各自」？

respectively [rɪˋspɛktɪvlɪ]
adv 各自地；分別地

易混淆單字　individually adv 逐個地；分別地

解釋

respectively 通常用來釐清句子中多樣東西的順序及配對，而 individually 則是指「每個地」、「單獨地」。

» The marriages lasted three, two, five years, *respectively*.
這幾段婚姻分別持續了三年、兩年及五年。

The selected employees have been informed *individually*.
被選中的員工已被個別通知了。

✋ responsibility vs duty 誰的「責任」？

responsibility [rɪ͵spɑnsəˋbɪlətɪ]
ⓝ 責任；責任感

易混淆單字 **duty** ⓝ 職責；義務；稅

比較例句

» I was promoted to a position with greater *responsibility*.
我晉升到一個責任更重的職位。

It is your *duty* to pay taxes.
繳稅是你的義務。

解釋
responsibility 強調「對他人的責任」，而 duty 則是強調「自覺性的責任」，可以來自於道德或法律規範。

✋ retrospect vs recall 誰「回顧」？

retrospect [ˋrɛtrə͵spɛkt] ⓝ 回顧；追溯

易混淆單字 **recall** ⓝ 回想；收回

比較例句

» The department ran a *retrospect* of the semester.
這個部門對這學期做了一次回顧。

I don't *recall* what happened this day last year.
我不記得去年的今天發生了甚麼事。

解釋
retrospect 意思是「對過去進行回顧、評價與總結」，而 recall 則是指「回想、描繪特定一段記憶」。

✋ reveal vs expose 誰「揭露」？

reveal [rɪ`vil] ⓥ 顯露；揭示

易混淆單字 expose ⓥ 使暴露；揭露

比較例句

» The classified information can't be **_revealed_** to the public.
這則機密資訊不能公諸於大眾。

We can't let our children be **_exposed_** to danger.
我們不能讓我們的小孩暴露於危險之中。

解釋
reveal 是指「首次展現某事物」，而 expose 則是指「將某事物公開露出」。

✋ reward vs prize 誰的「報酬」？

reward [rɪ`wɔrd] ⓝ 報酬；報答

易混淆單字 prize ⓝ 獎品；獎項；獎金

比較例句

» We were not given any **_reward_** for finding her lost wallet.
我們沒有得到任何幫忙找到她遺失的錢包的報答。

I competed with hundreds of people for the **_prize_**.
我和一百多人競爭那個獎項。

解釋
reward 是指「作為答謝或報償的獎金或回饋」，而 prize 則是指「比賽或遊戲的獎項或獎金」。

✋ route vs path 哪一個「路線」？

route [rut] ⓝ 路線；途徑

易混淆單字 path ⓝ 小徑；途徑

比較例句

» What is the best **_route_** from New York to Boston?
從紐約到波士頓的最佳路線是甚麼？

The tucked away **_path_** is under a blanket of maple leaves.
這條偏僻的小徑上鋪滿了一層楓葉。

解釋
route 通常是有明確的起、終點，並且是人為規劃好的路線；而 path 通常是指「人走出來的小路」。兩者在比喻的用法上是差不多的。

Ss

✋ sack vs sake 「麻袋」or「緣故」

sack [sæk] ⓝ 袋;麻袋 ⓥ 裝入袋

易混淆單字 sake ⓝ 理由;緣故

比較例句

» The boy reached into the ***sack*** and pulled out a handful of sand.
這位男孩把手伸進袋子抓出一把沙。

I did it for the ***sake*** of our team.
我是因為我們的團隊才這麼做的。

解釋

sack 意思是「袋子」或俚語上的「開除」,而 sake 是指「緣故」。

✋ salary vs wage 誰發「薪水」?

salary [ˋsælərɪ] ⓝ 薪水;薪資

易混淆單字 wage ⓝ 工資

比較例句

» Do you think you deserve a higher salary?
你覺得你應該領更高的薪水嗎?

The workers went on a strike to protest against the reduction in their ***wages***.
這些工人罷工抗議他們被扣工資一事。

解釋

salary 通常是指「固定的月薪」,而 wage 是指「時薪」、「日薪」或「週薪」。

✋ sample vs specimen 哪一個「樣品」?

sample [`sæmpl] ⓝ 樣品;樣本;試用品

易混淆單字 **specimen** ⓝ 樣品;樣本

比較例句

» They need to take a ***sample*** of your blood for further testing.
他們需要抽取你的血液進行進一步的測試。

The ***specimens*** will be further categorized into different classes.
這些樣本會再進一步被分成不同的級別。

解釋

sample 是指「足以代表該群體的部分個體」,而 specimen 則是指「群體中的其中一個個體」,不一定具有代表性。

✋ scan vs search 誰「搜尋」?

scan [skæn] ⓥ 瀏覽;掃描
ⓝ 瀏覽;掃描

易混淆單字 **search** ⓥ 搜尋;搜查
ⓝ 搜尋;搜查

比較例句

» You had better regularly ***scan*** your system with the antivirus software.
你最好定期用這個防毒軟體掃描你的系統。

The rescue party is ***searching*** for the missing hikers in the mountains.
搜救隊正在山中搜尋那些失蹤的登山客。

解釋

scan 意思是「快速、粗略地看過以檢查或尋找某東西」,而 search 則是指「仔細地搜尋」。

✋ scenario vs scheme 是哪一個「情況」?

scenario [sɪˋnɛrɪo] ⓝ 情況;局面

易混淆單字 **scheme** ⓝ 計畫;陰謀;結構

解釋

scenario 是指「可能出現的情況、局面」,而 scheme 則是指「周全的計畫」。

（比較例句）

» The most likely **_scenario_** is that the moratorium will be lifted.
最有可能發生的情況是這個禁令會被解除。

I doubt the **_scheme_** is going to work out.
我不太相信這個計畫可行。

✋ **scene** vs **site** 哪個「地點」？

scene [sin] ⓷ 景色；地點；現場

（易混淆單字）**site** ⓷ 地點；選址；網站

（比較例句）

> 解釋
>
> scene 一般是指「事情發生的現場」，而 site 則是指「建築物或城市所在的地點」或「遺址」。

» The suspect had run away by the time the police arrived at the **_scene_**.
警方到達現場時，嫌疑犯已經跑走了。

The **_site_** for the new shopping mall has been chosen.
這棟新商場的地點已經選好了。

✋ **schedule** vs **agenda** 誰的「行程」？

schedule [ˈskɛdʒul]
⓷ 時間表；計畫表 ⓥ 安排；列表

（易混淆單字）**agenda** ⓷ 議程

（比較例句）

> 解釋
>
> schedule 一般是指「一連串的工作或活動進行的時間安排」，也可以指「公眾交通工具的時刻表」；而 agenda 一般是指「會議上需要被討論的事項」，或指「日常生活中要做的事」。和 schedule 的不同點是：agenda 通常沒有表定的時間安排。

» The general manager is on a full **_schedule_** this week.
總經理這星期的行程滿檔。

The moderator proceeded with the next item on the **_agenda_**.
會議主席繼續進行議程上的下一個事項。

Ss

🖐 secondary vs subordinate　誰是「次要的」?

secondary ['sɛkən͵dɛrɪ]

adj 第二的;次要的;中等教育的

(易混淆單字) **subordinate** adj 下級的;隸屬的

(比較例句)

» In your essay, you should provide the citation for the ***secondary*** source.
在你的論文中,你應該提供第二手資料的出處。

Safety considerations should not be ***subordinate*** to commercial benefits.
安全的考量不應該屈居在商業利益之下。

解釋

secondary 一般是強調「次居於第一位之下」,但與第一位的差距不是非常大;而 subordinate 則是強調「某人事物的等級或重要性不及於其他對象而居於附屬的地位」,尊卑的區別比較明顯。

🖐 section vs segment vs sector　哪個「部分」?

section ['sɛkʃən] **n** 部分;地區;(文章的)節;處室

(易混淆單字) **segment** n 部分;切片

(比較例句)

» This chapter consists of four ***sections*** demonstrating different research tools used respectively.
本章節分為四個部分,分別呈現四種被使用的研究工具。

A lot of companies are competing for the hottest ***segment*** of the market.
許多公司都在競爭這塊最熱門的市場。

解釋

section 是指「分割的部分」,通常有明確的邊界與其他部分區隔;而 segment 是指「一段、一片或一節所形成的部分」。

(易混淆單字) **sector** n 部門;行業

(比較例句)

» We expect steady growth of the manufacturing ***sector***.
我們期待製造業能有穩定的成長。

解釋

sector 是指「呈扇形的部分」,也可以指「行業」或「產業」。

✋ secure vs shield 誰「保護」？

secure [sɪˈkjʊr] ⓥ 使安全；使牢固；獲取

易混淆單字 shield ⓥ 保護；庇護

比較例句

» This success to a great extent **_secured_** his position in this company.
這次的成功大大地鞏固了他在這間公司的地位。

The glass can **_shield_** off strong winds.
這片玻璃可以擋住強風。

解釋

secure 除了有「保衛」的意思之外，還有「牢固某事物」、「關緊」或「設法取得」的意思；而 shield 則是指「保護、遮蔽某物以免於傷害」。

✋ seduce vs tempt 哪一個「誘惑」？

seduce [sɪˈdjus] ⓥ 引誘；誘惑

易混淆單字 tempt ⓥ 誘惑；吸引

比較例句

» The schoolboy was **_seduced_** by the game's appeal.
這位學童被這個遊戲的吸引力所誘惑。

Do not **_tempt_** me to skip the class.
別誘惑我翹課。

解釋

seduce 通常是指「引誘他人去做不好的事」或指「色誘」，而 tempt 的意思大致相同，但程度沒有 seduce 那麼強烈，大部分是出於自己意願的。

✋ semester vs term 哪一「學期」？

semester [səˈmɛstɚ] ⓝ 學期

易混淆單字 term ⓝ 學期；期限

解釋

semester 通常是指「一學期」或「半學年」，通常是六個月；而 term 則是指「一門課的授課期間長度」，因此不見得是六個月。

» Three optional modules must be taken this *semester*.
這學期一定至少要修三門選修課。

The second *term* normally starts in March.
第二學期通常是三月開始。

✋ **sensational** vs **sensible** 誰造成「轟動」？

sensational [sɛnˋseʃən!]
adj 轟動的；感覺的

易混淆單字 **sensible** adj 明智的；有意識
的；有知覺的

比較例句

» The novel was a *sensational* success.
這本小說獲得了巨大的成功。

It is *sensible* of you to make this decision.
你做這個決定是明智的。

解釋

sensational 一般是指「造成轟動的」，或「非常棒的」，另外也可以表示「與知覺相關的」；而 sensible 的意思是「合理的」、「明智的」或「有意識的」、「可察覺的」。

✋ **sensitive** vs **sentimental** 誰比較「敏感」？

sensitive [ˋsɛnsətɪv] **adj** 敏感的；靈
敏的

易混淆單字 **sentimental**
adj 情感上的；感傷的；多情的

比較例句

» We are *sensitive* to your concerns.
我們對於你在乎的事非常敏感。

It is hard to be *sentimental* in a harsh situation.
在艱困的處境中很難多愁善感。

解釋

sensitive 意思是「易被某事物激怒或傷害的」或「容易感受到某事物的」，而 sentimental 則是指「與感情有關的」或「容易動感情的」。

✋ sequence vs series 哪個「順序」?

sequence [ˈsikwəns] n 一連串；順序

易混淆單字 series n 系列；連續

比較例句

» The items should be presented in a logical *sequence*.
這些事項需要有邏輯地條列出來。

The company's reputation was badly hurt by a *series* of scandals.
這間公司的名譽被一系列的醜聞給嚴重地損害了。

解釋

sequence 是指「一系列有一定次序的事物」，如：數字或字母等；而 series 則是指「一系列相似或相關的事物」。在數學上，sequence 是指「數列」，而 series 是指「級數」。

✋ session vs seminar 哪一場「會議」?

session [ˈsɛʃən] n 會議；講習會；學期

易混淆單字 seminar n 研討會

比較例句

» The faculty has called an emergency *session* to discuss the crisis.
系辦召開了緊急會議討論這次的危機。

There was some heated debate at the *seminar*.
在研討會上出現了一些激烈的辯論。

解釋

session 是指「事務性的會議」，也可以指「課程」，通常持續不超過半天或更短；而 seminar 則是指「學術性的研討會」，通常是為了深入探究某議題。

✋ setback vs frustration 誰「挫折」?

setback [ˈsɛtˌbæk] n 挫折；失敗；(疾病)復發

易混淆單字 frustration n 挫折；失敗

解釋

setback 意思是「事物發展的阻礙或挫折」，而 frustration 是指「心理上的受挫、沮喪」。

Ss

» A series of **_setbacks_** only strengthened my resolve.
這一連串的挫折只會使我更加堅定自己的意志。

Frustration can be seen through the player's body language.
我們可以透過這位選手的肢體語言看到他非常地受挫。

✋ **shelter** vs **asylum** vs **refuge** 哪一個「避難所」?

shelter [ˈʃɛltɚ] ⓝ 庇護;避難所

解釋

易混淆單字 **asylum** ⓝ 政治庇護;收容所

shelter 通常是指
「躲蔽陽光或風雨
的遮蔽處」,而
asylum 的意思是
「政治庇護權」,
是指因政治或宗教
信仰不同而受迫害
的人尋求其他主權
勢力的保護。

比較例句

» The local church provides **_shelter_** for the homeless in the community.
當地的教會為這個社區裡的遊民提供棲身之所。

Several **_asylum_** seekers got deported from Israel.
許多尋求政治庇護的人被從以色列驅逐出境。

易混淆單字 **refuge** ⓝ 躲避;避難所

解釋

比較例句

refuge 是指「躲避
攻擊或追捕的藏身
之處」。

» Home is the last **_refuge_** from adversity.
家是躲避逆境的最後一個庇護所。

✋ **shift** vs **switch** 誰「轉變」?

shift [ʃɪft] ⓝ 轉變;變換 ⓥ 轉移;改變

解釋

易混淆單字 **switch** ⓥ 轉換;轉移;開關
(燈) ⓝ 開關;轉變

shift 意思是「微小、
迅速的轉變」,而
switch 則是指「兩
者之間的轉換」。

比較例句

» The second interview reflected a **_shift_** in his opinion.
第二次的訪問反映出他意見上的轉變。

Would you mind **_switching_** off the music?
你可以把音樂關掉嗎?

✋ shipment vs transport 誰「運輸」?

shipment [ˈʃɪpmənt] **n** 運輸;裝運;
裝運的貨物

（易混淆單字）**transport** **n** 運輸;運輸系統;
交通工具

（比較例句）

» The goods are ready for **_shipment_**.
這些商品可以裝運了。

The city's **_transport_** system is efficient and inexpensive.
這座城市的運輸系統既有效率又便宜。

解釋
shipment 是專指「貨物的裝運」,而 transport 可以指「運輸」或「運輸系統」。

✋ shrink vs shrivel 哪一個「變小」?

shrink [ʃrɪŋk] **v** 收縮;變小;退縮

（易混淆單字）**shrivel** **v** 枯萎;皺縮

（比較例句）

» The country's overall population is rapidly
shrinking.
這個國家的總人口正快速地減少。

The leaves have **_shriveled_** up and died.
這些樹葉已經枯萎死掉了。

解釋
shrink 是指「事物形體的縮小或數量的減少」,也可以引申為「退縮」;shrivel 則是指「因失去水分而皺縮」。

✋ signature vs autograph 誰「簽名」?

signature [ˈsɪɡnətʃɚ] **n** 簽名;標誌
性的特徵

（易混淆單字）**autograph** **n** 親筆簽名

（比較例句）

» He forged his girlfriend's **_signature_** on the
check.
他仿冒了他女友的簽名簽在這張支票上。

I even got the singer's **_autograph_**.
我還得到了那位歌手的簽名。

解釋
signature 可以是任何形式,不一定能輕易辨認的簽名;而 autograph 則是指「親筆簽名」,且必須是能輕易辨認的。

🖐 slide vs slip 哪一個「滑落」了?

slide [slaɪd] ⓥ 滑動;滑落

(易混淆單字) slip ⓥ 滑倒;滑落;溜走

(比較例句)

» Please warn the students not to **_slide_** down the banister.
請告誡學生們不要從欄杆上滑下來。

I will not let this chance **_slip_** through my hands.
我不會讓這個機會從我手中溜走。

解釋
slide 是指「在平面上順暢平滑地移動」,而 slip 通常是指「意外地滑倒」。

🖐 slight vs trivial 哪個更「輕微」?

slight [slaɪt] 🔤 輕微的;微小的

(易混淆單字) trivial adj 瑣碎的;不重要的

(比較例句)

» I don't have the **_slightest_** idea what the equation is.
我完全不知道這個方程式是甚麼。

Trivial things like this can easily freak her out.
像這樣的小事就可以輕易地把她嚇得半死。

解釋
slight 是指「程度上的輕微」,而 trivial 則是指「重要性上的輕微」。

🖐 slim vs slender 誰比較「苗條」?

slim [slɪm] 🔤 苗條的;纖細的;渺茫的
　　　　　　 ⓥ 減肥;減重

(易混淆單字) slender adj 苗條的;纖細的;微薄的

(比較例句)

» The woman is of **_slim_** build with blonde straight hair.
這位女子身材纖細,留著一頭著金色的直髮。

He is usually attracted to tall, **_slender_** girls.
他通常會被高個子、身材苗條的女孩子吸引。

解釋
slim 可用於女性、男性,指體重較輕、身材好;slender 則多用於女性。表示「苗條」之外,通常還有「修長」的意思。

✋ slogan vs catchword 誰寫「標語」?

slogan [ˋslogən] n 口號；標語

(易混淆單字) catchword n 口號；標語

(比較例句)

» Netizens like to make fun of the old campaign *slogans*.
網友喜歡挖苦這些以前的活動標語。

The *catchword* is funny and sarcastic.
這個標語很好笑，也很諷刺。

解釋

slogan 通常是指「簡短的口號、標語」，一般用在廣告或競選活動上；而 catchword 通常是帶有諧音、押韻或玩味原意的趣味標語，通常出現於流行文化中。

✋ snatch vs seize 誰「抓住」?

snatch [snætʃ] v 搶奪；抓住

(易混淆單字) seize v 抓住

(比較例句)

» The motorcyclist *snatched* my purse and sped away.
這名機車騎士搶走我的皮夾，然後很快地騎走。

The police officer *seized* the robber by the arm.
這位警員抓住了這名搶匪的手臂。

解釋

snatch 意思為「搶奪」、「快速地捉住」；而 seize 則是指「抓牢而不放鬆」。

✋ sober vs conscious 誰比較「清醒」?

sober [ˋsobɚ] adj 沒喝醉的；嚴肅的；審慎的

(易混淆單字) conscious adj 神智清醒的；有意識到的；蓄意的

解釋

sober 是指「沒喝醉的」或「嚴肅的」、「審慎的」；而 conscious 的意思是「有意識、有知覺的」或指「蓄意的」。

» You said your mother is never _sober_.
你說你媽媽是個酒鬼。

Timmy is always _conscious_ of his inability to manage the department.
提米一直都知道自己沒有能力管理這個部門。

✋ souvenir vs memento 哪一個「紀念品」?

souvenir [ˌsuvəˈnɪr] **n** 紀念品;伴手禮

易混淆單字 memento **n** 紀念物

比較例句

» My mother bought me a silk handkerchief from a _souvenir_ shop in Kyoto.
我媽媽幫我從京都的一間紀念品店買了一條絲質手巾給我。

I keep the photo as a _memento_ of our holiday.
我把那張照片留著當作我們這段假期的紀念物。

解釋

souvenir 是指「觀光旅遊時購買的紀念品或伴手禮」,而 memento 則是指任何「能引起回憶的東西」。

✋ spare vs backup 哪一個是「備用的」?

spare [spɛr] **adj** 空閒的;備用的;多用的;多餘的
n 備用品;備胎
v 分讓;節省

易混淆單字 backup adj 備用的 n 備用物

比較例句

» He usually practices archery during his _spare_ time.
他通常在空閒的時候練習射箭。

Always have a _backup_ plan.
永遠要想好備案。

解釋

spare 是指「多出來的」、「剩餘的」,不一定是為了「備用」的目的而存在;而 backup 則是強調「備用的」。

✋ specific vs particular 誰很「明確」？

specific [spɪˋsɪfɪk] adj 確定的；明確的；具體的

(易混淆單字) **particular** adj 特定的；特別的；特有的

(比較例句)

» He gave no *specific* explanation for his resignation.
他沒有明確地解釋為何他要辭職。

Is there any *particular* brand that you would prefer?
你有沒有特別喜歡甚麼品牌？

解釋

specific 強調的是「具體性」及「明確性」，並帶有「唯一」的語意；而 particular 則是強調「某特定的類別」，帶有「特殊」、「特別」的語意，但並沒有「唯一」的意思。

✋ spiritual vs mental 誰「精神」好？

spiritual [ˋspɪrɪtʃʊəl] adj 精神上的；神聖的

(易混淆單字) **mental** adj 心理的；智力的

(比較例句)

» The Pope is the *spiritual* leader of millions of people.
這位教宗是數百萬人的精神領袖。

解釋

spiritual 是指「心靈上的」，通常與「宗教」有關；而 mental 是指「精神上的」、「心理上的」，通常與「心理」或「頭腦」有關。

Her *mental* suffering is the result of her tremendous occupational stress.
她精神上的痛苦是源於她工作上的巨大壓力。

✋ **stadium** vs **gymnasium/gym** 哪一間「體育館」？

stadium [ˋstedɪəm] n 體育場；運動場

易混淆單字 gymnasium/gym n 體育館；健身房

比較例句

» This ***stadium*** can hold up to 50,000 people.
這座體育場可以容納高達五萬人。

I need to hit the ***gym***.
我必須去健身房了。

解釋

stadium 是指「舉辦足球、棒球比賽或大型演出的體育場」，而 gymnasium 則是指「健身房」或「室內的綜合體育館」。

✋ **stationery** vs **stationary** 「文具」or「停著的」？

stationery [ˋsteʃənˏɛrɪ] n 文具

易混淆單字 stationary adj 停著的；不動的

比較例句

» My sister runs a ***stationery*** business in China.
我姐姐在中國做文具的生意。

You can't miss the ***stationary*** target.
你不能射不中這個靜止的目標。

解釋

stationery 和 stationary 雖然只差一個字母，但意思差很多，需要小心分辨。stationery 意思是「文具」，為集合名詞，不可數；而 stationary 則是指「停止不動的」，為形容詞。

✋ **statistics** vs **data** 哪一個「統計資料」?

statistics [stə`tɪstɪks] ⓝ 統計;統計資料

易混淆單字 **data** ⓝ 資料;數據

比較例句

» **_Statistics_** show that traffic-related injuries are increasing each year.
統計顯示,交通相關的受傷案件每年都在增加。

The dependability of the **_data_** is still questionable.
這些資料的可信度仍然受到質疑。

<table>
<tr><td>解釋</td></tr>
<tr><td>statistics 是指「統計學」或「統計的數據」,而 data 則是指「資料」,可以是質化的或量化的。</td></tr>
</table>

✋ **status** vs **state** 哪一種「狀態」?

status [`stetəs] ⓝ 狀態;身分;地位

易混淆單字 **state** ⓝ 狀況;狀態

比較例句

» The **_status_** of a teacher is relatively high in this community.
教師在這個社會中的地位是相對比較高的。

The former president is in a **_state_** of good health.
前總統的健康狀況很好。

<table>
<tr><td>解釋</td></tr>
<tr><td>state 一般是指「心理狀態或物理狀態」,通常是比較客觀、固定的;而 status 可以指「人的身分、地位」,或「事情的狀態、情勢」,一般是可以被定義,並且比較不固定的。</td></tr>
</table>

✋ steady vs stable 誰更「穩定」？

steady [ˈstɛdɪ] adj 穩定的；平穩的

(易混淆單字) stable adj 牢固的；穩定的

(比較例句)

» Josephine has never had a _steady_ job.
約瑟芬從來沒有過一個穩定的工作。

The current global economic situation is not very _stable_.
目前的國際經濟局勢不是非常穩定。

解釋

steady 通常是指「某事物在一段時間內是穩定的」；而 stable 則是指「某事物在特定一個時間點上是穩固的」。

✋ straightforward vs forthright 誰「直率」？

straightforward [stretˈfɔrwəd] adj 直率的；簡單易懂的

(易混淆單字) forthright adj 直截了當的

(比較例句)

» Ashley is _straightforward_ in addressing this policy issue.
艾希莉在對付這個政策問題上是直截了當的。

His writing style is concise and _forthright_.
他的寫作風格是簡明率性的。

解釋

straightforward 可以指「某人是坦率、直言不諱的」，或「某事是單純易懂的」；而 forthright 一般是形容某人說的話是「直率、直截了當的」。

✋ strain vs stretch 「拉緊」or「延展」？

strain [stren] v 拉緊；扭傷；使勁 n 張力；緊張

(易混淆單字) stretch v 延展；展開；伸出

解釋

strain 意思是「將事物拉到緊繃」，而 stretch 是指「將某事物延展、延伸」，不一定有緊繃的意思。

» You will *strain* your eyes reading in this light.
在這種燈光下看書會把眼睛搞壞。

You should spend eight to ten minutes *stretching* before running.
你應該在跑步前花八到十分鐘做伸展。

🖐 stress vs pressure　誰「壓力」大？

stress [strɛs] ⓷ 壓力；重要性

易混淆單字　pressure ⓷ 壓；壓力；壓迫

比較例句

» Regular exercise is a good way to get rid of *stress*.
規律的運動是排解壓力的好方法。

Everyone is under *pressure* to get their work done by the deadline.
每個人都有壓力要在期限內完成他們的工作。

解釋

stress 大多是負面的，會造成緊張，影響身心健康的壓力；而 pressure 有可能是給予人動力的有益的壓力，但若太多仍會造成不良影響。

🖐 stumble vs tumble　誰「跌倒」？

stumble [ˈstʌmbl̩] ⓥ 絆倒；蹣跚；結巴地說

易混淆單字　tumble ⓥ 摔倒；打滾；暴跌

比較例句

» I saw an old man *stumbling* along the street.
我看到一個老人跟蹌地走在街道上。

解釋

stumble 是指「絆腳」，但不至於跌到地上；而 tumble 則是指「整個人跌到在地」。

Sugar prices *tumbled* due to plenteous stocks and low demand.
糖的價格因為過多的供給及低靡的需求而暴跌。

✋ sturdy vs substantial 哪個更「堅固」?

sturdy [ˋstɝdɪ] adj 堅固的；結實的；堅強的

易混淆單字 substantial
adj 真實的；堅固的；大量的

比較例句

» It took several **_sturdy_** workers to remove the piece of furniture.
這件家具需要好幾位壯碩的工人才搬得動。

She lives in a luxurious, **_substantial_** villa.
她住在一棟豪華又堅固的別墅裡。

解釋
sturdy 通常是形容「身體」或「器物」，而 substantial 一般是形容「建築物」。

✋ submit vs surrender 誰「順從」?

submit [səbˋmɪt] v 提交；使服從

易混淆單字 surrender v 投降；自首

比較例句

» Please **_submit_** your observation form no later than this Friday.
請在本週五之前將你的觀察表交上來。

After five hours of resistance, the enemy was forced to **_surrender_**.
經過了五個小時的抵抗後，敵軍被迫投降。

解釋
submit 用在「東西」上時，是指「提交以供檢核」；用在「人」上時，是指「順從」。 surrender 則是指「投降」或「自首」，通常是在已知道反抗無效或自己不可能成功的情況。

✋ subsidize vs sponsor 誰「資助」？

subsidize [ˋsʌbsəˏdaɪz] ⓥ 補助；資助

(易混淆單字) sponsor ⓥ 資助；倡議

(比較例句)

» The private institutes were ___subsidized___ by the local government.
這些私立機構是由當地政府資助營運的。

We are looking for companies to ___sponsor___ us.
我們在找公司贊助我們。

解釋

subsidize 通常是指「由政府或官方提供某個團體或計畫金錢上的資助」，而 sponsor 則是指「給予某人或某計畫金錢上或其他形式的支持」，一般是需要簽訂合約，並且雙方互利的。

✋ subtract vs reduce 哪一個有「減少」？

subtract [səbˋtrækt] ⓥ 減去

(易混淆單字) reduce ⓥ 減少；降低

(比較例句)

» Thirty ___subtracted___ from one hundred equals seventy.
一百減三十等於七十。

The price of the computer was ___reduced___ from ￡1,000 to ￡600 in the sales.
這臺電腦的價格在促銷時從一千鎊降到了六百鎊。

解釋

subtract 一般用在「計算」上，而 reduce 則是指「減少」或「使……變小」。

✋ sufficient vs plenty 哪一個是「充足的」？

sufficient [səˋfɪʃənt] adj 充足的；充分的

(易混淆單字) plenty adj 很多的；足夠的

解釋

sufficient 意思是「足夠的」，而 plenty 則是指「比足夠更多的」。

» The employees were not given *sufficient* time to discuss and reflect.

這些員工沒有得到足夠的時間來討論和反思。

There is *plenty* of space upstairs for the remaining stocks.

樓上還有很多空間可以放這些剩餘的存貨。

✋ summary vs abstract　誰的「摘要」?

summary [ˋsʌmərɪ] n 摘要；總結

易混淆單字 abstract n 摘要

比較例句

» My boss asked me to write a short *summary* of the meeting.

我老闆要求我寫一篇簡短的會議總結。

You don't need to put too many detailed findings in the *abstract*.

你不需要在摘要裡放太多詳細的研究結果。

解釋
summary 一般是指「文章大意的整理或總結」，通常出現在章節或全文之後，少數出現在文章之前；而 abstract 則是指「文章的縱述」，通常出現在文章之前，且篇幅較 summary 小。

✋ summon vs convene　誰「召喚」?

summon [ˋsʌmən] v 召喚；召集

易混淆單字 convene v 召集；集會

比較例句

» Thomas was *summoned* to appear in court.

湯馬士被法院召喚出庭。

The meeting was *convened* to discuss the president's visit.

這場會議是為了討論總統的到訪而召開的。

解釋
summon 通常是「法院或官方的召集」，而 convene 通常用在「會議」，但不一定是來自官方。

✋ supervise vs oversee 誰「監督」?

supervise [ˌsupɚ'vaɪz] ✓ 監督；管理

易混淆單字 oversee ✓ 監督；看管

比較例句

» The election will be _**supervised**_ by the commission.
這場選舉是受到這個委員會的監督。

Esther is responsible for _**overseeing**_ the campaign's fundraising.
艾斯特負責監督這場運動的募捐事宜。

解釋

supervise 是指「監督管理某個工作團隊或部門」，監督者與被監督者之間通常有直接的關係；而 oversee 則是指「監管某個案子」，監督者與被監督者之間不一定有直接的關係。

✋ supervisor vs superior 哪一個「管理人」?

supervisor [ˌsupɚ'vaɪzɚ]
ⓝ 監督人；管理人

易混淆單字 superior ⓝ 上司；長官

比較例句

» The production _**supervisor**_ will report to the manufacturing manager.
生產管理員會向生產部經理報告。

It feels weird when my close friend becomes my _**superior**_.
當我的好朋友變成我的上司時，那種感覺很奇怪。

解釋

supervisor 是指「有權責監督或管理的人」，而 superior 則是指「位階相對較高的人」，但不一定有監督、管理的責任。

✋ survive vs remain 誰「倖存」?

survive [sɚ'vaɪv] ✓ 活下來；倖存

易混淆單字 remain ✓ 保持；繼續存在

解釋

survive 意思是「從劫難中倖存下來」，而 remain 則是指「經過某事後仍繼續存在」，不一定是災難。

Ss

(比較例句)

» Unfortunately, few people *survived* the earthquake.
不幸的是，這次地震幾乎無人生還。

Tracy will *remain* manager of the department until the end of the year.
崔西直到年底之前都仍會是這個部門的經理。

✋ suspect vs doubt　誰被「懷疑」？

suspect [sə`spɛkt] Ⓥ 懷疑；猜想

(易混淆單字) doubt Ⓥ 懷疑；不相信

(比較例句)

» The students were *suspected* of being involved in the theft.
這些學生被懷疑跟這起竊案有關聯。

I *doubt* that our new leader will be any better than Scott.

我不相信我們的新領導人會比史加特好到哪裡去。

解釋
suspect 意思是「相信某件不好的事有可能是真的」，而 doubt 則是指「不相信某件事」或「對某事存疑、不確定」。

✋ suspicious vs questionable　哪一個「可疑」？

suspicious [sə`spɪʃəs] adj 猜疑的；可疑的

(易混淆單字) questionable adj 可疑的；不確定的

(比較例句)

» Many are *suspicious* of the government's intentions.
許多人對於政府的意圖感到懷疑。

His ability to handle the matter is highly *questionable*.
他處理這件事情的能力非常令人懷疑。

解釋
suspicious 意思是「感到事有蹊蹺的」，而 questionable 意思是「某事物的可靠性或真實性是令人懷疑的」。

✋ storage vs repository 哪一間「貯藏庫」？

storage [`storɪdʒ] ⓝ 貯藏；貯藏庫

（易混淆單字）**repository** ⓝ 貯藏處

（比較例句）

» There is very limited *storage* space in the warehouse.
這座倉庫的貯藏空間非常有限。

The records are kept in a central *repository*.
這些記錄被存放在一個中央貯藏處。

解釋

storage 是指「倉庫中的貯藏處」，也可以指「貯存」的這個動作；而 repository 是指「東西的存放處」、「某事物大量聚集的區域」，也可以指「見識廣博的人」。

✋ strict vs stern 誰更「嚴格」？

strict [strɪkt] adj 嚴格的；嚴謹的

（易混淆單字）**stern** adj 嚴厲的；苛刻的

（比較例句）

» To make more progress, you have to be *stricter* with yourself.
想要進步地更多，你就必須對自己更嚴格一點。

The teacher gave the naughty kids a *stern* look.
這位老師嚴厲地看著這些調皮的小孩。

解釋

strict 是指「做事要求嚴謹」，而 stern 是指「待人嚴厲、苛刻」。

✋ subscribe vs order 誰「訂閱」？

subscribe [səb`skraɪb]
ⓥ 訂購；訂閱；認同

（易混淆單字）**order** ⓥ 訂購；點菜

解釋

subscribe 通常是指「長期、固定的訂購或訂閱」，通常用在書籍或頻道上；而 order 是指「一次性的訂購」或「點餐」。

» Please ___subscribe___ to my channel by clicking the button below.
請按下方的按鈕訂閱我的頻道。

I ___ordered___ dumplings for dinner.
我晚餐點了水餃。

✋ suit vs suite 「一套」or「套房」?

suit [sut] **n** 西裝；一套；訴訟

(易混淆單字) **suite n** 套房；組曲

解釋
suit 是指「成套的衣服」，而 suite 是指「套房」或「一系列的組曲」。

(比較例句)

» The ___suit___ is perfect for the ceremony.
這套西裝非常適合穿去那場典禮。

I booked a luxurious ___suite___ in the five star hotel.
我在那些五星級飯店訂了一間豪華套房。

✋ supply vs serve 誰「提供」?

supply [sə`plaɪ] **v** 提供；供應；供給
n 供給；供應量；用品

(易混淆單字) **serve v** 服務；供應

解釋
supply 是指「供應物資或用品」，而 serve 特別是指「提供顧客產品或服務」。

(比較例句)

» Our hotel hopes to ___supply___ the best service for you.
我們飯店希望帶給您最好的服務。

We ___serve___ creative cuisines blended with traditional familiar flavors.
我們提供創意料理佐以傳統熟悉的好味道。

✋ sympathy vs commiseration 誰「同情」?

sympathy [ˈsɪmpəθɪ] n 同情；贊同

易混淆單字 commiseration n 同情

比較例句

» The president expressed his **_sympathy_** to the explosion victims.
  總統對於爆炸事件的傷者表達同情。

  Everyone gave me a look of **_commiseration_** when I entered the office this morning.

  我今天早上進辦公室時，每個人都給予我同情的眼神。

解釋

sympathy 可以指「對於不幸的人或事的同情與理解」或指「同感」、「贊同」；而 commiseration 只能表示「對於不幸的同情」。

✋ symptom vs sign 哪一種「症狀」?

symptom [ˈsɪmptəm] n 症狀；徵兆

易混淆單字 sign n 徵兆；前兆

比較例句

» Fever is often the first **_symptom_** of the disease.
  發燒通常是這種疾病的第一個症狀。

  Indigestion can be an early **_sign_** of stomach cancer.
  消化不良可能是胃癌的初期症狀。

解釋

symptom 是指「患者自身感受到的症狀」，而 sign 則是指「客觀查出的症狀」。

Tt

🖑 tactics vs strategy 哪一個「策略」？

tactics [`tæktɪks] n 戰術；策略

(易混淆單字) **strategy** n 策略；計謀

(比較例句)

» These *tactics* are not effective enough to persuade them.
這些策略還不夠有效到能夠説服他們。

We expect the *strategy* to produce the desired outcome.
我們期待這項策略能夠得出我們想要的結果。

解釋

tactics 是指「實際上採取的手段」，而 strategy 則是指「總體計畫上的策略」。

🖑 tag vs label 誰「貼標籤」？

tag [tæg] v 加標籤；附加

(易混淆單字) **label** v 貼標籤；將……歸類為

(比較例句)

» I made my suitcases easy to recognize by *tagging* them with my name and phone number.
我在我的行李箱上掛上有我的名字和電話號碼的標籤以方便我辨認。

These kinds of people are often *labeled* as workaholics.
這類的人通常被歸類為「工作狂」。

解釋

tag 通常是懸掛在商品上的，而 label 則是貼附在商品表面的。

✋ **target** vs **goal** 誰的「目標」？

target [ˋtɑrgɪt] **n** 目標;指標

(易混淆單字) **goal** n 目標;目的

(比較例句)

» They are considering changing their *target* market.
他們在考慮改變他們的目標市場。

The *goal* of the course is to understand the basic principles of qualitative research methods.
這門課的目標是:了解質性研究的基本原則。

解釋
一般而言,target 比 goal 明確,而 goal 比 target 層級更高,達成所花的時間更久。

✋ **technique** vs **skill** 哪一種「技術」?

technique [tɛkˋnik] **n** 技術;技巧

(易混淆單字) **skill** n 技能;技術

(比較例句)

» Our players possess the most advanced *techniques* in the world.
我們的選手擁有世界上最先進的技術。

Winning the game takes both excellent *skills* and a high level of mental toughness.
要贏得這場比賽需要精湛的技術以及高度的心理素質。

解釋
technique 是指「執行某任務的實際操作流程」,而 skill 則是指「在某個領域上所習得的能力」。

✋ **tedious** vs **tiresome** 誰「乏味」?

tedious [ˋtidɪəs] **adj** 冗長的;乏味的

(易混淆單字) **tiresome** adj 令人疲累的; 煩人的

解釋
tedious 是形容某事物「冗長乏味」、「單調無趣」;而 tiresome 則是形容某事物「令人疲累」或「讓某人心生厭煩」。

Ss
Tt

» We have sat through a long, _tedious_ speech this afternoon.
我們今天下午已經聽完一場冗長乏味的演講了。

Some wedding traditions can be really _tiresome_.
某些婚禮傳統是非常累人的。

🖐 temper vs mood 哪一種「情緒」?

temper [ˈtɛmpɚ] n 脾氣;情緒

易混淆單字 mood n 心情;心境;氣氛

比較例句

» He punched the wall in a fit of uncontrollable _temper_.
他控制不住那陣情緒,朝著牆壁搥了一拳。

Sorry! I am not in a _mood_ to celebrate.
抱歉!我現在沒有心情慶祝。

解釋

temper 通常帶有「壞脾氣」或「情緒不好」的意思,而 mood 可以指「任何心情」,另外也可以表示「氣氛」。

🖐 temporary vs provisional 哪一個是「暫時的」?

temporary [ˈtɛmpəˌrɛri] adj 臨時的;暫時的

易混淆單字 provisional adj 臨時性的

比較例句

» The office just hired a _temporary_ accountant assistant.
辦公室剛聘用了一位臨時會計助理。

A _provisional_ conclusion can be drawn based on the results we have obtained so far.
我們可以根據我們目前已得到的結果得出一個暫時性的結論。

解釋

temporary 是指「某事物的存在或發生暫時的」,通常會在不久的將來消失;而 provisional 則是形容「某事物權宜性、暫時性的存在」,通常是到正式的版本出現後才會消失。temporary 強調「時間」,而 provisional 則強調「替代功能」及「權宜性」。

🖐 tendency vs trend 哪一種「趨勢」？

tendency [ˈtɛndənsɪ] **n** 傾向；趨勢

(易混淆單字) **trend** n 趨勢；走向

(比較例句)

» The student has a ***tendency*** to repeat the same mistakes.
這位學生有一直犯相同錯誤的傾向。

Blended learning has become an irreversible ***trend*** in language teaching and learning.
混成學習已成為語言教學領域中的一股不可逆反的趨勢。

解釋
tendency 是指「有很高的機率出現某特定的特質、行為或結果」，而 trend 則是指「事物明顯地往某個方向移動」，可引申為「時尚潮流」。

🖐 terminal vs last 哪裡是「末端」？

terminal [ˈtɜmɪnl̩] **adj** 終端的；末期的
n 末端；終點站；航廈

(易混淆單字) **last** adj 最後的

(比較例句)

» Georgia's mother was diagnosed with ***terminal*** lung cancer.
喬治亞的媽媽被診斷出肺癌末期。

Why am I always the ***last*** to know?
為什麼我總是最後一個知道的？

解釋
terminal 是指「某事物的終點、末端」，而 last 則是指「時間或順序上的最後」。

🖐 terminate vs cease 誰來「結束」？

terminate [ˈtɜmə͵net] **v** 結束；終止

(易混淆單字) **cease** v 停止；結束

解釋
terminate 是指「一件事物的終止或停止」，可用在「合約」、「會議」、或「關係」上；而 cease 通常是指「一個動作的停止」。

Tt

» They threatened to **_terminate_** their business relationship with us.
他們威脅要與我們終止貿易關係。

The UN has warned the country to **_cease_** military operations immediately.
聯合國已警告這個國家立刻停止軍事運作。

✋ **testimony** vs **declaration**　誰的「證詞」?

testimony [ˈtɛstəˌmonɪ] **n** 證詞;證明

易混淆單字　**declaration** n 宣言;證詞;申報

比較例句

» The witness gave **_testimony_** that he was at the scene of the crime then.
這位目擊者的證詞指出他當時就在犯罪現場。

The office will issue a formal **_declaration_** in due course.
辦公室會在適當的時機做正式的宣布。

解釋

testimony 是指「於法庭上對某個案件提供證明的事實陳述」,而 declaration 可以指「正式的對外宣言」,也可以指「原告的申訴」或「證人的口供」。

✋ **therapy** vs **treatment**　哪一種「治療法」?

therapy [ˈθɛrəpɪ] **n** 治療法

易混淆單字　**treatment** n 治療;對待

比較例句

» Speech **_therapy_** is performed mainly on an individual basis.
語言治療大部分是一對一進行的。

The patient is responding well to the **_treatment_**.
這位病人對這項治療的反應很好。

解釋

therapy 通常是指「復健治療」,而 treatment 則是指「針對疾病的治療」。

✋ throughout vs thorough 「到處」or「徹底的」？

throughout [θru`aut]
adv 到處；始終；從頭到尾
prep 遍及；遍布

(易混淆單字) **thorough** adj 徹底的；周密的

(比較例句)
» The file room is well-organized ___throughout___.
整間資料室都非常地條理有序。

The cleaners gave the hall a ___thorough___ cleaning.
清潔人員將這棟宿舍徹底地打掃過。

解釋

throughout 意思是「遍布四處的」或「從頭到尾，貫串整段時間的」，而 thorough 則是指「周全的」、「不遺漏任何一處的」。

✋ title vs topic vs theme 哪一個「主題」？

title [`taɪtl̩] **n** 標題；書名；頭銜

(易混淆單字) **topic** n 主題；話題

(比較例句)
» The ___title___ of the film is highly controversial.
這部電影的名字非常具爭議性。

Since we are on the ___topic___ of fairness, you being here is not fair.
既然我們現在在談論公平，你出現在這裡就是不公平的事。

解釋

title 是指「某事物文字上的稱呼」，而 topic 則是指「某事物的中心意思」。

(易混淆單字) **theme** n 主旨；主題

(比較例句)
» Let me reiterate the ___theme___ of the discussion.
讓我再重申一次本場討論的主旨。

解釋

theme 通常比 topic 更明確、更具體。例如：當一篇文章的 topic 是「孝順」時，它的 theme 可以是「古代人和現代人的孝順方式的異同」。

Tt

✋ token vs symbol 哪一種「象徵」？

token [ˋtokən] **n** 象徵；代幣；紀念品

(易混淆單字) **symbol** n 象徵；標記

(比較例句)

» Please accept the small gift as a **_token_** of our gratefulness.
請收下這份微薄的禮物，讓我們表達對您的感謝。

Red is a **_symbol_** of good luck and prosperity in Chinese culture.
紅色在中國文化裡是象徵好運以及繁榮。

解釋

token 一般是實體的，而 symbol 通常是抽象的。另外 token 也可以指「代幣」或「紀念品」。

✋ tow vs drag 誰「拖走」了？

tow [to] **v** 拖拉；牽引

(易混淆單字) **drag** v 拖拉

(比較例句)

» The police officer threatened to **_tow_** away my car.
這位警察威脅要把我的車拖吊走。

My husband has to **_drag_** me out of bed every morning.
我先生每天早上都必須把我拖下床。

解釋

tow 通常用在「拖拉交通工具上」，而 drag 則是強調「在地面上拖拉」。

✋ toxic vs poisonous 哪一個「有毒」？

toxic [ˋtɑksɪk] **adj** 有毒的

(易混淆單字) **poisonous** adj 有毒的；有害的

(比較例句)

» The factories in this area discharge **_toxic_** chemicals into the river.
這區的工廠排放有毒化學物質到河流裡。

The crops in this region are free of **_poisonous_** insecticides.
這一區的農作物都不含有毒的農藥。

解釋

toxic 是指「動植物自然產生的毒素」，而 poisonous 則是指「足以致命的毒」。

✋ trace vs follow 誰「追蹤」？

trace [tres] **v** 追蹤；追溯

(易混淆單字) follow **v** 跟隨；聽從

(比較例句)

» The history of paper can be ***traced*** back to the Han Dynasty.
紙的歷史可以追溯到漢朝。

The leader made a gesture for us to ***follow***.
那位領導人做了個手勢讓我們跟上去。

解釋
trace 是指「緊跟在後頭」或「根據線索追查」，而 follow 則是指「自願的跟隨」。

✋ track vs trail 哪一個「軌道」？

track [træk] **n** 跑道；軌道；路線

(易混淆單字) trail **n** 小道；蹤跡；一長串

(比較例句)

» The stray dog wandered onto the railway ***track***.
這隻流浪狗跑到鐵道上了。

The tornado left a ***trail*** of destruction on the farm.
這陣龍捲風在農田上掃過一條路徑。

解釋
track 是指「交通工具的軌道」，通常是人工建造的；而 trail 則是指「人走的小路」，可能是自然存在的。

✋ transaction vs deal 哪一筆「交易」？

transaction [trænsˋækʃən]
n 交易；買賣

(易混淆單字) deal **n** 交易

(比較例句)

» The device will give you a notification when the ***transaction*** is complete.
這個裝置在交易完成後會發一封通知給你。

Leverage turns good deals into great ***deals***.
槓桿操作能讓不錯的交易變成非常棒的交易。

解釋
transaction 是指「交易或買賣的完成」，而 deal 則是指「雙方之間的約定」。

Tt

✋ transcend vs surpass 誰「超越」？

transcend [træn`sɛnd] ⓥ 超越

易混淆單字 surpass ⓥ 勝過；大於

比較例句

» Love is a powerful force that can *transcend* time and space.
愛是一種能夠超越時間與空間的力量。

My father's achievements are hard for me to *surpass*.
我很難超越我爸爸的成就。

解釋
transcend 是指「超越」、「勝過」，通常用在較宏大的視角；而 surpass 則是指「在能力上優於某人」。

✋ transit vs transition 誰「轉變」？

transit [`trænsɪt] ⓝ 運輸；轉變

易混淆單字 transition ⓝ 轉變；過渡

比較例句

» I was in *transit* when you phoned me.
你打電話給我的時候我還在坐車。

We are working to make the *transition* as smooth as possible.
我們正努力使這段過渡期能順利。

解釋
transit 一般與「交通運輸」有關，而 transition 則是指「兩個階段之間的過渡和轉換」。

✋ tremendous vs spacious 哪個更「巨大」？

tremendous [trɪ`mɛndəs]
adj 巨大的；極度的

易混淆單字 spacious adj 寬闊的；寬敞的

比較例句

» The production of the album cost a *tremendous* amount of money.
這張專輯的製作花了一大筆錢。

The living room is deceptively *spacious*.
這間客廳給人很寬敞的錯覺。

解釋
tremendous 可以用在「數量」、「規模」或「強度」；而 spacious 只能用在「空間」。

✋ trim vs cut 誰「修剪」？

trim [trɪm] ⓥ 修剪；削減

(易混淆單字) **cut** ⓥ 切；剪；砍

(比較例句)

» I got my sideburns **_trimmed_** a bit.
我修剪了一下我的鬢角。

The law amendment is purported to **_cut_** the benefits of retired government officials.
這次修法的目的是縮減退休政府官員的福利。

解釋

trim 是指「些微程度的修剪」，而 cut 可以指「任何程度的剪、切或砍」。

✋ triumph vs success 誰「勝利」？

triumph [ˈtraɪəmf] ⓝ 勝利；凱旋

(易混淆單字) **success** ⓝ 成功；成就

(比較例句)

» The signing of the agreement is a major diplomatic **_triumph_**.
這個協議的簽署是外交上巨大的成功。

Diligence is the mother of **_success_**.
勤勉為成功之母。

解釋

triumph 是指「巨大的成功」或「打勝仗」，而 success 可以指「任何事情的成功」，一般而言，triumph 的程度和規模都比 success 要大。

✋ turmoil vs turbulence 誰引起的「混亂」？

turmoil [ˈtɝmɔɪl] ⓝ 混亂；騷動

(易混淆單字) **turbulence** ⓝ 動亂；亂流

(比較例句)

» The typhoon put the whole village in **_turmoil_**.
這場颱風把這整座村子搞得一片混亂。

I am sure you have been experiencing severe **_turbulence_**.
你們一定感受到了劇烈的亂流。

解釋

turmoil 一般用在「局勢的混亂」，而 turbulence 則比較常用在「飛機遇到的亂流」，當其意思是「動亂」時，通常有「突如其來」的意思。

Uu

✋ ultimate vs final 誰是「最後的」?

ultimate [ˈʌltəmɪt] **adj** 最終的;根本的

易混淆單字 final **adj** 最後的;最終的

比較例句

» The **_ultimate_** decision will be made by the board.
最終的決定會由董事會提出。

The **_final_** stop of the train is Kaohsiung.
本列車的終點站是高雄。

解釋

ultimate 意思是「最後且最重要的」,跟「時間」和「程度」都有關係;而 final 是指「順序上最後的」,通常只跟「時間」或「順序」有關。

✋ unanimous vs uniform 哪個「一致」?

unanimous [juˈnænəməs]
adj 全體一致的

易混淆單字 uniform **adj** 相同的;一致的

比較例句

» It is **_unanimous_** that we keep Steve out of this matter.
我們全體一致同意不要讓史帝夫參與這件事。

All schools are required to adopt the **_uniform_** education standards.
所有的學校都必須採用這項統一的教育標準。

解釋

unanimous 一般用在「投票」或「表決」上,而 uniform 通常用來形容「形式」。

✋ **unattended** vs **unaccompanied**　誰「無人看管」？

unattended [ʌnəˈtɛndɪd]
adj 無人看管的

易混淆單字　**unaccompanied**
　　　　　　adj 無伴隨的；無伴奏的

比較例句

» Do not leave your luggage **_unattended_** at the airport.
在機場不要隨便放任行李無人看管。

No **_unaccompanied_** children are allowed.
小孩不允許無人看管。

解釋

unattended 是指「無人照料的」，而 unaccompanied 是指「無人陪伴的」。

✋ **unbearable** vs **intolerable**　誰「不能忍」？

unbearable [ʌnˈbɛrəbl̩] **adj** 無法忍受的

易混淆單字　**intolerable** **adj** 不能忍受的

比較例句

» The heat outside is almost **_unbearable_**.
外面的高溫簡直是無法忍受的。

He thought that was **_intolerable_** humiliation.
他覺得那是不可忍受的羞辱。

解釋

unbearable 原始的意思是「某事物的重量是令人無法承受的」，而 intolerable 多用在「忍受某種壓力」。但兩者在引申的字義上是基本可相通的。

✋ **unconditional** vs **unreserved**　哪一個是「無條件的」？

unconditional [ʌnkənˈdɪʃənəl]
adj 無條件的

易混淆單字　**unreserved** **adj** 無保留的；
　　　　　　　　　　　　　　　　無隱瞞的

解釋

unconditional 強調的是「不要求任何條件作為回饋或前提」，而 unreserved 著重的是「毫無保留或隱瞞的」。

比較例句

» Jeffery received an *unconditional* offer from University of York.
傑佛瑞得到了約克大學的無條件入學許可。

I expressed *unreserved* condemnation for cheating.
我對於作弊毫不留情地譴責。

✋ unconscious vs unaware 誰「不知道」？

unconscious [ʌnˈkɑnʃəs]

adj 無意識的；不知道的

易混淆單字 **unaware** adj 不知道的；未察覺的

比較例句

» The boy was utterly absorbed in the movie and *unconscious* of my presence.
這個小男孩全神貫注地在看那部電影，完全不知道我來了。

You are *unaware* of the danger of throwing sharp things at people.
你不知道對人丟尖銳物的危險在哪裡。

解釋

unconscious 是指「不省人事的」或「對某事物沒有深入認識的」，而 unaware 是指「不知道某事物的存在的」。

✋ underestimate vs undervalue 誰被「低估」？

underestimate [ˈʌndəˈɛstəmet]

v 低估

易混淆單字 **undervalue** v 低估（價值）

比較例句

» Never *underestimate* the power of music.
千萬不要低估音樂的力量。

Most people believed that the company had been *undervalued*.
多數的人都認為這間公司被低估了。

解釋

underestimate 一般是用在「能力」，而 undervalue 多半是用在「價值」。

✋ **underlying** vs **implicit** 哪一個是「潛在的」?

underlying [ˈʌndəˈlaɪɪŋ]
adj 潛在的;根本的

易混淆單字 **implicit** **adj** 不明説的;含蓄的

比較例句

» The *underlying* problems need to be dealt with immediately.
這些潛在的問題需要立即處理。

The instruction was intentionally made *implicit* to trigger the students' own learning device.
為達到啟動學生自身學習機制的效果,教學刻意內隱化。

解釋
underlying 有「原本就存在於其中,但不易被察覺的」的意思,而 implicit 是指「刻意不明講的」的意思。

✋ **undermine** vs **weaken** 誰「損害」了

undermine [ˈʌndəˈmaɪn] **v** 逐漸損害

易混淆單字 **weaken** **v** 減弱;衰弱

比較例句

» Many people are worried that traditional marriage would be *undermined* by same-sex marriage.
很多人擔心同性婚姻會損害傳統的婚姻關係。

The pound continued to *weaken* against the euro.
英鎊持續對歐元貶值。

解釋
undermine 比 weaken 多了「暗中」及「逐漸」的意思,也就是「暗中一點點地蠶食」。

✋ understanding vs comprehension
哪一種「知識」？

understanding [ˌʌndəˈstændɪŋ]
ⓝ 理解；認識

解釋

一般來說，understanding 比 comprehension 更深入、更完全。

易混淆單字 **comprehension**
ⓝ 理解；理解力

比較例句

» The lack of **_understanding_** prevented her from further improvement.
知識的缺乏讓她無法進一步改善。

It is beyond my **_comprehension_** that the plan is rejected again.
我真搞不懂為什麼這項計畫又被退回。

✋ undertake vs take　誰來「承擔」？

undertake [ˌʌndəˈtek] ⓥ 從事；承擔

解釋

undertake 是指「開始著手從事某件事」，而 take 可以表示「採取」或「承擔某任務」。

易混淆單字 **take** ⓥ 採取；修課

比較例句

» He did not dare to **_undertake_** the politically dangerous job.
他不敢承擔這項有政治風險的工作。

Get prepared to **_take_** up the challenge.
準備好迎接這個挑戰。

✋ undertaking vs venture　哪一個「事業」？

undertaking [ˌʌndəˈtekɪŋ]
ⓝ 事業；工作；保證

解釋

undertaking 的用法廣泛，可以指任何的「事業」、「工作」或「任務」；而 venture 特別是指「具一定風險的事業」。

易混淆單字 **venture** ⓝ 企業；冒險

» Starting an international school is a massive *undertaking*.
開辦一所國際學校是一項規模很大的事業。

The entrepreneur is going to finance the new *venture*.
這位企業家會為這間新公司提供資金。

✋ **unexpected** vs **accidental** 誰感「意外」?

unexpected [ˌʌnɪkˈspɛktɪd]
adj 令人意外的;突如其來的

(易混淆單字) accidental **adj** 偶然的;意
外的

(比較例句)

» His resignation is the most *unexpected* thing recently.
他的離職是近期內最令人意外的事。

The mistake was completely *accidental*.
這個錯誤完全是偶然的。

解釋

unexpected 意思是「沒有想到會發生的」,而 accidental 意思是「不是刻意要發生的」。accidental 通常是形容不幸的事。

✋ **unfair** vs **unequal** 誰「不公平」?

unfair [ʌnˈfɛr] **adj** 不公平的;不正當的

(易混淆單字) unequal **adj** 不相等的;不
平衡的

(比較例句)

» It is *unfair* that girls are not allowed to take part.
規定女生不能參加是不公平的。

I can't agree to the *unequal* split of the assets.
我對於這些財產的不公平分配無法苟同。

解釋

unfair 是形容「不公平、不正義的分配」,而 unequal 是指「兩者不相等」。

✋ unfold vs unwrap vs unpack 誰「打開」?

unfold [ʌnˈfold] ⓥ 展開;顯露

(易混淆單字) **unwrap** ⓥ 解開包裝

(比較例句)

» As the story **_unfolds_**, the kids are getting excited.
隨著故事劇情的展開,孩子們愈來愈興奮。

I **_unwrapped_** the gift and found a basketball in it.
我拆開禮物,發現裡面是一顆籃球。

解釋
unfold 通常用在「紙張」或「抽象的事物」上,而 unwrap 一般用在「包裝」上。

(易混淆單字) **unpack** ⓥ 打開行李或包裹

(比較例句)

» The tour guide knocked on my door when I was ready to **_unpack_** my luggage.
當我準備要打開行李時,導遊敲了我的門。

解釋
unpack 一般用在「行李」或「包裹」上。

✋ unfortunate vs wretched 誰更「不幸」?

unfortunate [ʌnˈfɔrtʃənɪt]
adj 不幸的;可惜的

(易混淆單字) **wretched** adj 不幸的;悲慘的

(比較例句)

» The **_unfortunate_** thing was that it rained a little bit in the middle of the fair.
不幸的是,在活動進行到一半的時候下了一點雨。

Cinderella had a **_wretched_** childhood.
仙度瑞拉有一段悲慘的童年。

解釋
wretched 的語氣比較重,情況也比較嚴重,另外也可以指「討厭的」。

✋ unfortunately vs unluckily 哪個「不幸」？

unfortunately [ʌnˈfɔrtʃənɪtlɪ]

adv 不幸地；遺憾地

易混淆單字 unluckily adv 不幸地

比較例句

» *Unfortunately*, the last ticket had b5een sold out.
很不幸地，最後一張票被賣掉了。

I, *unluckily*, was among those who were sent to the Philippines.
很不幸的是，我也在那些被派到菲律賓的人當中。

解釋

一般來説，
unfortunately 比較
常用，也比較止式。

✋ unique vs exclusive 誰是「獨特的」？

unique [juˈnik] adj 唯一的；獨特的

易混淆單字 exclusive adj 獨家的；排外的；專用的

比較例句

» His signature is too *unique* to forge.
他的簽名非常獨特，以致難以仿冒。

The issue under discussion is not *exclusive* to men.
現在討論的這個議題不只限定於男人。

解釋

unique 意思是「獨一無二的」，而
exclusive 是指「專屬於某特定對象的」或「具排他性的」。

✋ unlikely vs impossible 誰更「不可能」？

unlikely [ʌnˈlaɪklɪ] adj 不太可能的

易混淆單字 impossible adj 不可能的

比較例句

» They are *unlikely* to agree with your idea.
他們不太可能同意你的觀點。

It is *impossible* for our hotel to accommodate so many tourists.
我們旅館不可能容納得下那麼多遊客。

解釋

unlikely 可能還有
一絲絲機會，但
impossible 是指完
全不可能的情況。

✋ unusual vs uncommon 誰「不平凡」?

unusual [ʌnˈjuːʒʊəl] adj 不平凡的;奇特的

易混淆單字 uncommon adj 罕見的;傑出的

比較例句

» The product's ***unusual*** design attracted a lot of consumers.
這項產品奇特的設計吸引了很多消費者。

She thought the error of the system was ***uncommon***, but not rare.
她認為這個系統的錯誤雖然不算常見,但也不至於非常罕見。

解釋

unusual 強調事物的「奇特」或「傑出」,而 uncommon 是強調事物的「稀有」。

✋ upcoming vs forthcoming 哪一個是「即將來臨的」?

upcoming [ˈʌpˌkʌmɪŋ] adj 即將來臨的

易混淆單字 forthcoming adj 即將來臨的

比較例句

» This app gives notifications of all ***upcoming*** events.
這個應用程式會發送所有即將來臨的活動通知。

Bruce's ***forthcoming*** visit to our company is the next biggest thing on the agenda.
布魯斯要來拜訪我們公司是接下來最重要的事。

解釋

upcoming 意思是「即將發生的」,通常是形容「事件」;而 forthcoming 意思是「即將產生的或可取得的」。

✋ **upgrade** vs **enhance** 哪個需要「升級」？

upgrade [`ʌp`gred] **v** 升級；提高

（易混淆單字）**enhance v** 提高；增加

（比較例句）

» There is an urgent need for us to _**upgrade**_ the training.
我們當前急需的是提升我們的訓練。

The new version of the software is greatly _**enhanced**_.
這個新版軟體的功能強化了許多。

解釋

upgrade 通常用在有特定級數或標準的情況，而 enhance 相對地比較廣義及抽象。

✋ **uphold** vs **advocate** 誰會「支持」？

uphold [ʌp`hold] **v** 高舉；贊成；支持

（易混淆單字）**advocate v** 提倡；主張

（比較例句）

» I doubt the board would _**uphold**_ the administrator's decision.
我不認為董事會會支持這位行政主管的決定。

I strongly _**advocate**_ abolishing the unreasonable regulation.
我強烈主張廢除這個不合理的規定。

解釋

advocate 的立場要比 uphold 還要更積極、主動。uphold 一般是支持某項已存在的事物或觀點，而 advocate 是主動提出某觀點。

✋ upright vs vertical 哪一個是「垂直的」?

upright [ˋʌpˏraɪt] **adj** 挺直的;垂直的;正直的

易混淆單字 **vertical** adj 垂直的

比較例句

» Make sure your seat is in an **_upright_** position during takeoff.
起飛時,確認你的座椅是垂直豎起的。

The aircraft made an unbelievable **_vertical_** takeoff.
這架飛機不可思議地完成了垂直起飛。

解釋

upright 通常是用在「存在一個平面」的情況,在該平面上,某物與平面呈現垂直、直立的姿態;而 vertical 通常用在任一二維平面上。

✋ urban vs urbane 「都市的」or「有禮的」?

urban [ˋɝbən] **adj** 都市的

易混淆單字 **urbane** adj 儒雅的;有禮的

比較例句

» The program aims at achieving genuine **_urban_** innovation through the involvement of young talented designers.
這個計畫的目標是透過年輕、有才華的設計師的參與,達到真正的都市更新。

解釋

urban 是指「有關都市的」或「居住於都市的」,而 urbane 的意思是「溫文爾雅的」,就像居住在都市裡的人們一般。

Ms. Griffin is known to be an **_urbane_**, charming woman.
大家所認識的葛萊芬小姐是一位溫和有禮又迷人的女人。

✋ utter vs speak 誰「説」什麼？

utter [ˋʌtɚ] **v** 發聲；説

易混淆單字 speak **v** 説；講

比較例句

» On this occasion, you don't have to **_utter_** a word.
在這種情況下，你不需要説任何話。

Actions **_speak_** louder than words.
行動勝於言語。

✋ vacant vs unreserved 哪一個是「空缺的」？

vacant [ˋvekənt] **adj** 空缺的；空著的

易混淆單字 unreserved **adj** 未預訂地；未保留的

比較例句

» That is why the position still remains **_vacant_**.
那就是為什麼那個職缺永遠都是空著的。

Only the seat in the corner is **_unreserved_**.
只有角落那個位子是沒有人預訂的。

vacation vs **vocation** 「休假」or「行業」?

vacation [ve`keʃən] ⓝ 休假

解釋

vacation 和 vocation 雖然只差了一個字母，但意思卻完全不同。vacation 是指「假期」，而 vocation 是指「職業」。

(易混淆單字) **vocation** ⓝ 行業；才能

(比較例句)

» Teachers are on *vacation* during July and August.
老師在七八月期間休假。

Brian considers writing as his primary *vocation*.
布萊恩覺得寫作才是他的主要職業。

---

vaccination vs **vaccine** 哪一種「疫苗」?

vaccination [ˌvæksnˋeʃən] ⓝ 疫苗接種

解釋

vaccination 是指「疫苗接種到人體的狀態」，而 vaccine 是指「疫苗」本身。

(易混淆單字) **vaccine** ⓝ 疫苗

(比較例句)

» Many people skip *vaccination* as they think it is too costly.
很多人因為覺得疫苗接種太昂貴就不施打了。

The *vaccine* is used in many parts of the country.
這個疫苗在國內許多地方都在使用了。

✋ **vain** vs **vein** 「虛榮的」or「氣質」?

vain [ven] adj 虛榮的;徒然的

(易混淆單字) **vein** n 靜脈;紋理;氣質

(比較例句)

» Both men and women are **_vain_**.
不管男人或女人都很虛榮。

He always has a lot of **_vain_** pretensions.
他總是有許多虛無的託辭。

解釋
vain 和 vein 雖然長得很像,但仔細辨別後會發現意思天差地遠。vain 可以形容某人「愛慕虛榮」或某事「徒勞無功」,而 vein 是名詞,可以指「靜脈」、「紋路」或「氣質」。

✋ **valid** vs **effective** 哪個更「有效」?

valid [ˋvælɪd] adj 有效的;有根據的

(易混淆單字) **effective** adj 有效的;起作用的

(比較例句)

» The ticket is only **_valid_** for 48 hours.
這張票的效期只有四十八小時。

We need a simple but **_effective_** way to deal with it.
我們需要用一個簡單而有效的方法來處理它。

解釋
valid 是指「在法律或規定上是有效的」,而 effective 的意思是「能夠產出想要的效果」或「有作用的」,另外也可以指「某條法律是有效力的」。

✋ **vanish** vs **disappear** 誰「消失」了?

vanish [ˋvænɪʃ] v 消失;消逝

(易混淆單字) **disappear** v 消失;滅絕

解釋
vanish 比 disappear 更帶有「突然性」及「神祕感」。

» A year later, she *vanished* like smoke in the wind.
一年後，她像風中的煙般消失了。

The store we used to go to has *disappeared*.
我們之前經常去的那間店已經消失了。

✋ variety vs difference　誰有「變化」？

variety [vəˈraɪətɪ] ⓝ 變化；種類

（易混淆單字）difference ⓝ 差異；差距

（比較例句）

解釋
variety 是指「事物的變化或多樣的面貌」，而 difference 是指「事物之間的差異」。

» I don't fancy living a life full of *variety*.
我不喜歡過太多變的生活。

It is the *difference* between your attitude that determines your future.
你們之間態度的差距決定了你們的未來。

✋ vehicle vs automobile　哪一種「交通工具」？

vehicle [ˈviɪkl̩] ⓝ 交通工具

（易混淆單字）automobile ⓝ 汽車

（比較例句）

解釋
vehicle 可以指「各種類型的交通工具」，而 automobile 是指「汽車」。

» I was asked to step out of my *vehicle*.
我被要求下車。

The government regulations on emissions control have had an impact on the domestic *automobile* industry.
政府對於汽車廢氣排放的規定已經對國內的汽車產業造成一定的影響。

✋ **venue** vs **place** 哪個「地點」?

venue [ˋvɛnju] **n** 地點

易混淆單字 **place** **n** 地方;住所;職位

比較例句

» Bristol Clifton Hill was the **_venue_** for the Balloon Festival last year.
布里斯托的克里夫特丘是去年熱氣球節的舉辦地點。

Bob finally found a **_place_** in a language institute.
包柏終於在一間語言機構找到工作。

解釋

venue 一般用在某事件或活動的發生地點,而 place 用法較廣,可以指「地點」、「住所」或「工作職位」。

✋ **verbal** vs **oral** 誰「口頭的」?

verbal [ˋvɝbl̩] **adj** 言語上的;口頭的

易混淆單字 **oral** adj 口頭的;口語的;口服的

比較例句

» You may face consequences of **_verbal_** assault.
你可能需要面對言語攻擊的後果。

I am more confident of giving an **_oral_** report.
我對於做口頭報告比較有信心。

解釋

verbal 強調的是「言語上的」,相對於手勢或肢體語言等形式;而 oral 強調的是「口部的」以及「以口說為形式的」。

Vv

✋ version vs edition 哪個「版本」？

version [ˋvɝʒən] n 版本；樣式

易混淆單字 edition n 版本

比較例句

» The internet *version* of the newsletter can be updated hourly.
網路版的時事通訊可以每小時更新一次。

A new *edition* of the book is being issued this summer.
這本書的新版本將於今年夏天發行。

解釋

不同的 version 之間通常是經過翻譯或改寫等一定程度的轉化過程，而 edition 可能包含小幅度的修改或補充，但大致上是保持不變的。不同 edition 之間的差異點可能是出版的時間。

✋ vibrate vs shake 誰一直「顫動」？

vibrate [ˋvaɪbret] v 顫動；震動

易混淆單字 shake v 搖動；震動

比較例句

» I could see her lips *vibrating* while she was talking.
當她在講話時，我能看到她的嘴唇在顫抖。

He managed to *shake* off the pursuers.
他設法甩掉了追緝他的人。

解釋

vibrate 是指「高頻率的震動」，通常用在「聲帶」、「手機」或「昆蟲翅膀」；而 shake 通常用在「身體」或「物體」的搖晃、擺動。

✋ victorious vs successful 誰「成功的」？

victorious [vɪkˋtorɪəs] adj 勝利的；凱旋的

易混淆單字 successful adj 成功的；有成就的

解釋

victorious 比 successful 程度更高、更有力、更全面，如同打勝仗，凱旋歸來一般的。

» We will come home _**victorious**_.
我們會凱旋歸來的。

This is a commercially _**successful**_ movie.
這是部在商業上非常成功的電影。

✋ **victory** vs **success**　是誰「勝利」？

victory [ˈvɪktərɪ] **n** 勝利；成功

（易混淆單字）**success** **n** 成功；成功的人事物

（比較例句）

解釋
victory 一般是指「贏得競賽或打勝仗的勝利」，而 success 可以用在廣義的成功，或是成功的事物。

» After losing one game to Oxford, Cambridge went on to reel off a string of 5 consecutive _**victories**_ in the intercollegiate competition.

在輸給牛津隊一場比賽後，劍橋隊在這場大學校際比賽中後來居上，連贏了五場勝利。

This is my first _**success**_ against Michael.
這是我第一次贏麥克。

✋ **vigorous** vs **energetic**　誰更「精力十足」？

vigorous [ˈvɪgərəs] **adj** 有力的；精力十足的

（易混淆單字）**energetic** **adj** 精力旺盛的；充滿活力的

（比較例句）

解釋
vigorous 通常是表示「充滿力量的」，可用在「身體」或「抽象的事物」上；而 energetic 則是表示「充滿精神的」，或「散發豐沛精力的」，通常用來形容「人」。

» There have been _**vigorous**_ discussions over the city's increasing parking rate.
這個城市日益高漲的停車費已經引起了許多人的熱議。

Miranda is an _**energetic**_, well-traveled girl.
米羅安達是位充滿活力，旅行經驗豐富的女孩。

✋ violent vs fierce 誰「兇猛」?

violent [ˈvaɪələnt] **adj** 凶暴的;猛烈的;
極度的

（易混淆單字） fierce **adj** 兇猛的;激烈的

（比較例句）

» Most colleagues abhor his ***violent*** temper.
大部分的同事都很厭惡他的壞脾氣。

The competition is getting increasingly
fierce.
競爭變得越來越激烈。

解釋
violent 一般表示「力量極度強大和激烈,足以傷人」,可形容「人」或「事物」;而 fierce 一般是形容「人」或「動物」非常兇猛,或形容某事情的強度極大。

✋ virtual vs fictitious 哪個是「虛擬的」?

virtual [ˈvɝtʃuəl] **adj** 虛擬的;實際的

（易混淆單字） fictitious **adj** 虛構的

（比較例句）

» In a sense, we all live in a ***virtual***
community.
可以說,我們都住在一個虛擬的社群裡。

His account of the incident was totally ***fictitious***.
他對於那件事的描述完全是虛構的。

解釋
virtual 表示「虛擬的」,一般與「科技」有關;而 fictitious 一般是指「電影或小說中虛構的」。

✋ visible vs visual 哪一個是「可見的」?

visible [ˈvɪzəbl] **adj** 可看見的;露面的

（易混淆單字） visual **adj** 視覺的;光學的

（比較例句）

» I found no ***visible*** signs of anger on his
face.
我在他臉上找不到任何生氣的跡象。

She is a renowned ***visual*** artist.
她是一位著名的視覺藝術家。

解釋
visible 是指「可看見的」、「可輕易察覺的」;而 visual 是指「跟視覺有關的」。

✋ vision vs sight　誰有「洞察力」？

vision [ˈvɪʒən] **n** 視力；洞察力；幻想

(易混淆單字) **sight** n 視覺；視力

(比較例句)

» A great leader should be able to communicate his ***vision*** to employees.
一位優秀的領導者應該能夠將他的遠見傳達給員工。

The end of our misery is in ***sight***.
我們的苦難快結束了。

解釋

vision 是指「可被看見的事物的範圍」，也可以指「洞察力」或「遠見」；而 sight 是指「視力」或「景象」。

✋ visualize vs imagine　誰「想像」？

visualize [ˈvɪʒəˌlaɪz] **v** 使形象化；想像

(易混淆單字) **imagine** v 想像

(比較例句)

» I try to ***visualize*** his look.
我試著想像他的長相。

I can't ***imagine*** what you have been through.
我無法想像你經歷了甚麼。

解釋

visualize 只限於「視覺」方面，而 imagine 包含所有感官及情緒。

✋ vital vs lethal　哪一個「致命」？

vital [ˈvaɪtl] **adj** 致命的；關鍵的；重要的

(易混淆單字) **lethal** adj 致命的；危險的

(比較例句)

» The nutrients are ***vital*** to good health.
這些營養物對健康十分重要。

Water can be ***lethal*** as well as life-giving.
水可以致命，同時也可以孕育生命。

解釋

vital 是指「關乎生命的」、「生死攸關的」、「極其重要、重大的」；而 lethal 意思是「足以致死的」或指「破壞力極大的」。

Vv

✋ voluntary vs willing 誰「自願」?

voluntary [ˈvɑlənˌtɛrɪ]

adj 自願的;自發性的;故意的

(易混淆單字) **willing** adj 樂意的;願意的;
自願的

(比較例句)

» Donation should be a **voluntary** act.
捐款應該要是自發性的行為。

I am **willing** to accept the offer.
我願意接受這個機會。

解釋

voluntary 一般是無償性質的,但 willing 不一定是無償的。voluntary 一般是自己提出來的,而 willing 可能是由他人提出,自己自願接受的。

✋ vomit vs spit 誰「吐」了?

vomit [ˈvɑmɪt] **v** 嘔吐

(易混淆單字) **spit** v 吐口水;吐痰

(比較例句)

» I held the bag and let him **vomit** in it.
我拿著袋子讓他吐到裡面。

It is common to see people **spit** on the street in this country.
在這個國家看到人在街上吐痰是很常有的事。

解釋

vomit 是指「將胃裡的食物嘔吐出來」,而 spit 是指「吐痰」或「吐口水」。

✋ vulgar vs coarse 誰更「粗俗」?

vulgar [ˈvʌlgɚ] **adj** 粗俗的;庶民的

(易混淆單字) **coarse** adj 粗糙的;粗俗的

(比較例句)

» A celebrity should refrain from using **vulgar** expressions.
公眾人物應避免使用粗鄙的語言。

Coarse language is inappropriate for children.
粗俗的語言不適宜兒童。

解釋

vulgar 強調的是「庶民的」,相對於「菁英的」;而 coarse 強調「粗糙的」,相對於「精細的」。

✋ **vulnerable** vs **sensitive** 誰「脆弱」?

vulnerable [ˈvʌlnərəbl]

adj 容易受傷的;脆弱的

（易混淆單字） **sensitive** adj 敏感的;易受
傷的

（比較例句）

» The fund is particularly *vulnerable* to
swings in the market.
這個基金特別容易受到市場波動的影響。

The child is understandably *sensitive* to harsh words.
可理解的是, 這個小孩對於疾言厲色特別敏感。

解釋
vulnerable 是因脆弱、不穩固而容易受到傷害; sensitive 是因敏感而容易受傷害。

Ww

✋ **wage** vs **payment** 誰的「工資」?

wage [wedʒ] **n** 工資;薪水

（易混淆單字） **payment** n 付款;支付

（比較例句）

» Jerry is only a security guard making
minimum *wage*.
傑瑞只是個領最低薪資的守衛。

They helped me move without *payment*.
他們無償地幫我搬家。

解釋
wage 是指「時薪」、「日薪」或「週薪」;而 payment 是指「要付的款項」,或指「酬勞」。

✋ wander vs wonder 「徘徊」or「想知道」

wander ['wɑndɚ] ⓥ 徘徊；漫遊

易混淆單字 wonder ⓥ 想知道；懷疑

比較例句

» I just **_wandered_** around the room without knowing what to do.
我只是在房間裡走來走去不知道要做什麼。

I was **_wondering_** if there is any possibility that I can borrow some cash from you.
我在想能不能向你借點現金。

解釋

wander 是指「四處遊走閒逛」，而 wonder 是指「納悶、想知道」。兩者的發音和意思都不相同。

✋ warehouse vs stockroom 哪一間「倉庫」？

warehouse ['wɛrˌhaʊs] ⓝ 倉庫

易混淆單字 stockroom ⓝ 倉庫；儲藏室

比較例句

» The reporter interviewed the **_warehouse_** operator.
這名記者採訪了這位倉務員。

Our **_stockroom_** is nearly full since there is no market for these goods.
我們的存貨間幾乎滿了，因為這些商品沒有銷路。

解釋

warehouse 是指「存放運送或出口前的原物料或產品的倉庫」，而 stockroom 一般是指「商店存放其商品存貨的地方」。

✋ waste vs lavish 誰經常「揮霍」？

waste [west] ⓝ 浪費；廢棄物
ⓥ 浪費；荒廢

易混淆單字 lavish ⓥ 揮霍；浪費

解釋

waste 是指「因錯誤的使用而浪費」，而 lavish 是指「因揮霍無度而浪費」。

» I can't ___waste___ my career here in the stingy company.
我不能把我的職業前途都浪費在這間吝嗇的公司。

You are young and have time to ___lavish___.
你還年輕，有時間可以揮霍。

✋ welfare vs benefit 誰的「福利」？

welfare [ˈwɛlˌfɛr] n 福利；社會救濟

易混淆單字 benefit n 利益；好處；救濟金

比較例句

» The entire family is living on ___welfare___.
這家人現在靠著社會救濟過活。

The fundraiser receives no ___benefits___ from the program.

資金籌集人無法從這個計畫中得到任何好處。

解釋
welfare 一般是指為維護社會公平、改善分配不均的「社會福利制度」；而 benefit 可以表示對於個人而言的「利益」或「好處」。

✋ wholesome vs sanitary 哪個是「健康的」？

wholesome [ˈholsəm]
adj 健康的；有益健康的

易混淆單字 sanitary adj 衛生的；清潔的

比較例句

» Our products are one hundred percent ___wholesome___.
我們的產品百分之百是健康的。

You are advised not to buy food from the stalls for ___sanitary___ reasons.
基於衛生因素考量，你最好不要去買攤販賣的食物。

解釋
wholesome 主要是指「衛生且有益身體健康的」，而 sanitary 則是強調「衛生的」、「乾淨的」。

✋ wicked vs vicious 誰比較「邪惡」？

wicked [`wikid] adj 邪惡的；淘氣的

易混淆單字 vicious adj 邪惡的；惡性的

比較例句

» I don't consider the act as something wicked.
我不認為這算是邪惡的行為。

We should put an end to the *vicious* cycle as soon as possible.
我們應該盡快終止這個惡性循環。

解釋

wicked 是指「違反道德標準的」，而 vicious 語氣更強烈，表示「惡毒的」、「邪惡的」。

✋ withhold vs suppress 誰「抑制」？

withhold [wið`hold] v 抑制；保留；隱瞞

易混淆單字 suppress v 鎮壓；抑制

比較例句

» You have the right to *withhold* personal information.
你有保留個人信息的權利。

Simon was unable to *suppress* the urge to confront the telltale.
賽門無法抑制他想和告密者對質的衝動。

解釋

withhold 意思是「抑制而不讓釋放」，而 suppress 意思是「施以外力強壓禁止」，程度比 withhold 更高。

✋ witness vs testify 誰「目擊」？

witness [`witnis] n 目擊者；目擊證人 v 目擊

易混淆單字 testify v 證實；作證

比較例句

» I had the privilege to *witness* the glorious moment.
我有幸能親眼目睹那光榮的時刻。

The ill witness was unable to *testify* in person.
那位生病的目擊證人無法親自到場作證。

解釋

witness 是指「在事發現場的目擊者」或「在事發現場目擊」，而 testify 是指「在法庭上作證」。

✋ worthwhile vs worthy 哪個更「值得」?

worthwhile [ˈwɝθˈhwaɪl] adj 值得的

(易混淆單字) worthy adj 值得的;有價值的

(比較例句)

» A lot of investors think the market is
worthwhile going after.
許多投資人認為這個市場是值得追求的。

The officer is not *worthy* of our respect.
這位官員不值得我們的尊敬。

解釋

worthwhile 是形容某件事是「值得花費金錢、時間或心力的」,而 worthy 可以指「某事是有價值的」或「某人是有資格的」。

✋ wrap vs pack 誰「包裝」?

wrap [ræp] v 包裹;纏

(易混淆單字) pack v 裝箱;包裝;擠入

(比較例句)

» This package needs to be *wrapped* in
brown craft paper.
這個包裹必須用棕色的牛皮紙包起來。

Thousands of visitors *packed* the
museum.
數以千計的遊客擠進這間博物館。

解釋

wrap 是指「用紙或布將東西包裹起來」,而 pack 的意思是「將東西裝進箱子中」,或指「許多人擠進一個空間」。

✋ **wreck** vs **debris**　哪一種「事故」？

wreck [rɛk] ⓝ 失事；事故；殘骸

(易混淆單字) **debris** ⓝ 瓦礫；殘骸

(比較例句)

» The car **_wreck_** claimed dozens of lives.
　那場車禍奪走了幾十條人命。

　The rescuers waded through the **_debris_** to reach the trapped girl.
　搜救人員越過了瓦礫堆才搆到了那位受困的女孩。

解釋

wreck 是指「毀壞車輛、飛機或房屋的殘骸」，通常還是可辨別的；而 debris 是指「建築物或交通工具的碎片」，通常是無法辨認的細小碎片。

|Yy

✋ **yield** vs **surrender**　誰「屈服」？

yield [jild] ⓥ 屈服；投降

(易混淆單字) **surrender** ⓥ 投降；屈服

(比較例句)

» We will never **_yield_** to our opponents.
　我們永遠不會屈服於我們的對手。

　The thief **_surrendered_** himself to the police.
　這位小偷向警方自首。

解釋

yield 是指「臣服」或「讓步」，而 surrender 是指「全盤投降」，兩者程度有區別。

Zz

🖐 **zone** vs **region** 哪一個「地區」?

zone [zon] **n** 地帶;地區

(易混淆單字) **region** n 地區;地帶

(比較例句)

» I don't know this is a no-parking **_zone_**.
  我不知道這裡是不能停車的。

  They have been doing business in this **_region_** for over 15 years.
  他們已經在這個區域做了超過十五年的生意。

解釋
zone 通常是指「小範圍的區域」,通常有特定功能;而 region 一般是根據政治或自然因素劃分的區域,可以橫跨不同國家,甚至洲。

語研力 **E084**

考試不失分，
破解最常用錯的英文單字

作　　　者	Michael Yang
顧　　　問	曾文旭
出版總監	陳逸祺、耿文國
主　　　編	陳蕙芳
執行編輯	翁芯琍
美術編輯	李依靜
法律顧問	北辰著作權事務所

印　　　製	世和印製企業有限公司
初　　　版	2023 年 08 月
出　　　版	凱信企業集團 - 凱信企業管理顧問有限公司
電　　　話	（02）2773-6566
傳　　　真	（02）2778-1033
地　　　址	106 台北市大安區忠孝東路四段 218 之 4 號 12 樓
信　　　箱	kaihsinbooks@gmail.com

定　　　價	新台幣 360 元 / 港幣 120 元
產品內容	1 書

總 經 銷	采舍國際有限公司
地　　　址	235 新北市中和區中山路二段 366 巷 10 號 3 樓
電　　　話	（02）8245-8786
傳　　　真	（02）8245-8718

國家圖書館出版品預行編目資料

考試不失分，破解最常用錯的英文單字／Michael
Yang著. – 初版. – 臺北市：凱信企業集團凱信企業
管理顧問有限公司, 2023.08
　面；　公分
ISBN 978-626-7354-01-8 (平裝)

1.CST: 英語 2.CST: 詞彙

805.12　　　　　　　　　　　　　112010528